LAISHI DE LU
来时的路
亲历者讲述红色故事

挺进江南

江渭清 等◎著

任德才◎编

中国文史出版社

图书在版编目（CIP）数据

挺进江南／江渭清等著；任德才编. -- 北京：中
国文史出版社，2024.12. --（来时的路：亲历者讲述
红色故事／朱冬生主编）. -- ISBN 978 - 7 - 5205 - 4958 - 5

Ⅰ. I251

中国国家版本馆 CIP 数据核字第 2024U9X474 号

责任编辑：金　硕　胡福星

出版发行：**中国文史出版社**

社　　址：北京市海淀区西八里庄路 69 号　　邮编：100142

电　　话：010 - 81136606/6602/6603/6642（发行部）

传　　真：010 - 81136655

印　　装：廊坊市海涛印刷有限公司

经　　销：全国新华书店

开　　本：700mm×1000mm　1/16

印　　张：17.5

字　　数：167 千字

版　　次：2025 年 1 月北京第 1 版

印　　次：2025 年 1 月第 1 次印刷

定　　价：76.00 元

丛书编委会

总　主　编　朱冬生

执 行 主 编　史延胜　金　硕

执行副主编　吕　鹏　任德才　左厚锋

编　　　者　庞召力　孙召鹏　丁　伟　杨顺雨

　　　　　　彭　曾　倪慧慧　冯长青　牛胜启

　　　　　　冯华安　刘英芳

出版说明

选题缘起

一是贯彻落实习近平总书记提出的"要讲好党的故事、革命的故事、根据地的故事、英雄和烈士的故事,加强革命传统教育、爱国主义教育、青少年思想道德教育,把红色基因传承好,确保红色江山永不变色"重要指示精神,深入挖掘红色资源,丰富精神宝库。"采取青少年喜闻乐见、易于接受的形式",讲好"四个故事"、加强"三个教育",以高度的历史自觉培育有理想、有本领、有担当的时代新人。抚今追昔、鉴往知来,不忘初心、牢记使命,始终牢记"我们走得再远都不能忘记来时的路",让信仰之火熊熊不息。

二是引导人们树立正确的历史观。中国共产党百年非凡奋斗历程为我们留下了丰厚的精神遗产,随着时间的推移,现阶段人们尤其是年青一代对当年那一段血与火的历史已渐感陌生；网络时代媒体传播的多元化，极大丰富了人们的信息资源，但在一定程度上也干扰了人们对历史的正确认知，特别是关于党史和军史，存在不准确甚至不正确的史料传播。本丛书旨在通过收集和整理史料，让历史说话，用史实发言，为人们树立正确历史观提供翔实资料。

三是文史资料再开发的尝试。现存的权威军史资料大都时日已长，为防止宝贵的红色资源湮没在历史尘埃中，迫切需要对其进行深度挖掘、梳理整合，以"亲历、亲见、亲闻"的"三亲"史料的形式，让红色资源以新的体系、新的样态呈现在世人面前，更好地发挥教育功能。

编选原则

一是坚持正确的政治立场。牢牢坚持党性原则，牢牢坚持马克思主义新闻观，牢牢坚持正确舆论导向，牢牢坚持正面宣传为主。

二是主题鲜明。丛书反映了中国共产党团结带领中国人民，以"为有牺牲多壮志，敢教日月换新天"的大无畏气概，书写了中华民族几千年历史上最恢宏的史诗；展现了坚持真理、坚守理想，践行初心、担当使命，不怕牺牲、英勇斗争，对党忠诚、不负人民的伟大建党精神。

三是史料权威。丛书内容来源于《中国人民解放军历史资料丛书》《中国抗日战争军事史料丛书》《中国工农红军长征史料丛书》所收录的文章及老一辈革命家的回忆录等。涉及党内路线斗争的题材概不收入；涉及犯有重大错误的人员的情况只做客观描述，不做评述；理论性较强，不便于一般读者理解的文章慎重选录。

四是注重"三亲"性。所选文章紧扣"亲历、亲见、亲闻"的特点，内容感人至深、思想丰富深刻、语言通俗易懂，为加强红色资源的故事化提供生动范例，做到知识灌输与情感培养并举。

卷册专题划分

一是在纵向上按照中国革命的历史进程，讲述了土地革命战争时期、抗日战争时期、解放战争时期及新中国成立初期的党史和军史故事。

二是在横向上各个历史时期再按区域或按部队序列进行分述。如土地革命战争时期的各地武装起义，按照当年武装起义比较集中的地区，如湘赣、湘鄂西、鄂豫皖、苏浙闽沪、陕甘等分别编辑成册。抗日战争时期，按照八路军第一一五师、第一二〇师、第一二九师、新四军、华南抗日游击队、东北抗日联军等分别编辑成册。解放战争时期，按照第一、第二、第三、第四野战军和华北军区部队，以及剿匪斗争、策动国民党军起义投诚等分别编辑成册。后勤工作、军队院校等特殊领域，单独成册。

囿于文史资料的自身特点，作者个人身份立场、视野角度不同，一些人撰稿时年事已高、事隔经年，记忆恐有偏差，细节难求完全准确，有意偏重或弱化亦难避免。对此，我们力求维持原貌，体现多说并存，只对一些显而易见的讹误进行了谨慎订正。诚然如此，由于我们能力水平和主客观条件的限制，难免有疏漏之处，恳请广大读者批评指正！

编　者

2024 年 6 月

　　1937 年全国抗战爆发后，根据中国共产党与国民党当局的协议，在江西、福建、浙江、安徽、河南、湖北、湖南、广东八省境内 15 块游击区（广东省琼崖地区除外）坚持游击战争的中国工农红军和游击队于 10 月改编为国民革命军陆军新编第四军（简称新四军）。在中共地方组织的配合下，新四军开赴苏南、皖南、皖中地区，创建华中抗日根据地，利用山区和河湖港汊等复杂地形积极开展敌后游击战。1938 年 9 月 29 日至 11 月 6 日，党的扩大的六届六中全会在延安召开，确定"巩固华北，发展华中"的战略方针。新四军遵照中共中央"向南巩固，向东作战，向北发展"的战略任务，在大江南北、江淮河汉广大地区，紧密联系人民群众，粉碎日军发动的一次又一次的残酷"扫荡""清乡""蚕食",挫败国民党顽固派制造的多次磨擦,创建和保卫抗日根据地,发展壮大人民武装,使华中敌后战场逐步成为抗击日军的主战场,使新四军发展壮大为华中抗战的主力军。本书收录的文章主要围绕新四军挺进华中敌后,广泛创建抗日民主根据地展开,展现了新四军在战斗中发展、在发展中壮大的艰难历程。

目 录

挺进江南[*]

江渭清　钟国楚　李　广

　　1938 年 4 月 28 日，新四军从第一、二、三支队各抽调部分精干的指战员组成先遣支队，在粟裕和钟期光的率领下由皖南歙县的岩寺出发，越过宣（城）芜（湖）公路封锁线，向苏南敌后挺进，实施战略侦察。5 月初，陈毅率领新四军第一支队主力也随后跟进，于 6 月 8 日在溧水县境内与先遣支队会师。6 月 12 日进驻溧阳竹箦桥，陈毅在那里召开了营以上干部会议，做出了部队挺进到敌后的作战部署。以一团的一营与三营向西北移动，深入江（宁）当（涂）溧（水）地区，并以小丹阳与博望为中心，继续向东进入两溧及句容边境；一团二营则随一支队司令部布防在竹箦桥一带。此时，二团也已越过溧（水）武（进）公路进入茅山地区，活动在镇（江）丹（阳）金（坛）句（容）

---

　　* 本文原标题为《新四军一、二支队挺进江南敌后》，收录时做了适当修改。

之间。同年六七月间，新四军第二支队在张鼎丞的率领下，也分路进入苏南敌后，在江宁、句容、当涂、芜湖、溧水之间活动。

1938年6月16日，由粟裕和钟期光同志指挥的先遣支队跨过敌伪的封锁线溧（水）武（进）公路，深入句容境内，选定镇江到句容公路之间的韦岗设伏。6月17日的早晨打了一场伏击战，当场击毙日军少佐土井和大尉梅泽武四郎以下10余名，伤日军8名，击毁汽车4辆，缴获长短枪20余支，日钞7000余元，这是新四军进入江南后的首次胜利。

韦岗取得首战胜利后，钟期光主任率先遣支队一连归建，粟裕司令率先遣支队二、三连进至茅山西南高淳、当涂、大官圩地区与二支队会合。后三连返回皖南，归建三支队。至此，新四军先遣支队胜利完成了挺进江南敌后、实施战略侦察和宣传群众的光荣任务。一、二支队从挺进江南敌后到1938年底，仅仅半年不到，就进行了大小200余次战斗。如7月1日新四军二团在一营营长段焕竞的指挥下，夜袭宁沪线上的新丰车站，焚毁敌营房，歼灭日军1个小队40余人，缴获三八式步枪10余支。接着，7月6日，二支队一部伏击当涂至芜湖的火车，击毁敌军军车1列。7月14日，一支队一团一部夜袭敌军南京城郊西善桥敌据点，击毙日军3人，破坏京善铁路一段。8月3日，进行永安桥战斗，俘日军1名。8月12日，夜袭句容县城，歼日军40余人。8

月23日，二团一部在珥陵镇伏击日军船队，毙伤日军49人，生俘1人。此外还胜利地进行了新塘、竹子岗、高资、仓头、华山、横溪桥、当涂等一系列战斗，给日军震动更大的是我军进袭南京城郊机场，直逼到麒麟门和雨花台附近。

日军屡遭我军痛击之后，急忙从蚌埠和上海等地调来大批日伪军，妄图以三四万日军配以万余伪军消灭我军于茅山地区。日伪除经常对我军进行数路分进合击、"清剿扫荡"、加强伪化组织、残酷屠杀抗日军民外，还采取一种"梅花桩"式的新战术，在所有敌占城镇加筑工事，驻兵防守，并在一切公路、铁路、大小河流及桥梁交通要道口构筑碉堡，设置据点，密如梅花桩，以这些工事为依托，经常昼夜派出敌伪军甚至乔装我军，四出骚扰，烧杀淫掠，抓鸡牵牛，残害人民。

日军采用新战术，一时给我军的行动增加了困难，对地方党政工作人员和敌后群众也造成了新的危害。但斗志昂扬的敌后军民毫不气馁，在党的领导下，在陈毅、粟裕的指挥下，及时分析敌情，总结我们的斗争经验，对敌伪也采取了适当对策。

当时，初建起来的茅山抗日根据地，根据斗争形势的发展，将敌人力量暂时强、我军难以活动的城镇定为敌占区；把接近敌伪据点、敌我经常拉锯之地定为边沿区；而以离敌稍远、我能经常穿插活动的地区定为中心区。对不同地区采取不同的斗争方法。如在溧武公路以北，常以原丹阳二区、金坛六区、句容二区、句北一区等地为中心活动地区；而在镇（江）句（容）路以西，则以赤山、横山南部为中心地区；溧武路以西的两溧则以新桥、白马、东岗、堂皇等地为经常活动的中心。这些地方虽小，但地方工作开展得较快，群众基础也较好，是我军的重要依托。

不论抗日根据地内的中心地区或是边缘地区，都是同敌伪经过反复斗争夺取的，敌伪企图消灭我军及一切抗日力量，曾经千方百计地妄想摧毁我们的中心地区。1938年下半年，日军在连续遭受我军痛击之后，便在丹阳南部的延陵和金坛之西的西场等地设立强固的据点驻守部队，尤其是延陵这个据点，一时成为我茅山地区的一颗"钉子"。我军如不拔除这颗"钉子"，将使我们在茅山地区的活动遇到很大的困难。

为了拔掉这颗"钉子"，经过仔细侦察和周密部署，1939年2月17日，即农历除夕深夜，我新四军一支队二团一营在交通员带领下，从白兔出发，经过急行军，长途奔袭延陵。接近延陵敌据点后，按既定计划，由一连迅速抢占简渎河桥及以东地区，严密监视河东地主大院和昌国寺的日本军队；二、三连也同时秘密包围了河西的伪军据点，以果断机智的动作破门而入，迅速俘虏了全部伪军。接着一营的全部指战员分路向河东的日军发起攻击，狡猾的敌人依托深沟高垒和优势装备，负隅顽抗，我军因无重武器，只好用长竹竿捆绑集束手榴弹把围墙炸开，攻入大院，迫使顽敌退守昌国寺藏经楼。我军在藏经楼下堆起了柴草实行火攻，一时浓烟滚滚，火焰冲天。经一夜激战，全歼日军青木大队一个小队，毙日军小队长留木以下20余人，伤日军8人，缴获大批武器装备。此战就是有名的"延陵大捷"。茅山地区的军民闻讯无不欢欣鼓舞，老乡们敲锣打鼓抬着慰问品来到我军驻地庆贺慰问。

1939年这一年中，我军还进行过大大小小多次战斗。如2月4日，我军一部袭击丹阳西门，突入城内，毙敌50余名。2月8日，王必成同志率领一支队第二团袭击句容县东湾据点，并痛击增援之敌，击毙日军大尉中队长太田以下79人，伤32人。3月7日，日军的步骑兵分几路包围我据守于白兔镇一带的二团，因二团占据有利地形，即分路猛烈抵抗，突破包围，毙敌56人，伤43人。5月4日夜，我二团配合丹阳独立支队攻打孟河据点，曾一度占领。11月8日，我一支队二团及新六团在丹阳独立支队的协同配合下，取得了贺甲战斗的大捷，此役击毙敌武村大尉以下日军官兵168人，俘3名。自新四军一、二支队挺进江南，在一年半的武装斗争中取得以上的辉煌战果，不仅威震江南，使敌丧胆，也使以茅山为中心的抗日根据地不断巩固壮大起来，而且有力地配合了华中其他兄弟地区的抗战。

早在1938年5月4日，中央军委对新四军的指示中就指出，在茅山根据地大体建立起来之后，还应准备分兵一部进入苏州、镇江、吴淞三角地区去，再分一部渡江进入江北地区。1939 年 2 月下旬，周恩来同志到达皖南新四军军部，传达党的六届六中全会精神，重申中央关于新四军要向敌后发展的方针，并和军部领导人商定了"向南巩固、向东作战、向北发展"的战略任务。陈毅同志坚决执行中央的正确方针，在开创、扩张茅山抗日根据地的同时，具体部署了"向东作战"和"向北发展"的行动计划。

1938 年 9 月中旬，陈毅同志即派新四军一支队第二团第一营在团参谋长王必成同志率领下，经过丹（阳）北地区向东深入江阴西石桥等地进行战略侦察，会见了上海党派在该地区的地下党负责人何克希，并与梅光迪、朱松寿两支游击队取得联系。10 月，王必成在完成侦察任务后西返茅山，何克希也带梅、朱两部来茅山进行整训，新四军一支队授予其"江南抗日义勇军第三路"的番号。任命梅光迪为司令，何克希为副司令。1939 年 1 月，陈毅同志又派一支队参谋长胡发坚到江抗三路加强领导。同年 4 月，陈毅根据中央指示精神，部署我军继续东进。5 月初叶飞同志即率第六团从茅山出发，东进到武进南部的戴溪桥，与江抗三路会合，且合并成立江抗总指挥部，梅光迪任总指挥，叶飞、何克希任副总指挥，第六团改称江抗二路。5 月 8 日，江抗 1000 余人越过宁沪铁路到达无锡梅村。5 月 31 日，江抗部队与日军激战黄土塘，毙敌数十名，东进首战告捷。6 月 24 日，夜袭日军据点浒墅关火车站，全歼日军警备队长山本以下 55 人，伪军 1 个中队，炸毁车站，炸断铁轨，迫使沪宁运输中断3天。6月底，江抗继续东进，开辟青（浦）昆（山）嘉（定）地区。7月末，"忠义救国军"姚友连部，勾结日伪，妄图消灭江抗部队。江抗部队主力在当地抗日武装配合下，被迫还击。江抗部队主力还袭击了日军虹桥机场，使中外为之震惊。

1938年7月，陈毅同志约见了丹阳抗日自卫团团长管文蔚，9月中旬将管部编为"江南抗日义勇军挺进纵队"（简称"挺纵"），指令管部开辟以丹北访仙桥为中心的游击区，为新四军北上抗日创造条件。1939年1月，陈毅派管文蔚率梅嘉生、韦永义两个支队1000余人过江与泰州李明扬、李长江达成谅解，将江都的嘶马、大桥作为"挺纵"的活动地区，并派惠浴宇和韦一平到扬州、泰州一带开辟地方工作。1939年冬，在"挺纵"已在苏北建立跳板的基础上，陈毅又派陶勇和卢胜率二支队第四团第二营组成苏皖支队渡江北上，后与"挺纵"梅嘉生部合编，活动于扬州、仪征、六合、天长一带，并同向皖东发展的新四军五支队取得了联系。此时叶飞也奉命率江抗西撤，与管部合编。1940年7月8日，陈毅、粟裕率领新四军一、二支队的大部分主力由苏南渡江北上，与"挺纵"和苏皖支队会合，然后挥戈东进，创建以黄桥为中心的抗日根据地。韩德勤坚持反共立场，大举向黄桥进攻，我军被迫自卫还击，使反共顽固派韩德勤的主力第八十九军和独立六旅全军覆没。可见，以茅山为中心的抗日根据地对于新四军一、二支队完成"向东作战"和"向北发展"的伟大任务起到了重要作用。

随着武装斗争的胜利展开，在以茅山为中心的根据地内也积极地进行建党、建政、建立地方武装，普遍建立群众组织，开展群众运动，并努力开展统一战线，团结敌后各阶层人民进行抗战。

从1938年六七月间新四军进入江南到1939年11月间，以茅山为中心的根据地内已普遍建立了各级党组织，普遍建立农、青、妇抗会。党的领导机构也先后成立了苏南、苏皖、苏北三个特委。在苏南特委领导下，有丹（阳）南、丹（阳）北、江（宁）当（涂）溧（水）和江（宁）溧（水）句（容）四个中心县委。

茅山抗日根据地的巩固、发展和壮大，迫使敌伪频繁"扫荡"。但是，苏南敌后抗日军民始终保持着旺盛的革命斗志，采取了正确的政策，取得了一次又一次的胜利。到1945年9月14日，解放了句容、金坛、溧阳、长兴、溧水、安吉、广德、郎溪、高淳、宜兴等10多个县城和100多个大小据点，除京沪铁路沿线的城镇外，东起太湖，西至小丹阳，南到安吉、孝丰的广大地区完全连成一片，全区人口达370余万人。

以茅山为中心的苏南抗日民主根据地，是陈毅等领导同志和广大指战员坚决执行党中央的正确路线，在极其艰苦险恶、错综复杂的斗争中，依靠人民群众，不断开辟、发展、建设起来的。它像一把插入敌人心脏的钢刀，有力地配合了世界反法西斯斗争，它是新四军发展壮大华中抗日根据地的重要战略据点，为中华民族取得抗日战争的胜利做出了重大贡献。

青弋江接防[*]

陈仁洪

1938 年 6 月初，日本华中派遣军为了牢牢控制长江航运线，支援日军对武汉的进攻，命令驻芜湖的日伪军加强攻势防御。日伪军沿青弋江不断南犯，驻守在那里的国民党三十二集团军部队节节败退。这时国民党第三战区司令长官顾祝同电令新四军加强上官云相三十二集团军在芜湖青弋江一线的阵地防务，命三支队五团接替国民党一四四师红杨树—峨桥—青弋江一带的阵地防务。

6 月中旬，谭震林同志率领三支队五团和六团三营，从茂林出发，于 7 月中旬到达了青弋江地区的西河镇一线。在这里，国民党三十二集团军一四四师和一〇八师，以红杨树为界，沿江设防。我们接防前不久，这一带阵地前沿的红杨树已落入日寇之手。

---

* 本文原标题为《新四军三支队战斗在皖南前线》，收录时做了适当修改。

部队到达青弋江前线后，五团团长孙仲德与国民党军一四四师的副师长进行了防务交接。接防后，我们与国民党的这两个师构成前三角配置，三支队居前，计划从日军手里夺回一四四师丢掉的红杨树到马家园一线阵地，然后扼守红杨树、金家阁、青弋江沿岸围堤，阻止鬼子南进。一〇八师的阵地位于我军右后方，一四四师的阵地位于我军左后方，两支部队把我们紧紧堵在前面，国民党当局的险恶用心是非常清楚的，那就是要借日寇之手，消灭新四军。

接防后的部署是：支队队部带六团三营移驻蒲桥，五团团部留驻西河镇，一营驻离西河不远的王村，三营驻金家阁。我带领的二营准备进驻红杨树。部队按布置展开后，迅速帮助群众修建被鬼子践踏的家园，并立即构筑工事，做好阻击日军南犯的战斗准备。

为了夺回红杨树，谭震林同志来到五团，给我们出了一个点子，他说："鬼子刚占领红杨树，立足未稳，地形不熟悉，人心惶惶，你们夜里去闹闹，让他们六神无主。"我们按照他的指示，派出十多名有经验的侦察兵，乘着夜色，摸到红杨树村里，部队在村外配合，大闹了半宿。鬼子摸不清情况，怕给包了"饺子"，第二天天还没亮，便仓皇撤回湾沚据点里去了。我们顺利收复、进驻了红杨树。

收复了红杨树，完成了一线阵地防御的配置，大大鼓舞了部队干部、战士的求战情绪，但要在这里进行防御，迎击日寇进攻，大家思想上难免有些顾虑。过去我们打游击战，

"打得赢就打，打不赢就走"，而现在要与日寇在水网稻田地区打阵地战，究竟怎样才能打好这出师的第一仗，战士们心里没底，我们干部也觉得压力很大。

谭震林同志了解到部队思想情况以后，在蒲桥召开了全支队干部会议。在会上，他分析了抗战以来的形势，指出：虽然新四军装备较差，火力又弱，不宜担负正规阵地防御作战任务，但为了顾全抗战的大局，即使付出大的牺牲也要守住阵地，把仗打好。他还在会上就如何做好战地群众工作，紧密依靠人民群众，以及遵守群众纪律等问题做了具体指示。蒲桥会议以后，五团又在西河镇召开了连以上干部会，决定尽快了解敌情，在走访友邻部队和老乡的基础上，集思广益，充分发扬军事民主，制定了确实可行的阵地防御措施。

部队在乡亲们的帮助下，日夜苦战，在河流、稻田圩埂的拐弯处设置好了阵地，又在挖断的堤圩两侧，巧妙地挖好隐蔽部，做好暗射击孔，还在掘开的地段上挖好陷阱，埋上芦柴。一切准备就绪，只等日军上门。

一段平静过后，一天，驻在湾沚的日军一一六师团的一个大队三四百人，在大队长川月带领下，骡马驮着钢炮，人扛着重机枪，沿着圩埂向红杨树开了过来，伪军的一个保安队约200多人，紧紧地簇拥在鬼子后面。

战士们镇静地看着鬼子越走越近，阵地上一点声音也没有，只有青弋江水低声地流淌。

"打!"鬼子一走进我们的射击圈,圩埂内的重机枪便吼叫了起来,一下子摞倒了一排敌人,鬼子慌忙卧倒,川月大队长抽出指挥刀大喊,鬼子呼啦一下散开了队形,随后,成两路号叫着冲了上来。隐蔽在圩埂两侧掩体内的几挺轻机枪迎着他们叫了起来,不一会儿,圩埂上下又躺倒了一片。川月大概从未吃过这样的亏,挥舞着指挥刀命令鬼子继续向前冲,可是他们刚冲没几步,就被我们挖开的圩埂挡住了,那里到处布满了障碍物和陷阱,鬼子只顾低头找路,拥挤成一团,这样更加暴露在战士们的射击范围之内,鬼子们的脑袋一个个地被战士点了名,川月气得把指挥刀往地下猛一插,命令架起小钢炮、迫击炮猛轰我军阵地。而我们的人都隐蔽在圩埂底的工事里,敌人的炮弹不是打近了落在阵地前面,就是打远了落到圩埂后面的稻田里。敌人一见死伤惨重,打了半天连个人影还没见到,自知再进攻也是徒劳,只好拖着上百具尸首,狼狈地撤回据点里去了。

　　这次战斗的胜利,使大家非常振奋,我们估计敌人不会善罢甘休,便连夜加修工事,做好再次迎战的准备。

　　不久,川月果然带领着人马又来了。这次,他们改变了战术,不再大张旗鼓地猛冲,而是利用圩埂隐蔽地向我军逼近。但是他们在明处,我们在暗处,战士们沉着射击,放近了再打,越打越准,鬼子怎么也冲不过前沿。他们又派出部分兵力,企图从侧后迂回夹击我们。但由于我们早有准备,给他们以狠狠的教训,偷袭的鬼子又缩了回去。战斗僵持到中午，敌人的进攻始终没能奏效，只好又拖着几十具尸首扫兴而归，红杨树阵地就像一把锋利的钢刀，挺立在三支队与日寇战斗的前沿。

在红杨树战斗打响的同时，另一股鬼子和伪军，从芜湖方向进犯，五团三营在金家阁一线早就构筑好了工事，三营的指战员利用巧妙的战法，给敌人以迎头痛击，粉碎了敌人企图东西两路合围的阴谋，日军在我三支队阵地面前碰得头破血流，气急败坏，便转向我军阵地右翼的国民党一〇八师出气。结果，堂堂一师人马，被鬼子一个大队和伪军1000余人一冲，便弃阵而逃，一溃几十里，而日伪军对我新四军的阵地，却再未敢"登门拜访"。

两次战斗告捷，使我们增强了敢打必胜的信心。一天，谭震林同志又来五团，指示我们，既然鬼子不来跟我们打阵地战，我们主动跟他们打游击战。当即，孙仲德团长决定派一名侦察参谋，又从各营侦察排选了十余名老红军战士，组成袭击小分队，带足手榴弹、炸药、煤油，第二天晚上，分乘几个"大稻桶"，顺水悄悄潜入了湾沚镇内。

湾沚是敌人进攻皖南的前哨阵地，是一个重要据点，鬼子一个大队都驻在镇中心的柿子园营房内，周围遍设碉堡、岗楼和铁丝网。侦察员们摸到敌营附近，把炸药包和包上棉花蘸了煤油的手榴弹成束地投了过去，霎时间，敌营内成了一片火海，紧接着枪声四起，鬼子惊叫着乱窜乱跑，盲目地向四周射击。敌人相互混战了一夜，而我们的侦察兵却已在炒豆般的枪声和熊熊的火光中，安全地返回了防区。

由于我们多次击退敌人的进攻，守住了阵地，使我们防区的人民群众能安然生产，而国民党防区的群众经常"跑反"，人心惶惶。在现实面前，国民党部队中一些原来认为我们装备差、不能打仗的人，也不得不承认新四军能打仗、能防守，战斗力强。

11 月下旬，三支队奉命离开了青弋江，带着初战胜利的喜悦挥戈西去铜（陵）繁（昌），迎接更艰苦、更残酷的战斗。

皖中皖东敌后抗战[*]

周骏鸣　赵启民　邓少东

1937 年 7 月，郑位三、萧望东同志从延安到红二十八军工作，同行的还有张体学、程启文同志。郑位三在欢迎大会上，传达了党中央关于红二十八军将要改编，并东进皖中、皖东创建敌后抗日根据地的指示，号召全军指战员继续发扬革命传统，随时准备开赴抗日前线。

为了适应抗战需要，红二十八军集中后即在七里坪举办干部轮训班，学习《抗日救国十大纲领》等文件，引导部队认清形势，明确任务。同时，对部队还普遍进行了游击战争的战术训练和一些技术训练。在整训期间，第二批从延安派来的林英坚、高志荣、张学文、文明地等 30 多位干部到达七里坪，会同郑位三、萧望东等同志一起，协助高敬亭同志整训部队。

---

[*] 本文原标题为《挺进皖中皖东敌后的第四支队》，收录时做了适当修改。

1937 年 12 月下旬，高敬亭、萧望东由七里坪去汉口八路军办事处，参加中共中央长江局召开的关于部队改编的会议。会上，周恩来副主席代表中央宣布：鄂豫皖红二十八军和鄂豫边桐柏山红军游击队合编为新四军第四支队，高敬亭为司令。会后，高敬亭随即返回七里坪。

与此同时，鄂豫边特委（原省委）和桐柏山红军游击队派张明河、胡龙奎等同志到达汉口，向周恩来副主席请示汇报工作。汇报后，周恩来同志传达了中央关于桐柏山红军游击队改编为新四军第四支队第八团的决定，并介绍张明河去见项英副军长。项英副军长对部队工作做了指示，还给八团发了电台、密码和经费等。张明河返回后，鄂豫边特委随即根据中央决定，于 1938 年 1 月上旬将桐柏山红军游击队改编为新四军第四支队第八团。

1938 年 1 月中旬，叶剑英同志从汉口抵七里坪，向高敬亭再次详细阐明了抗日民族统一战线的方针政策，分析了皖中、皖东地区形势，具体部署了东进抗日的作战意图和创建敌后抗日根据地的任务。

2 月中旬，红二十八军在七里坪宣布改编，组成新四军第四支队。支队部和所属七团、九团、手枪团，加上已经改编的第八团，全支队共 3100 余人。支队司令员高敬亭，参谋长林维先，政治部主任萧望东，经理部主任吴先元。

2 月下旬，中共中央派戴季英同志到第四支队工作。3 月，萧望东调离四支队，戴季英接任政治部主任。

3月8日，遵照中央军委"高敬亭部可沿皖山山脉进至蚌埠、滁州、合肥三点之间作战"的指示和新四军军部关于东进皖中、皖东的命令，四支队七、九团从七里坪，八团从邢集出发，在高敬亭司令员率领下开始东进。于3月下旬在皖西霍山县流波碴会师，高司令看望了八团指战员并讲了话。而后，四支队继续向皖中挺进，高敬亭同志因病留金寨县双河休养，部队由林维先、戴季英率领，于4月中旬在庐江、无为、舒城、桐城和巢县地区展开。5月，高司令病愈后，率手枪团和后方机关进到舒城西蒋冲，指挥部队作战。

皖中的舒、桐、庐、无地区，是日军西犯的必经之路。红军曾在这里打过游击，群众基础较好。抗战开始后，当地的进步人士和爱国青年纷纷揭竿而起，进行各种抗日救亡活动和武装斗争。四支队进到皖中后，和皖中工委与当地群众一起，积极开展敌后游击战争，配合正面战场作战。

5月12日，我四支队九团首战蒋家河口，歼灭日军20余人。6月中旬，为配合友军保卫武汉，我四支队奉命向合（肥）安（庆）、合（肥）六（安）公路沿线出击。自6月至10月，我军先后在公路两侧取得了大小关、范家岗、椿树岗、棋盘岭、铁树岭、三十里岗、运漕等数十次战斗的胜利，共毙伤日军1000多人，俘虏10人，毁敌军车150辆，缴获大批武器和军用物资，狠狠地打击了敌人的嚣张气焰。6月，八团在安合公路舒（城）桐（城）地段，两次伏击西犯日军，毙伤敌50多名。8月25日，支队特务营突袭舒城大杵街守敌，经过激战，歼敌51名。9月，七团一营在合六公路三十里岗发现1500余日军骑兵在该地露营，当即就地隐蔽，挑选英勇机智的战士潜入敌营，猛掷手榴弹，炸毁帐篷数顶，敌惊慌失措，相互射击，伤亡近百，我军缴获战马3匹。七团三营于棋盘岭设伏，以集束手榴弹猛炸敌汽车队，毙敌官兵116名（我伤亡9人），毁军车32辆，缴获步枪21支。10月，七团一营再传捷报，在合六公路的椿树岗附近，击毁敌车65辆，毙伤敌146名，俘敌汽车队队长1名。敌损失惨重，我军声威大震。这些胜利，有力地钳制了日军的西犯行动，配合和支援了友军的正面战场作战。部队在猛烈打击日军的同时，还积极打击汉奸土匪武装，维护社会秩序，保护人民群众利益。七团先后歼灭无为石涧埠、巢湖姥山岛等地的汉奸土匪武装数百人。八团消灭庐江的土杂武装吴可庄部200多人。手枪团应爱国人士、舒城县县长陶若存的请求，围歼张母桥、张龙庵土匪武装300余人，活捉匪首罗大刚，为民除害，人心大快。

庐江、无为两县县长组织反动武装，勾结日伪，为非作歹，残害人民，破坏抗战，且不服从国民党安徽省政府调动，拒绝新县长上任。为扫清坚持敌后抗战的障碍，我四支队奉省政府电令，由参谋长林维先率七团、手枪团、特务营进行了无为、庐江讨伐战斗。10月23日，手枪团和特务营攻打无为县之襄安镇，歼灭保安大队等反动武装共600余支，活捉警备司令。七团和特务营攻克无为县城，歼灭5个保安大队，击毙反动县长。接着，七团、特务营、手枪团会战庐江，经过 10 小时激战，攻克县城，消灭反动武装 1000 余人，守备司令被我活捉。庐、无战斗，共歼反动武装 2800 多人，缴获枪支 1600 余支，护送省政府委任的两个新县长到任就职。

部队在行军、作战中，抗日宣传工作非常活跃。支队战地服务团（团长程启文、副团长汪道涵）和各团的宣传队运用召开军民联欢大会、演活报剧、散传单、贴标语、教唱救亡歌曲等形式，激发广大军民奋起抗战、保家卫国的热忱。同时，还协同中共皖中工委和皖西工委广泛开展抗日救亡运动，发动与组织群众，进行统战工作，建立党的组织，成立工、农、青、妇等抗敌协会，将各地的游击武装和人民自卫队，组织改编扩大为叶雄武、陈友亮等 5 个游击大队。另外，还协同地方党组织，组建了由戴季英任司令的江北游击纵队，下辖第一、二大队，共近 2000 人。我四支队在皖中的活动，为以后建立的皖江抗日根据地做了奠基工作。

鉴于四支队一时难以全部东进皖东，新四军军部根据党中央和军委副主席周恩来的指示，命令第八团首先挺进皖东。

1938 年 8 月，八团由皖中西汤池等地出发，向皖东敌后挺进。9 月，越过淮南路。先后在肥东、巢北、含山、全椒、滁县一带开展抗日活动。

10 月前后，撤退到大别山的国民党桂系军队站稳脚跟后，竟以抗日为名，抢先向淮南路东敌后派出行署主任、专员、县长，恢复旧政权，收编土杂武装，扩充反动势力，与我军争夺皖东地区。在此情况下，为了发展皖东，动员高敬亭同志率四支队主力继续东进。新四军参谋长张云逸奉命于11月率军部特务营（两个连）渡江北上，抵达皖中，向四支队领导传达了军部指示。12月底，张云逸由戴季英陪同到立煌县（今金寨县）与国民党安徽省主席、二十一集团军总司令廖磊谈判，就江北部队活动地区等问题，达成了协议，商定我四支队到皖东津浦路南段两侧活动，并留一部在无为地区。而后，张参谋长返回西蒋冲，给高敬亭做工作，要他率支队主力进到皖东。12月，四支队恢复了7月间曾被撤销的第九团，团长詹化雨，政委胡继亭；支队手枪团改为教导大队，大队长李世安，政委江岚。1939年1月，支队派梁从学、汪少川同志组建了淮南抗日游击纵队。后与郑抱真同志的寿合游击支队合编，郑抱真任纵队司令，汪少川任政委，梁从学任副司令，全纵队1000余人。1939年一二月间，四支队七团、淮南抗日游击纵队先后进到淮南铁路东侧的肥东青龙厂、下塘集等地活动。3月，林维先参谋长、戴季英主任率支队司政机关和特务营来到青龙厂和定远吴家圩地区指挥部队行动。在此期间，部队分散活动，积极袭扰敌人。七团在淮南路两侧的备头集、太平巷、朱龙镇、顾家圩、谢家圩等地，打击日伪军，共毙伤敌150余名。特务营在怀宁县的月山、野圹、沟口、石碑、十里铺等地歼灭日伪军400

余名。张云逸参谋长在皖中活动后，于 1939 年 2 月由舒城来到皖东，直接领导第八团和第三游击纵队，开辟皖东地区。1939 年 4 月 24 日，党中央在给东南局并八团的电示中，进一步明确了江北部队发展的方向和任务。中央指出，目前我党我军在皖东的中心任务是建立皖东抗日根据地，要迅速扩大部队，积极向东、向北发展，建立后方。5 月 4 日，东南局书记项英给高敬亭并报党中央的电报，要求四支队"迅速东进，积极作战"。

为贯彻党中央和东南局的指示，1939 年 5 月，叶挺军长等领导同志亲临皖中，在庐江东汤池组建新四军江北指挥部后，即到舒城西蒋冲召开了四支队干部会议，重申中央的东进方针，要高敬亭同志率四支队全部迅速越过淮南路进入皖东的定远等地区活动。5 月 19 日，叶军长、张参谋长从西蒋冲抵达皖东青龙厂。5 月底，在舒城、庐江的九团先后进到青龙厂附近。6 月 4 日，高敬亭同志率支队后方机关和教导大队来到青龙厂。至此，第四支队全部进入皖东地区。

1939 年 7 月，江北指挥部根据党中央的指示和军部的决定，将第四支队扩编为第四、第五两个支队。以第四支队第八团为基础，组建了第五支队。七团、九团等部仍为第四支队。四支队司令员由江北指挥部副指挥徐海东兼任（徐未到职前由戴季英代理），政治委员戴季英（后郑位三），副司令林维先，参谋长谭希林，政治部主任戴季英兼（后何伟），副参谋长赵俊。下辖七、九、十四团和特务营、教导大队。

部队整编后，根据江北指挥部的部署，四支队在淮南津浦路西的定远、凤阳、滁县、全椒等地区活动。经过两个月发动群众，连续战斗，开辟了以定远县藕塘镇为中心的淮南津浦路西抗日游击根据地。

1939 年 11 月后，在路西地区活动的第四支队和广大人民群众一起，在中原局、刘少奇和江北指挥部的领导指挥下，满怀胜利信心地投入了创建政权和保卫淮南抗日根据地的斗争。

12 月下旬，日伪军由南京、明光、蚌埠、巢县等地出动 2000 余人，分三路对我津浦路西之周家岗、大马厂合击"扫荡"。从巢县出犯的日军接近国民党专员公署所在地古河镇时，专员李本一闻风而逃。我四支队司令徐海东，奉命率七、九团，英勇反击，激战三日，粉碎了日军在皖东发动的首次大"扫荡"。敌人来势汹汹，最后损兵折将，死伤 160 余名，俘 5 名，中队长毛高千穗被我军击毙。我军缴获了大量炮弹、子弹及其他军用物资，伤亡 32 人。

四支队在津浦路西的活动中，除积极打击敌人外，还根据刘少奇同志关于猛烈扩大部队，准备反摩擦的指示，到处宣传群众，发展抗日武装，迅速扩大部队。经过短短三个月，全支队由 4000 多人发展到 6000 多人。在其后半年多的时间里，四支队辗转路西、路东，由于连续作战，减员较多，精力疲惫，亟待休整。不料蒋介石又发动第二次反共高潮,桂顽再次对我路西地区大举进攻,四支队七团、十四团在粉碎日军"九月大扫荡"后,奉命返回路西,进行自卫作战。

1940年11月,桂顽出动一三八师等6个团的兵力,越过淮南路,先后占我梁园草庙集、复兴集、王子城、杜集、周家岗等地,逼近我中心区藕塘以南之界牌集;桂顽一七二师亦进至淮南路西侧,准备参战,妄图将我军赶往津浦路东,摧毁淮南根据地的西部屏障。定远、滁县的日伪军,亦于此时接连出动,"扫荡"我藕塘周围的仁和集、珠龙桥、施家集、曲亭等地,形成日伪顽相互配合、夹击我军之势。当时,路西根据地只剩下以藕塘为中心的东西60余华里、南北40余里的狭小地带,形势十分险恶。面对这种严重局面,我四支队(3个团)、江北游击纵队(2个团)和从路东赶来增援的五支队八团的广大指战员坚定沉着,英勇顽强地阻击顽军的进攻。在我军自卫反击下,顽我双方形成相持局面。根据中原局和江北指挥部的决定,为确保路东,策应苏北,防止桂顽进攻路东地区,粉碎桂、韩两顽的夹击阴谋,我四支队于1941年一二月,由路西转移到路东集中整训。路西则由江北游击纵队和五支队八团运用游击战的方式方法同桂顽周旋,继续坚持路西斗争。

第四支队自1938年3月出征,陆续挺进皖中、皖东敌后以来,在党的正确领导和地方组织的密切配合下,在抗日战争的烽火中,不断发展壮大,由1个支队扩编为2个支队，同时，还协同地方党组织组建了江北游击纵队，并抽调了1个团（老十四团）加强江北游击纵队，兵力由3100余人发展到1.2万余人。部队的武器装备也有很大改善，成为江北抗战的主力，为开展敌后抗日游击战争，创建和巩固淮南抗日根据地，做出了重大贡献。皖南事变后，这支英雄的部队改编为新四军第二师第四旅，为"坚持路西，巩固路东""向东发展，对西防御"，争取抗日战争的最后胜利继续战斗。

驰骋淮南[*]

郭述申　周骏鸣　赵启民　王善甫

新四军第五支队的前身，是第四支队第八团、挺进团和第三游击纵队。八团原是鄂豫边区桐柏山红军游击队。抗日战争爆发后，根据国共两党协议和中共中央军委副主席周恩来在武汉宣布的命令，于1938年1月，在河南省确山县竹沟镇改编为新四军第四支队第八团。当时，这个团受中共长江局周恩来和叶剑英同志直接指挥。3月8日，全体指战员在周骏鸣团长、林恺政委率领下，从信阳邢集出征抗日。出发前，罗炳辉同志从武汉赶到邢集，传达中共长江局和周恩来同志的指示，欢送八团开赴抗日前线。3月下旬，全团在皖西霍山县流波疃与七、九团会合，支队司令高敬亭亲临驻地看望了八团的指战员，并讲了话。4月，三个团由支队首长戴季英、林维先率领进入皖中，在舒城、桐城、庐江、无

---

* 本文原标题为《驰骋淮南的第五支队》，收录时做了适当修改。

为、巢县等地区展开。

8 月，八团奉命立即由舒城县西汤池等地出发，向皖东敌后挺进。路经合（肥）六（安）公路时，正值日军一个师团从合肥沿公路向六安、信阳进攻。八团给沿途露宿的日军以突然袭击，乘隙进入寿县地区，一边休整，一边了解情况。9 月，派一营到无为老牛铺接送教导员祝世凤去皖南军部领取经费和弹药。同时团部率二、三营越过淮南路，进入肥东、巢北地区，在石塘桥和柘皋，先后同刘冲同志领导的东北流亡抗日挺进团和张恺帆、冯文华同志组织领导的巢县抗日游击大队（简称"巢抗"）会合。随后，又协同肥东、巢县、含山等县的党组织，积极发动群众，开展抗日宣传和统战工作，帮助主张抗日且同情我党我军的进步人士、巢县县长马忍言恢复县、区、乡政权，扩大了我党我军的影响。从此以后，八团即归军部直接领导指挥。11 月，部队到全椒大马厂、滁县曲亭地区活动，并解决冬衣问题。

12 月，八团从全椒、滁县回师肥东、巢县、含山地区，先后在花家集、炯炀河和夏阁袭击敌人，打死打伤日军 10 余人。在龙城，打垮了葛传江 700 余人的土匪武装，毙伤百余人；在店埠全歼汉奸武装 200 余人，生擒匪首刘孟乙。1939 年春节（2 月 19 日），在巢县东山口附近的方老人洼迎击日军 2 个大队 1000 余人。三营战士们手中的长矛大刀和手榴弹大显神威，打得敌人胆战心惊。经过一天激烈战斗，敌死伤 150 余人。八团一系列的战斗行动，打击了日军的嚣张气焰，削弱了地方反动势力，并缴获了一部分武器、军用物资和战马。我军英勇作战的 行动，赢得了皖东人民的热烈拥护，迎来了皖东抗战的春天。

1938年11月，张云逸参谋长率军部特务营到达江北，1939年2月18日（农历除夕），率第三游击纵队（由江北游击纵队第二大队和军部特务营等4个营组成）和第四支队战地服务团抵达肥东梁园八团驻地，直接指挥八团的战斗行动，筹划扩编部队，揭开了组建第五支队的新篇章。

张参谋长来八团之前，党中央和军部业已酝酿组建第五支队。张参谋长到达八团后，向团领导传达了党中央和军部关于东进的重要指示和扩编部队的问题，还对连以上干部讲了话。他告诉八团的领导同志，为了贯彻执行东进战略方针，适应形势的需要，迅速开辟皖东地区，准备以八团为基础组建第五支队。

2月下旬，八团由淮南铁路东侧进至津浦铁路西侧。3月，根据张参谋长的指示，将八团扩编为八团和挺进团两个团。五六月间，郭述申、罗炳辉先后到达皖东，接着组成以郭述申为书记，罗炳辉、周骏鸣、方毅、赵启民、林恺等同志为委员的中共第五支队委员会；以八团团部为基础组成第五支队的司、政、后机关。同时，将八团的教导大队改为第五支队教导大队。

6月下旬，叶挺军长亲临定远藕塘附近八团驻地看望部队，指导工作，在徐小集参加了军民联欢会，并做了形势和任务的报告。他在营以上干部会上讲话时，详细地阐述了东进的重要性和组建第五支队的意义。他强调在执行统一战线中，必须坚持独立自主的原则，贯彻既联合又斗争的方针。并针对4月顽军第十游击纵队第一支队刘子清部公然围攻我"巢抗"部队，缴去一个连枪支的"金神庙事件"，严肃批评某些同志面对顽军的无理进攻不进行自卫还击的错误。叶军长的讲话，提高了干部对党的战略方针、统一战线政策和斗争策略的认识，对于第五支队的发展具有深远的影响。

1939年7月1日，第五支队在路西定远藕塘附近的安子集宣告正式成立。司令员罗炳辉，政治委员郭述申，副司令员周骏鸣，参谋长赵启民，副参谋长冯文华，政治部主任方毅（后张劲夫），副主任林恺（后龙潜）。支队下辖八、十、十五团和一个教导大队。原八团仍为第八团，团长周骏鸣（兼），政委陈庆先，副团长罗占云，政治处主任祝世凤。挺进团改为第十团，团长成钧，政委徐祥亨，参谋长宋文，政治处主任王善甫；以第三游击纵队（不含军部特务营）编为十五团，团长林英坚，政委刘景胜，参谋长谭知耕（后胡定千），政治处主任方中立。原八团教导大队改为五支队教导大队，大队长张翼翔，教导员文明地（后王敬群）。部队进到津浦路东后，又成立了一个特务营，营长李世安，教导员程启文。

第五支队的诞生，是贯彻执行东进方针的成果，为继续向东发展，开辟津浦路东地区，创建淮南抗日根据地做了重要准备。

根据党中央关于"我党我军在皖东一切工作的中心任务和目的是建立皖东抗日根据地"的指示，5月，江北指挥部和中共苏皖省委（原皖东工委）派朱绍清、胡定千率八团二营和四支队战地服务团一部分，跟随以方毅为书记的路东临时前委，到津浦路东进行战略侦察。方毅同志率领部队，在盱眙、来安、六合一带侦察敌情，了解地方情况，联络地方党组织，及时完成了先遣任务。五支队党委听取了方毅的汇报，研究了东进的具体部署。7月，派八团三营为先头部队，同路东工委书记李世农和一批民运工作同志一起进入路东；8月罗炳辉、郭述申率八团一、二营，十五团和支队部机关相继越过津浦铁路；10月，十团也进到路东地区。

路东地区地处津浦路以东，高邮湖以西，淮河以南，长江以北。当时，这个地区除来安、盱眙两个县城仍由国民党旧政权控制外，周围城市均被日军侵占。

五支队进入路东后，将这块地区划为5个区域，兵分五路，开展敌后游击战争。八团三营在来安、滁县，一、二营在天长、扬州，十团在盱眙、嘉山，十五团在仪征、六合，支队队部和直属队在半塔集一带活动。各级领导和政治机关积极宣传群众，扩大部队，进行统战工作，并配合路东工委，建立党的组织，发展党员，组织群众。部队则不断打击敌人，保护群众利益。9月3日，滁县300余日伪军，在地方反动势力的配合下，侵占来安县城，企图一举歼灭在来安、滁县地区活动的八团，切断我军路东和路西的联系，逼迫五支队退回路西。为了粉碎敌人的企图，保卫路东地区，支队决定乘敌立足未稳，先发制人，围攻来安。罗炳辉司令员亲自率领部队与敌激战三日，毙敌数十名，敌仓皇逃遁，我军取得收复来安城的胜利。11月20日，日军一部和伪军王国六部共400余人，再占来安；另一部日军隐蔽在距县城10多里的百石山，准备伏击我军。我军出奇制胜，深夜绕过百石山，直逼城下。一部隐蔽潜入城内，先歼日伪军一部，接着又在城外痛击从百石山来援的敌军。日伪弃城而逃，我军再次收复来安城。这次战斗共毙伤敌少佐指挥官以下日伪军200余名。同月，十团在嘉山大小公路痛击从明光出犯的日军，歼敌数十名。部队在积极打击日伪军的同时，还取缔各地为日军维护治安、通风报信、征粮收税的"维持会"，不断缩小"伪化"地区。由此我党我军的威望与日俱增，路东地区呈现出一派蓬勃的抗日局面。

为进一步扩大抗日武装，加强部队思想建设，做好反摩擦的准备，五支队于1940年2月7日至16日，在半塔集召开了政治工作会议。这次会议对于粉碎国民党顽固派大规模的进攻起了重大作用。3月，华中顽军开始了大规模的反共进攻。桂顽李品仙派出6000余兵力进攻我路西四支队和江北指挥部，苏北韩德勤也忙于调集兵力进攻我路东五支队。在中原局、江北指挥部的指挥下，我四、五支队同苏皖支队、挺进纵队英勇奋战，粉碎了顽固派的进攻，取得了华中首次大规模反顽自卫战的胜利，为创建淮南抗日根据地创造了条件。

淮南抗日根据地的迅速建立，被日伪顽视为心腹之患。他们默契配合，相互利用，千方百计妄图将它扼杀在"摇篮"里。

1940 年 5 月，日军调集重兵，对淮南地区进行疯狂"扫荡"。14 日，占我军路西定远城，奔袭藕塘镇。路东，日军一部由明光出动，占我津里，侵入盱眙、嘉山地区；另一部千余人，由滁县、沙河集出动，于 5 月 27 日再占来安城，企图围攻我军，抢夺民粮。五支队八团和十团一营，在罗炳辉司令指挥下，首先反击来安之敌。28 日晚，我军突然发起三路进攻，把日伪军打得晕头转向。敌人不敢出战，凭坚据守，我军遂采用火攻。一时间烈焰冲天，浓烟滚滚，叫喊声、冲杀声震动全城，许多敌人葬身在大火之中和我军的枪弹之下。拂晓，敌由滁县开来 18 辆汽车援兵，遭我军预伏在百石山的部队顽强阻击，退回滁县，来安敌军也弃城而逃。这次战斗共歼日伪军数百名，这就是淮南著名的新四军"火攻来安城"。

五支队在来安取得胜利后，又引兵向西对津浦线上的乌衣、担子街、滁县县城、沙河集、张八岭、嘉山集等据点及其附近的铁路进行破袭战，配合路西兄弟部队作战。

在我粉碎日军"扫荡"的过程中，桂顽又向我路西根据地发起进攻。6 月中旬，顽军一三八师和第十游击纵队等部，进占全椒以西我古城集、青龙厂等地。我军为了团结抗战，呼吁桂顽顾全大局，停止进攻。但桂顽一意孤行，继续向我军进逼。我军被迫自卫反击。6月下旬，四支队在古城集同顽军激战，我五支队八团和十团一营在栏杆集配合四支队，打击顽军。这次战斗共歼顽军千余名，其余顽军败回八斗岭一带。桂顽再次同意以淮南铁路为界，分区抗日。在这次反摩擦战斗中，我八团政委刘树藩同志光荣牺牲。

我军在路东和路西分别进行反"扫荡"、反摩擦刚刚结束，路东根据地的反动地主，在韩顽、桂顽的策动和支援下，网罗一批兵痞、流氓，于7月初掀起了武装暴乱。先是来安县屯仓反动地主余宗帮，残酷杀害我牛默然区长等20余名同志；接着，盱眙地区开明人士肖石臣、嘉山县（今明光市）保安分处主任（公安局局长）又先后被暴乱分子杀害；嘉山县戴港反动头子罗秀文武装包围我游击队，杀害我大郢乡乡长丁长坦；汉奸地主侯宝煌策动白沙王乡反动分子，杀害我乡总支书记李健；盱眙县永兴乡帮会头子惠绍生父子收罗一批暴乱分子，一夜杀死我九位乡保长；天长县大通镇恶霸李彦夫、吴敬修，泥沛乡恶绅周跃忠、张景贤、施学顺，国民党盱眙县马坝区区长叶一舟等人相互勾结，串通70名武装匪徒，攻打我泥沛乡政府，残杀乡长等4位干部。这些地区的暴乱又很快蔓延到六合、仪征各县。路东根据地周围的顽军也紧密配合，韩顽派出两个团，偷渡三河，奔袭我盱眙马坝和观音寺；高邮湖西岸和长江沿岸的"忠义救国军"，分别向我金钩、黎城和扬州、仪征地区进攻；桂顽也派出武装特务数十人袭击我来安、六合地区。他们相互策应，紧密配合，在路东抗日根据地掀起了阵阵恶浪。

对于这次反动暴乱，刘少奇同志及时指出：我们取得胜利后，敌人一定要进行反扑，反动地主暴乱就是反扑的一种表现。只有坚决扑灭反动地主暴乱，根据地才能巩固。五支队根据中原局、江北指挥部的指示，集中相应的兵力和地方武装、保安部门相配合，以镇压对暴乱，坚决保卫抗日人民的生命财产和根据地的安全。十团首先击溃配合暴乱的韩顽两个团、歼灭侵入金钩、龙岗地区的"忠义救国军"七八百人；接着攻下黎城附近的季家围子，消灭地主季兴桥暴乱武装百余人，活捉一批组织暴乱和继续顽抗的反动地主和刀会头头，并在群众大会上处决了首恶分子。八团和独一团在来安县屯仓打进余家围子，处决了罪大恶极的反动地主余宗邦，在仪征、六合打垮了东沟奶山刀会的反动武装数千人的进攻，摧毁了付营等地的反动会堂，击退了渡江北犯的"忠义救国军"。其他各地参加暴乱的反动武装，在我军强大的军事镇压和政治争取中亦土崩瓦解。至此，为时半个多月的反动暴乱被我军彻底粉碎。日、伪、顽在路东的社会基础大大削弱，人民群众欢欣鼓舞，更加坚定了保卫和建设根据地的信心。政府对受害干部和群众进行了抚恤和救济，对参加暴动的胁从分子和悔过自新的头目，予以宽大处理，抗日根据地得到了进一步的巩固和发展。

为了巩固淮南抗日根据地,策应我军江南部队向北、八路军南下部队向东发展,创建苏北抗日根据地,中原局决定第五支队和第四支队七团、八路军第五纵队六八七团,协同开辟淮宝地区。

根据江北指挥部的命令,由罗炳辉、周骏鸣、张劲夫、冯文华组成的淮宝战役指挥部,率五支队八团、十团和四支队七团,于1940年8月2日开始向淮宝地区推进。当夜,以八团、十团组成的第一梯队强渡三河,突破韩顽三十三师两个团的防线,迅速占领三河北岸的高集,并前进到新集。顽军一面退守仁和集、岔河等地,一面驱使当地的封建刀会武装和受骗的群众,包围、袭扰、攻击我军进至新集的第一梯队。我军在被迫还击的同时,展开政治攻势,宣传我党我军抗日主张和政策,揭露韩顽造谣诬蔑、欺骗利用他们与我为敌的罪恶行径。6日,第二梯队(七团)进抵新集;八路军第五纵队六八七团亦进至淮宝地区,并在蒋坝歼灭秦庆霖旅一部。这时,四个团由南向北同时推进,迫使顽军节节败退。14日,顽军又驱使封建刀会武装向我军进至赵集、南旬镇一线的部队攻击,并派三十三师的部队掩护。在我军猛烈的还击下,掩护刀会武装的顽军抢先逃跑,刀会武装也纷纷溃退。我军对被俘的刀会重要成员,以礼相待,晓以大义,予以释放,为争取和瓦解封建刀会起了很大作用。

8月15日,我军对据守双沟、仁和集、岔河镇的顽军三十三师两个团发起总攻。经过激战,顽大部被歼,残部仓皇逃往运河东岸。开辟淮宝地区的战役胜利结束。8 月底，淮宝办事处（县级）成立，李斌同志任主任。在十团的积极配合下，迅速展开建设淮宝抗日根据地的工作。

淮宝战役刚刚结束，日军即对我淮南根据地及淮宝地区开始了"九月大扫荡"。8 月下旬，日军由南京、高邮和津浦路沿线出动第十五、十七师团及伪军一部共 1.7 万余人，先占领我来安、盱眙县城，而后于 9 月 5 日在 20 多架飞机配合下，分七路向我路东根据地分进合击。根据江北指挥部的部署，开辟淮宝的部队，除留十团保卫淮宝新区外，七、八团均返回路东，会同兄弟部队参加反"扫荡"战斗。9 月 11 日，八团南渡三河，在渡河中，同高邮的日军汽艇遭遇，该敌被我毙伤一部后退回高邮，我军伤亡百余人。12 日，日军在飞机掩护下，从毛堆拐登陆，"扫荡"淮宝地区，被我八团毙伤数十人。渡过三河的八团一营袭击了盱眙城的敌人。七团在盱眙附近的龙王山积极打击和牵制敌人，配合坚持路东根据地斗争的兄弟部队，直至夺取反"扫荡"的胜利。

10 月初，韩顽按照蒋介石的反动命令，调集 1.5 万人，进攻我军苏中黄桥，发动了抗战开始以来华中规模最大的一次摩擦。为了配合我苏中部队作战，五支队根据江北指挥部的命令，派十团和支队所属的独一、独二团开赴苏中参战。部队赶到运河西岸林家码头时，黄桥决战已胜利结束，上述三个团奉命停止行动。

10 月中旬，蒋介石掀起第二次反共高潮。桂顽和韩顽向我华中地区发起进攻。桂顽无理要求我军江北部队撤出皖东，交出全部政权，并调集一三八师等 6 个团的兵力，强占路西根据地南部地区。11 月，我五支队派八团驰援路西，并留在路西坚持斗争直到 1942 年 1 月归建。

苏北的韩顽要我军苏北部队恢复黄桥决战前的状态，并派重兵攻占凤谷村、益林等地。为配合我军苏中、苏北部队反击韩顽，十团奉命东渡运河，牵制韩顽。他们在车桥以西的平桥、泾河一带歼灭顽军 1 个营。接着，在运河线上阻击日军，歼敌一部，减轻了日伪和顽军对兄弟部队侧翼的威胁。

1941 年 1 月，发生了震惊中外的皖南事变。中共中央军委命令重建新四军军部，将部队整编为 7 个师和 1 个独立旅。2 月，我五支队在淮宝地区改编为新四军第二师第五旅。旅长成钧、政委赵启民。全旅指战员在党的领导下，继续高举抗日的旗帜，坚决执行"对西防御，向东发展"的战略方针，为巩固和扩大淮南抗日根据地，争取抗日战争的最后胜利做出新的贡献。

抗战中的竹沟

张旺午

　　竹沟是河南省确山县的一个小镇，坐落在桐柏、伏牛山山脉连接地带，是确山、泌阳、桐柏、信阳四县交界地区。在抗日战争初期，这个小镇一度闻名于全国。

　　竹沟镇同其他山区小镇一样，非常平凡，只有一条老式民房组成的东西街，一条残缺不全的土城墙环绕在小镇四周，城外有一条沙河，岸边有一些破旧的茅草房。全镇住有300多户人家，人口1000左右。多年来竹沟饱受军阀混战、土匪骚扰之苦，人民群众生活在水深火热之中。

　　竹沟地区富有光荣的革命传统。在土地革命战争时期，豫鄂边区是我党在南方八省中坚持游击战争的15个地区之一，周骏鸣、张星江、王国华同志领导的红色游击队，到1936年底，已经发展到近200人。

　　西安事变后，全国掀起了抗日的新高潮，豫南桐柏山区的革命斗争，也进入了新的发展阶段。到1937年，红色游击队已发展到 300 多人。省委根据中央指示精神，将红色游击队改编为豫南人民抗日独立团，由周骏鸣同志任团长，王国华同志任政委。独立团积极执行党中央指示，从消灭和争取改造土匪的斗争中，大力扩充游击队的武装。那些年，河南土匪遍地，民不聊生。国民党杂牌军多是利用土匪来扩充他们的部队，根据枪支人数发给土匪头子委任状。当地有句俗话："想当官，就淌杆（拉杆子当土匪头）。"土匪头子大都有政治野心，而匪众则多是穷苦农民，为土匪头子所控制、利用。我们坚持争取教育和改造他们之中的大多数人，促使他们参加抗日。

1937 年 10 月间，周骏鸣同志、王国华同志率豫南人民抗日独立团，进驻竹沟。边区省委机关随即搬入竹沟。从此，竹沟就成了豫鄂边区的中心。以竹沟为中心，在方圆百里的确山、泌阳、桐柏、信阳四县边区，包括泌阳的邓庄铺、高邑、马谷田、王店、冷水铺，确山的竹沟、石滚河、孤山冲、瓦岗寨、老庄、前城、玉皇顶、王山、陈楼、高庄，桐柏的龙窝，信阳的吴家尖山、邢集等大小集镇，就都为我们所控制，党领导的抗日团体如雨后春笋般纷纷建立。

我豫南人民抗日独立团在 1938 年初发展到了 1000 余人，纵横驰骋于桐柏山区，已成为一支不可摧毁的力量。1938 年初，经过周恩来同志和国民党谈判，豫南人民抗日独立团组成新四军第四支队第八团，东进抗日。竹沟留有 70 余人的 2 个排和 140 余人的教导队，对外称第八团留守处，由王国华同志担任留守处主任。

党中央和毛主席十分重视竹沟在中原的战略地位。在八团出发之后，派遣了彭雪枫同志担任河南省委的军事部部长，并驻在竹沟。1938 年 5 月，河南省委书记朱理治同志带领省委机关由开封迁来竹沟，豫鄂边区省委就改为豫南特委。省委根据中央的精神，把开展独立自主的敌后游击战争作为党的中心任务。当时省委提出了为准备 10 万武装而斗争的口号，决定吴芝圃同志在豫东、刘子久同志在豫西、刘子厚同志在豫南、朱理治同志沿着平汉线南下，分别进行准备。

1938 年夏，日军发动对豫东的进攻，新黄河以东的县相继沦陷。9 月，中央和省委决定彭雪枫同志将竹沟留守处和教导队共 373 名指战员组建成新四军游击支队，由彭雪枫同志任司令员兼政委，张震任参谋长，赴豫东西华县，与豫东吴芝圃领导的第三支队，以及原由萧望东同志从竹沟带去的先遣大队一同合编，使游击支队发展到 1000 多人，并增补吴芝圃任支队副司令，更好地开展豫东敌后抗日游击战争。

省委十分注意贯彻执行党的统一战线政策。朱理治、彭雪枫同志根据不同对象，制订了周密的统战工作计划，抽调王恩九、刘贯一、夏农台、刘子厚等同志具体负责统战工作。分工刘贯一、夏农台同志到五战区做李宗仁的工作，彭雪枫同志直接做泌阳县士绅王友梅的统战工作。同时，我们还与国民党信阳县县长李德纯、桐柏县县长朱锦帆、汝南专员张振江建立了统战关系。后来，李德纯县长率信阳常备队，参加我军编入挺进队（李以后到延安）。此外，我们同国民党十三、十五、六十八、三十三、四十一、四十七、七十七军以及确山、泌阳、西华、镇平、南召、内乡、汝南、南阳、舞阳、扶沟、桐柏等县的国民党游击队都建立有统战关系。在七十七军工作的我党地下党员朱大鹏同志与彭雪枫同志取得联系后，用七十七军名义组成200多人的七十七军工作团，由朱大鹏任团长，在桐柏山区开展抗日救亡活动，动员组织青年到竹沟、延安学习。

中原局和河南省委在努力发展壮大抗日武装时，非常重视党训班、教导队、青训班、新兵队的工作。1938年夏秋之际，徐州失守，武汉告急。河南、湖北等地的青年学生抗日热情很高，纷纷来到竹沟学习工作。后方的教授范文澜、稽文甫、王之克、王洋、高维进也都来到竹沟。党中央还给竹沟陆续派来不少的八路军干部和政治文化工作者。

党训班、教导队以延安抗大为榜样，一切都自己动手。没有房子，彭雪枫同志就领着学员上山砍树、割草，做砖打窑，在东城门外盖起了茅草校舍。没有粮食，同志们常常吃糠菜、豆腐渣。领导同志和广大学员克服重重困难，在竹沟学习、训练。在近两年的时间里，共训练、培养了3000多名革命干部和战士，先后分批输送到新四军的二、四、五师同敌人浴血奋战。

竹沟地区还组织了农救会、青救会、妇救会、儿童团，号召有人出人，有钱出钱，支援抗战，把各阶层群众团结在党领导的抗日民族统一战线周围。

这个时期的竹沟成了党中央到敌后的中转站。那时，由于我们同国民党形成统战关系，从延安派往敌后工作的同志，可以戴着八路军各师的番号，从延安经灵宝、洛阳来到这里，转赴敌后；敌后去延安的同志可以来到这里，循经同样线路北上。延安运来一口一口的大木箱，装满了马列主义书籍和枪支弹药，从这里分送到了敌后各个战场。

1938年10月，党召开了六届六中全会。中央为了加强对中原地区的领导，决定成立中原局，派刘少奇同志为中原局书记。又派李先念同志带领30多位参加过长征的团级干部和一个排的老红军战士从延安来到竹沟，并参加了河南省委的领导工作。1939年1月17日，李先念同志从留守处抽调七八十名战士和60余名干部，组成新四军独立游击大队，继续南下挺进到湖北敌后。

1939年1月28日，刘少奇同志到达竹沟。他一来到这里，就向河南省委和留守处的领导同志传达六届六中全会精神，批判了王明的"一切经过统一战线"的右倾机会主义错误，坚决执行了坚持独立自主的抗日统一战线的方针，对中原地区的抗日游击战争，进行了全面规划。他还做了有关党史、党的建设、党内斗争、论共产党员修养等报告。

为了适应形势的发展，中原局决定：撤销河南、湖北两个省委,成立豫鄂边、鄂豫皖、豫西、鄂中、鄂西北等地的区党委,分别领导敌占区和蒋管区的工作。沦陷区党组织要以发动群众,积极扩大抗日武装力量,广泛开展游击战争为中心任务。蒋管区党组织要做好统战工作,建立精干隐蔽的党组织,广泛开展抗日救亡活动,输送干部支援敌后抗日游击战争。

为了开展武汉外围敌后游击战争,必须创建一支足够数量的人民武装。为此目的,继李先念率部挺进鄂中地区之后,4月陈少敏同志又带300多名干部战士,从竹沟出发南下,到湖北敌后同李先念部会合,会合后将部队整编为新四军豫鄂独立游击支队。11月,刘少奇同志派朱理治代表中原局从竹沟带领600余人到敌后与独立游击支队会合。从此,鄂中、豫南两支武装统一整编为新四军豫鄂挺进纵队,由李先念任司令员、朱理治任政委、任质斌任政治部主任、刘少卿任参谋长。

1939年10月,刘少奇同志指出:党在两年中以竹沟为支撑点,广泛地开展统一战线活动,组织培养和输送党的干部到新四军四支队八团、新四军游击支队和豫鄂独立游击支队,有力地支援了敌后游击战争。竹沟已光荣地完成了历史任务。目前蒋介石特务和河南地方反动当局,正在策划进攻竹沟的阴谋。为了加强敌后和蒋管区的工作,应当分批撤退,留在竹沟的同志们要提高警惕,一有情况就与四望山联系。果然不出刘少奇同志所料,1939年11月,国民党三十一集团军总司令汤恩伯命令少将参议耿明轩指挥确山、汝南、泌阳、信阳四县保安团约2000人围攻竹沟。11月11日他们诈称是送往六十八军的壮丁队，强行进入东城门，将守卫门楼的1个班的战士全部打死。这时顽军已有100余人拥进城内，占了竹沟镇东边半截街。我警卫营1个排的指战员冲下街头阻击。东门两侧炮楼上我守卫部队则封锁东门外的沙河，一面阻击顽军增援部队，一面回头攻击进城的顽军。在我军前后夹击下，顽军断水断粮，遭受伤亡，逃出城外。

当时，我们在竹沟镇仅有2个连的兵力，面对数倍于我之顽军，干部战士奋勇作战，群众全力支援。战斗一直持续到第二天傍晚，顽军没有再前进一步。但因我们子弹不多，加上电台失灵，与四望山的部队又联系不上，为了保存革命力量，省委书记刘子久和王国华、危拱之等同志在西门楼开会，商定突围。12日半夜后，我们冒雨从西城门冲出来，通过敌人的封锁线，突出重围。第二天上午，我们到龙窝和回龙寺之间与齐光、周春明、周老母等同志的地方武装会合，向四望山方向进军。

在这次惨案中，我军民200余人惨遭顽军杀害。省委统战部部长王恩九同志去确山向顽军抗议途中，也在谷山冲被捕杀害。这就是有名的竹沟惨案。具有光荣革命传统的竹沟党组织和革命群众，没有被吓倒。竹沟惨案发生后不久，各级党组织都很快恢复活动。为了打击敌人，鼓舞革命群众，豫鄂边区党委先后派我和周庆鸣率领武装部队，回到竹沟地区一带活动。

　　1944 年，日寇为打通平汉线，占领了河南的大片土地，我党以竹沟地区为基地，开辟了敌占区的确山、泌阳、桐柏、正阳、遂平、西平、舞阳、叶县等地方党的工作，发展扩大了武装。7 月间，新四军第五师十三旅三十八团组成河南挺进兵团北上，到泌阳、确山、遂平、舞阳等地，收复了豫南抗日根据地。后来又发展成为河南挺进兵团，纵横驰骋于辽阔的中原大地，迎接抗日战争的伟大胜利。

长江两岸的抗战[*]

叶 飞

挺进茅山　站稳脚跟

1938 年 4 月 28 日，南方大部分红军游击队改编为第一、第二、第三支队在安徽歙县岩寺集中还不到 10 天，没有来得及整训，就奉命从三个支队中各抽一个加强连组成先遣支队，由第二支队副司令员粟裕率领，向苏南敌后挺进，进行战略侦察。

六天以后，5 月 4 日，毛泽东同志电报指示：在敌后进行游击战争虽有困难，但比在敌前同友军一道并受其指挥反会更好些、方便些、放手些。敌情方面虽较严重，但只要有广大群众，活动地区充分，注意指挥的机动灵活，也会能够克服这种困难……在侦察部队出去若干天之后，主力就可准

---

[*] 本文节选自《新四军第一师的战斗历程》，标题后拟，收录时做了适当修改。

备跟行,在广德、苏州、镇江、南京、芜湖五区之间广大地区创造根据地,发动民众的抗日斗争,组织民众武装,发展新的游击队,是完全有希望的。在茅山根据地大体建立起来之后,还应准备分兵一部进入苏州、镇江、吴淞三角地区去,再分一部渡江进入江北地区。在一定条件下,平原也是能发展游击战争的……

第一支队司令员陈毅坚决执行这一指示,6月1日即率部从南陵出发,东进苏南,8日在溧水新桥同先遣支队会合,随后在溧阳、武进公路以北,京杭公路以东,镇江、金坛以西展开,14日进入茅山地区。

这时日军已侵占了上海、杭州、南京、芜湖、徐州等战略要地,控制了京沪杭、京杭、京芜各主要和次要的交通线。国民党军队一溃千里,地方政权望风解体,日军所至之处烧杀奸淫,无恶不作,汉奸敌探为虎作伥,肆意横行,江南大好河山沦于敌人铁蹄之下,成了人间地狱,人民处在水深火热之中。

我军指战员亲眼看到这些情景,怒火中烧,热血沸腾,决心以浴血奋战的行动,惩罚侵略者和卖国贼;以战斗的胜利,唤醒人民的觉悟,提高抗日必胜的信心。

6月15日,先遣支队经过三个雨夜的急行军,到达南京与镇江间的下蜀街,当天晚上完成了破坏铁道的任务。第二天上午日军一列火车就在下蜀街出了轨。17日,先遣支队又冒雨急速向东,埋伏在镇江以南30里的韦岗,伏击日军车队，击毙日军少佐土井、大尉梅泽武四郎等 10 多名，打伤 8 名，击毁敌军车 4 辆，缴获长短枪 20 多支及其他军用物资一批。这是先遣支队的第一仗，是新四军给江南人民的"见面礼"。仗不大，但意义很大，解决了两个问题：一是新四军能不能跟日本侵略者打？江南人民亲眼看到了，能！大大振奋了人民的抗战热情和胜利信心，敌伪汉奸开始胆战心惊；二是新四军在江南能不能站住脚？这一仗也做了响亮、明确的回答。连当时的国民党中央政府也向新四军军长叶挺发了嘉奖电报。电文说："所属粟部，袭击韦岗，斩获颇多，殊堪嘉尚。"

接着，7 月 1 日，我军又发起了新丰车站战斗。韦岗战斗是一次伏击战，新丰车站战斗却是一次攻打日军驻地的攻击战。

新丰车站位于京沪线上镇江与丹阳之间，根据侦察，有日军"广江部队"两个排 40 多人驻守在车站的坚固碉堡内。镇江、丹阳和铁路沿线有日军 1000 多人，还有少数伪军，他们之间电话畅通、交通方便。但日军占领南京后，骄横不可一世，新丰车站守敌警戒疏忽。当地人民遭受日军蹂躏，对敌人非常仇恨，积极配合我军行动。

我一支队二团一营于午夜顺利进入作战地域。突击队摸近碉堡时触响了警铃，把已睡的敌人惊醒，枪声、榴弹爆炸声顿时响成一片。突击队杀伤了 10 多名敌人，其余的敌人凭借碉堡上下楼层顽强抵抗，我军实施火攻。不一会儿，敌人碉堡四周烟火弥漫，火舌卷过窗口，爬上堡顶。敌人在堡内绝望地号叫，有 10 多个日军蹿了出来，突击队队员们奋勇冲上去展开肉搏。这 10 多个日军，逃走 3 个，其余都被消灭。

"新四军火烧东洋兵！"这一捷报又一次惊呆了敌伪，鼓舞了人民，扩大了新四军的声威。

就在 7 月间，第二支队司令员张鼎丞率部也进入苏南，在高淳、溧水、江宁、当涂一带展开敌后斗争。

在韦岗、新丰战斗胜利的激励下，7 月、8 月两月，第一支队和第二支队又接连取得了新塘、句容、琪陵、小丹阳、永安桥、当涂、禄口等大小 100 多次战斗的胜利。南京的城郊机场、雨花台、麒麟门外，也响起了新四军游击健儿的枪声，大片失地被我军收复，江南人民看到了抗日必胜的曙光。

这一期间更为重要的是，一支队和二支队一面作战，一面在茅山地区开展地方工作，宣传党的方针政策，发动群众起来抗日。当地有一批民间武装，在我军胜利的影响和党的正确政策引导下，纷纷接受我军领导。由管文蔚领导的丹阳抗日自卫总团，7 月间接受第一支队指挥，扩编为丹阳抗日游击纵队。还有茅山许维新部，镇江孔庆哲部，金坛吴甲寅、朱春苑部，句容巫恒通、洪天寿、樊玉林等部，由我军派进一批干部，经过整顿、改造，都成了抗日武装，对那些勾结日伪、祸国殃民的反共武装，我军在争取无效后，坚决予以歼灭，人民拍手称快，对新四军更加拥戴。与此同时，我军十分重视开展抗日民族统一战线的工作。陈毅司令员亲自登门拜访，以民族大义为重，争取了纪振纲等一批社会名流、开明士绅、民族资产阶级代表人物站到抗日的行列中，广泛团结了各种社会力量，共同抗日。

一、二支队在苏南的发展和茅山地区的开辟，使南京日军惶恐不安，不得不承认："新四军是共产军，很是灵活，容易生根。"1938年9月，他们将本土新调来的第十五、第十七师团和在杭州的一一六师团，还有东北的伪满军5000多人，增调到江南，使南京、镇江、芜湖地区的兵力，由3个联队增加到3个师团，不断对我军多路围攻，反复"扫荡"。我一、二支队采取避实就虚、敌进我进的方针，紧紧依靠群众，出其不意地打击敌人，9月至12月，先后粉碎敌人几十次进攻和"扫荡"。以茅山为中心的抗日根据地建立起来了，新四军在江南敌后站稳了脚跟。

架起"跳板"足跨天堑

根据毛泽东同志在1938年5月4日的电报指示，这年9月，茅山根据地初步开辟后，陈毅同志即派一支队二团一部东进澄（江阴）锡（无锡）虞（常熟）地区实施侦察，并在11月亲自到丹阳北面沿江一带视察，准备分兵东进北上。

就在这一期间（1938年9月至11月），我党召开了六届六中全会，会议指出抗战是长期的、持久的，共产党要成为全民族共同抗战的坚强核心，决定党的工作重点是在战区和敌后农村开展游击战争，建立抗日根据地，会议还强调把反对妥协投降作为当前的紧急任务，在统一战线中必须坚持独立自主的原则。

1939年2月，中央派周恩来同志到达皖南新四军军部，向担任东南局书记、新四军副军长的项英同志传达六中全会决定，并与项英商定了新四军的战略任务是："向南巩固，向东作战，向北发展。"周恩来同志还明确提出新四军独立自主向北发展的三个原则是：哪个地方空虚，就向哪个地方发展；哪个地方危险，就到哪个地方去创造新的活动地区；哪个地方只有敌伪军，友党、友军较不注意，没去活动，就向哪里发展。而项英同志于1938年10月，将一支队的一团和二支队的三团调回皖南受军部直接指挥。经过陈毅同志力争，才将三支队的六团调入苏南，归一支队指挥，我任六团团长。

按照党中央和周恩来同志的指示，1939年4月底陈毅同志决定派我率领第六团向东路地区江阴、无锡、常熟、苏州、太仓地区开进，并向项英作了报告。但是就在部队准备开进的前一天下午，项英来了电报，反对六团东进。理由有两个：一是那个地区是敌人的心脏，铁路、公路、河网非常复杂，部队到那里会被敌人消灭的；二是冲破了国民党的限制，会破坏统一战线。陈毅同志接到电报，打电话要我马上到他那里去。支队队部在溧阳县水西村，只十多里路，我骑上马没半个钟头就到了。看到陈司令员坐在椅子上很沉闷，不说话，老是抽烟，一根接一根。我问他有什么指示，他也不吭声，站起来走来走去，后来他从口袋里掏出项英副军长的电报给我看，我也愣住了，像一盆冷水浇了一头。屋里更沉闷了，就这样过了十几分钟，陈司令员走到我面前突然停住了，问我："叶飞同志，你看你们到东路会不会被消灭呀？"我说："不会被消灭，我有把握。"我还说："这不是我一个人有把握，我们全团已准备好了，还派人去联络和了解过，大家都有把握。"他说："只要你们有把握，你们走，按原定计划走。"我还愣着，项英副军长的电报是两条，现在解决的是第一条，还有第二条破坏统一战线的问题怎么办？陈司令员的回答非常痛快："这个你不要管，这不是你的事，是我的事。部队到东路被消灭了你负责。破坏了统一战线，我陈毅负责。"他把手一挥："走，你们走，就这样定了！"5月1日，六团毅然向东开进。陈毅同志为了照顾皖南军部和国民党第三战区关系上的处境困难，六团东进时不用新四军的名义，用了当地一支武装"江南人民抗日义勇军"（简称"江抗"）的番号，我也改了名，叫叶琛。

5月5日，我带了部队到达武进县戴溪桥一带，同在那里活动的"江抗"梅光迪、何克希部会合，成立了江抗总指挥部，梅光迪任总指挥，我和吴焜（改名吴克刚）、何克希任副总指挥，六团改称江抗第二路。

5月31日，六团进入江阴和无锡交界地区，午夜到达小镇黄土塘。前哨刚进街头，就发现人声嘈杂，群狗狂吠。原来和日军"扫荡"部队遭遇了。吴焜指挥五连抢占了一线房屋，把机枪架上屋顶，先敌开火，掩护部队向敌人冲击。日军在混乱中稳定下来后，掷弹筒弹呼呼飞来，向我军进行反扑。敌我反复冲杀，激战至 6 月 1 日中午，毙伤日军 30 余名。正当我军聚歼残敌时，反动的国民党特务武装"忠义救国军"竟然攻我军侧后，以致敌军得以逃窜，可见东路地区斗争的复杂性。

6 月 24 日，我部又夜袭苏州附近的浒墅关车站。侦察排冒着暴雨，踏着泥泞，在暗夜中行进，神不知鬼不觉地干掉了东桥的伪军排哨。6 月 25 日凌晨 1 点，二连跟随在铁路上巡逻的日军从后门摸进了兵营；另一路则直扑日军宪兵司令部。一排排手榴弹扔进了窗内，在昏睡的日军中间爆炸。随着隆隆爆炸声，兵营起火，敌兵乱作一团，死的死，伤的伤。另一处，我军炸毁了铁路桥，熊熊的火焰烧红了半边天。此战非常顺利，全歼日军山本队长以下 55 名及伪军 1 个中队，迫使京沪铁路三天不能通车，胜利消息传遍了南京、上海和京沪沿线各地。

7 月，我部逼近上海近郊。进军路上，与常熟、江阴、无锡、嘉定、青浦等地的地方党领导的抗日游击队会合，声势大振。吴焜率领二营和"江抗"五路在青浦观音堂地区伏击敌人，缴获 1 艘小汽轮，击毙 10 余个日军。随后，又粉碎了日军的"报复扫荡"。23 日，吴焜和二营营长廖政国各率 2 个连追击伪军许雷生部。廖政国这路追击 60 余里后，攻入虹机飞机场。

六团东进不久，第一支队又派出一批干部开辟宜兴、武进南部的太湖、滆湖地区。第二支队也派出第四团主力一部加强这个地区的抗日游击武装，使游击战争得到迅速发展，扩大了新四军的机动回旋余地。

为了向北发展，1939 年 2 月，按照陈毅同志命令，由丹阳游击纵队改编成的新四军挺进纵队，进击镇江东侧、地居长江航道的扬中，歼灭了盘踞扬中的伪军。四月，挺进纵队在一支队二团配合下，进入长江北岸扬州以东的仙女庙（今江都）、大桥地区，解除了方钧部 1000 多人的武装（方钧原是国民党部队的一个营副，上海失陷时率残部逃到丹阳，被丹阳游击纵队收容，编为这个纵队的第二支队。到江北后，被国民党收买，杀害新四军派去的干部，企图投靠国民党军队，控制了这一地区）。从此，江南部队往返长江南北有了渡江"跳板"，在江北也有了桥头堡。

1939 年 11 月 7 日，第一、第二支队领导机关合并为新四军江南指挥部，陈毅、粟裕分别任正、副指挥，统一指挥苏南的各部和全区的地方武装。同月，我奉命率"江抗"西返扬中，与挺进纵队合编，仍称"挺纵"，管文蔚任司令员，我任副司令员，也是在这个月，二支队第四团北渡长江，挺进到苏皖边境扬州、仪征、天长、六合地区，改称新四军苏皖支队，陶勇任司令员，卢胜任政治委员。12 月，挺进纵队也北渡长江，进至扬州、泰州地区开展游击战。这样，到 1939 年底，进入苏南抗日的新四军各部，不但没有被消灭，而且从当初的 6000 多人发展到 2.1 万人，形成了足跨长江两岸，随时可以向北发展的有利态势。

淮南抗日根据地[*]

郭述申　张劲夫　张　凯　朱云谦

1938年初，新四军第四支队组成。遵照党中央军委关于"高敬亭部可沿皖山山脉进至蚌埠、滁州、合肥三点之间作战"的指示，四支队于4月中旬东进到皖中地区，相继在舒城、桐城、庐江、无为和巢县等县展开，在地方党组织的支持下开展游击战争。

1938年5月，皖东各县全部被敌占领，国民党军队及政权机关全部溃逃，皖东敌后一片混乱，这是我军向皖东发展的极有利时机。但高敬亭同志没有及时组织指挥部队向皖东敌后挺进。新四军军部遂根据周恩来副主席的指示，命令四支队第八团首先挺进皖东。9月，八团进到淮南路东、津浦路西地区，与刘冲同志领导的东北抗日挺进团和张恺帆、冯文华同志领导的巢县抗日游击大队会合。

---

* 本文原标题为《淮南大地　日月重光》，收录时做了适当修改。

1938 年 10 月武汉失守后，抗日战争进入相持阶段。日军停止了对正面战场的战略进攻，移重兵于敌后战场，"扫荡"坚持敌后抗战的八路军和新四军。此时，我新四军江北部队比较分散，领导不够坚强，指挥不够统一，皖东地区的力量更为薄弱，加上王明"一切经过统一战线"错误的影响，部队发展受到影响，根据地没有建立起来，处境极为困难。如不尽快进入皖东敌后，放手发动群众，发展抗日武装，建立抗日根据地，不仅难以坚持抗战，还有被消灭的危险。在此严峻形势下，1938 年 11 月，军参谋长张云逸遵照党中央的指示，率军部特务营由皖南北上，来到皖中，在四支队政治部主任戴季英的积极支持协助下，动员高敬亭同志率部继续向皖东挺进，与国民党安徽省主席廖磊商定了津浦铁路南段两侧和皖中无为县为我江北部队的活动区域，恢复了曾被撤销的四支队第九团，把皖中、皖西地方党和戴季英同志领导组建的江北游击纵队的第一大队扩编为两个大队，仍沿用江北游击纵队的番号，同时组建了第三游击纵队，以原江北游击纵队第二大队为第三游击纵队第一大队，军部特务营和舒城县地方党组编的武装为第二大队。1939 年 2 月，他又亲自率领第三游击纵队和四支队战地服务团共 2000 余人东进皖东，与先期进到皖东的四支队第八团会合，恢复曾被撤编的挺进团，将八团、挺进团和第三游击纵队部署在淮南路东、津浦路西地区，发动群众，开展游击战争，创建根据地。同时，四支队大部分部队，也遵照张参谋长的指示，陆续进到淮南铁路两侧地区活动，为江北部队的整编和战略展开创造了条件。

为加强江北部队的统一领导和指挥，组建江北指挥部，整编江北部队，1939 年 5 月，叶挺军长偕同邓子恢、罗炳辉、赖传珠、孙仲德等领导同志，率一批营以上干部和二支队第四团第一营，越过日军的长江封锁线，到达江北。根据党中央的指示，于 5 月中旬在安徽省庐江县东汤池主持成立了新四军江北指挥部，由军参谋长张云逸兼任指挥，徐海东任副指挥，赖传珠任参谋长，杨梅生任副参谋长，军政治部副主任邓子恢兼任政治部主任（1940 年后，张劲夫任副主任）。叶军长、张参谋长、邓副主任随即到四支队司令部召开干部会议，要四支队全部东进到淮南铁路以东地区。接着，叶、张、邓首长又到合肥东北青龙厂地区，视察了先期进到这里的部队。四支队广大指战员，坚决执行叶军长和江北指挥部的指示，于 1939 年 5 月底前，先后进到淮南铁路以东地区。在这种情况下，高敬亭同志才率支队后方机关和教导大队于 6 月 4 日进到淮南铁路以东的青龙厂。

7 月初，叶挺军长由张云逸参谋长陪同，到立煌县做统战工作，就部队扩编、经费和活动区域等问题，与国民党安徽省主席廖磊进行了谈判。

新四军江北指挥部成立后，立即整编部队，将江北部队扩编为第四、第五支队和江北游击纵队，共 9000 余人，第四支队辖七、九、十四团，司令员由徐海东兼任，政委兼政治部主任戴季英（徐海东未到职前代理司令）；第五支队辖八、十、十五团，司令员罗炳辉，政委郭述申；江北游击纵队在原来基础上以二支队四团一营为骨干，扩编为三个大队，司令员孙仲德，政委黄岩。1939 年 7 月部队整编结束后，除留一部在皖中地区活动外，立即将主力展开于皖东地区。8 月到 9 月，江北指挥部领导机关进到滁县太平集附近的三黄家；第四支队展开于淮南铁路东、津浦铁路西地区，开辟了以定远县藕塘镇为中心的津浦路西游击根据地；第五支队展开于津浦路东地区，开辟了以来安县半塔集为中心的津浦路东游击根据地；江北游击纵队部署在无为、和（县）含（山）及合肥东北地区活动。各部队在活动中，一面开展游击战打击敌人，一面积极协同地方党，发动群众，发展党的组织，建立各种群众性的抗日团体，开展抗日救亡宣传工作，为建立抗日民主根据地创造条件。在此期间，为了保证发展皖东任务的完成，江北指挥部针对部队的实际情况，建立健全了各级政治机关，加强了对部队的思想领导，狠抓了部队的思想政治工作，特别是邓子恢主任做出了显著的贡献。他东奔西跑，不顾疲劳，经常深入基层，给干部、战士作报告，以通俗易懂、形象生动的语言，密切联系实际，讲解革命道理。他还为部队编写了政治教材《我们的出路》一书，提高了部队坚持抗战、反击顽军进攻的信心和决心。同时，他亲自书写布告和传单，扩大了我党我军的政治影响。

叶军长、张参谋长、邓副主任和江北指挥部卓有成效的工作，完成了江北部队在淮南苏皖边区的战略展开，为创建淮南抗日民主根据地和民主政权奠定了基础。

1939年11月，中共中央代表、中原局书记刘少奇（化名胡服）肩负着"发展华中"的重任来到皖东，直接领导创建淮南抗日根据地的斗争。刘少奇同志一到江北指挥部驻地，就立即召开各种会议，找干部谈话，进行调查研究，了解情况，传达和解释党中央和毛主席的指示。1939年12月和1940年一二月，他在定远、滁县的交界地区，主持召开了三次中原局会议，进一步传达贯彻党的六届六中全会精神，针对淮南地区的实际，充分肯定了过去所做的工作。他强调指出在抗日民族统一战线中，必须坚持独立自主的原则，当务之急就是迅速建立抗日民主政权和根据地。要达到这个目的，必须先抓枪杆子，放手发动群众，迅猛发展部队。首先要把皖东全部、江苏西部建成巩固的抗日民主根据地，然后向东发展，一直到黄海边。为了坚持抗日，开创抗日民主根据地，不仅要打鬼子，而且还要准备反摩擦，打退国民党顽固派的反共逆流。他在谈到扩大部队和建立民主政权时，批评了军部个别领导人反对"招兵买马"的精兵主义的错误，强调了建立民主政权的重要性。他形象地说，为抗日"招兵买马"有什么不好，我们是韩信将兵，多多益善。要打日本就得有兵有枪，有了兵就得吃饭穿衣，就得有个家，这个家就是根据地，就是民主政权。刘少奇同志的一系列指示，进一步明确了斗争方向，使大家茅塞顿开，思想明确，信心倍增。就是受批评的同志也感到心情舒畅，精神振奋。大家决心团结一致，克服困难，为创建淮南抗日民主根据地而斗争。

为适应斗争形势和加强党的领导的需要，1940年1月中原局决定，撤销苏皖省委，成立淮南津浦路东和路西两个省委。

江北部队在中原局和江北指挥部的领导指挥下，在路东、路西两个省委的密切配合下，首先迅速扩大抗日武装，到1940年2月短短3个月，主力部队由减员后的7000余人发展到1.5万余人，除四、五支队各团得到充实外，四支队又组建了一个特务团，路东、路西地区还发展组织了一批地方游击武装；部队投入了更加紧张频繁的反"扫荡"、反摩擦斗争，我淮南地区的党政军民，同心协力，艰苦奋战，粉碎了日伪军的多次"扫荡"和顽固派的军事进攻，取得了一系列的重大胜利。

1939年9月到11月，在路东地区，五军支队两次攻打了侵占我来安县城的日伪军，毙伤敌300余人，并两次收复了来安城。在嘉山地区，先后打击了由明光出来的"扫荡"之敌和驻石坝的日伪军，歼敌一部。

同年12月，在路西地区，日军3000余人分三路合击"扫荡"全椒县我周家岗地区。四支队广大指战员在徐海东司令的指挥下，英勇作战，不怕牺牲，以劣势装备粉碎了敌人的"扫荡"。

1940年1月，五支队一部和江南指挥部所属的苏皖支队于六合、天长地区协同作战，先后在秦栏镇、横山打击日伪军，共歼敌500余人，俘日军2人。

1939年冬到1940年春，国民党顽固派发动了第一次反共高潮。在华中地区，蒋介石把进攻的重点放在淮南，一面"命令"我江北部队移到江南，企图陷我于狭小地区，借日军之刀消灭我军；同时又密令安徽省主席兼二十一集团军总司令李品仙（即桂顽）和江苏省主席兼鲁苏战区副总司令韩德勤（即韩顽）以春季反攻为名，东西夹击我在淮南的部队，企图进占淮南地区，切断新四军和八路军的联系，消灭或将我军赶到长江以南。中原局和刘少奇同志指示江北指挥部，首先集中兵力于路西，反击对我威胁最大的桂顽，然后再挥戈路东，打击韩顽。

在路西地区，桂顽一三八师、第十、第十二游击纵队和保五团共6000余人向我军进攻。经10多天战斗，桂顽的进攻被我军打退，共歼顽军2500余人。在路东地区，韩德勤先后调集了万余人的兵力向我进攻，江北部队在挺纵和苏皖支队的支援下，经10天激战，特别是半塔集七天七夜的保卫战，粉碎了韩顽的进攻，共歼顽军3000余人，并把路东地区的土顽武装全部歼灭。

这次历时一个月的淮南反顽战役的胜利，是华中我军首次大规模的反顽自卫作战的重大胜利，粉碎了国民党顽固派消灭我军的阴谋，控制了路西的定远、凤阳、滁县、全椒四县和路东的嘉山、盱眙、来安、天长、六合、仪征、高邮、宝应八县，为淮南抗日民主根据地的创建扫清了障碍。

1940 年 3 月淮南反顽斗争胜利后，为了便于领导指挥，中原局、刘少奇同志和江北指挥部于 4 月初从路西转到路东半塔集附近的大田郢。江北指挥部和淮南地方党在中原局、刘少奇同志的领导下，广泛地组织、宣传群众，迅速地建立抗日民主政权，由四、五支队抽调了大批干部和从大别山撤出的原鄂豫皖区党委领导的 1000 多名干部分到各地参加根据地的建设。3 月 17 日，淮南地区第一个抗日民主政权——定远县抗日民主政府成立，魏文伯同志任县长。1940 年，淮南地区先后建立了路西、路东两个地区性的抗日民主政权机构——联防办事处和 2 个联防司令部、4 个县的抗日民主政权。淮南抗日民主根据地正式创建起来了。它位于津浦铁路南段两侧，靠近日伪的政治和军事指挥中心南京，东抵运河、高邮湖，西达淮南路、瓦埠湖，南濒长江，北临淮河，东西 200 多公里、南北 150 多公里。

淮南抗日民主根据地的建立，使日伪和国民党顽固派既恐惧又仇恨。日伪军加紧了对我根据地的"扫荡"，顽军趁机进逼，妄图将我赶走。我江北部队在中原局、刘少奇同志和江北指挥部的领导指挥下，坚决反击了日伪军的"扫荡"，粉碎了顽军的军事进攻。

1940 年 5 月，日伪军先后出动 3000 余人侵占了我定远县城，并四出"扫荡"路西地区，奸淫掳掠，无恶不作，被第四支队击退。日伪军在路西"扫荡"的同时，以1000余人的兵力对我路东地区进行"扫荡"，被第五支队粉碎，我军第三次收复了来安县城。6月上旬，驻滁县的日伪军1000余人又侵占我路西周家岗、全椒一线，被第四支队打击后，逃回了滁县。

日伪军对我路西地区的"扫荡"刚被我粉碎，桂顽乘机又向我发动进攻，以一三八师一部和第十游击纵队进占我合肥东北的古城集、青龙厂等地。6月中旬，我第四支队在古城集展开猛烈反击；第五支队一个多团在肥东栏杆集，江北游击纵队一部在含山县仙踪、和县善厚集配合作战，打退了桂顽的进攻。古城战役后，为加强江北游击纵队，江北指挥部决定，将四支队十四团调给江北游击纵队，支队特务团改称四支队十四团。

我军在路西地区作战期间，路东几个县的反动地主在国民党特务的策动下，秘密串通，相互勾结，收拢地痞流氓和封建迷信武装小刀会，在韩顽两个团和"忠义救国军"800余人支援下，于7月发动了武装暴乱，捕杀我地方党政干部和群众，企图推翻抗日民主政权。我支队在地方党和人民群众的密切配合下，击溃了韩顽的2个团和"忠义救国军"，镇压了危害半个月的暴乱。

1940年8月以后，为了进一步粉碎韩顽和桂顽东西夹击淮南地区，巩固淮南抗日根据地，全力创造发展苏北的条件，江北指挥部根据中原局和刘少奇同志的指示，除组织部队保卫淮南抗日根据地外，还抽调部分兵力配合兄弟部队，执行向东、向北发展，开辟淮（阴）、宝（应）地区等任务。8月初，罗炳辉、周骏鸣、张劲夫、冯文华等同志奉命组成指挥部，集中第五支队2个团和第四支队1个团进到淮宝地区，与南下的八路军第五纵队六八七团配合作战，歼灭了韩顽秦庆霖旅一部，三十三师2个团大部，并平息了小刀会的骚乱，建立了淮宝县政权。

9月，日军又向我路东地区发动了规模空前的大"扫荡"。它调集第十五、第十七师团，江都警备司令铃木部队和伪军一部共1.7万余人，在20多架飞机和20多艘小炮艇的配合下，分七路向路东地区进攻，妄图在一个月内摧毁我淮南根据地，消灭我江北部队主力和指挥机关。面对这种严峻局面，少奇同志和江北指挥部调集四支队第七、第十四团，五支队第八团和路东4个独立团共7个团的兵力，在广大群众和民兵的配合下，以内线游击袭扰，打击疲惫敌人，与外线向敌占城市和交通线进攻相结合打击敌人，经过12天数十次大小战斗，粉碎了这次"扫荡"，共毙伤敌600余人。

10月黄桥战役前夕，刘少奇同志令江北指挥部集中主要兵力阻止桂顽于津浦铁路以西，同时尽一切可能抽调部队，支援黄桥作战。江北指挥部遂令五支队第十团和由独立一团、独立二团合组的1个团前进到运河西岸的林家码头，准备东渡运河，支援黄桥作战，因黄桥战役胜利结束，部队停止行动。

10月下旬，中原局和刘少奇同志率江北指挥部机关部分干部和江北军政干校大部分学员离开淮南去苏北，和陈毅同志一起，统一领导和指挥华中敌后的抗日斗争。

1940年10月，国民党顽固派发动了第二次反共高潮，"命令"黄河以南的八路军、新四军在一个月内撤到黄河以北，企图配合日军，将我聚而歼之。同时命令桂顽李品仙向我淮南根据地进攻，从11月开始，桂顽第一三八师、第十游击纵队和保八团等共6个团的兵力组成"扫荡队"，对路西地区进行"围剿"和"蚕食"，先后占领梁园、草庙集、复兴集、王子城、杜集和周家岗等地，妄图将我军赶出路西，继而再向路东地区进攻。这时，我路西地区被缩小到纵横不足100里，形势十分危急。与此同时，韩顽进犯我苏北益林、车桥、凤谷村等地，企图接应桂顽东犯，为坚持路西，巩固路东，策应苏北作战，江北指挥部集中第四支队全部、第五支队1个团和江北游击纵队大部共6个多团的兵力于路西地区，坚持斗争数个月，挡住了桂顽东犯，保卫了路东地区，配合了苏北作战。在此期间，日伪军数千人与顽军默契配合，由张八岭、沙河集、明光等地出动，分三路"扫荡"路西地区的珠龙桥、施家集、曲亭等地，被第四支队和第五支队一部粉碎，歼敌400余人。

黄桥战役后，韩顽2万余人退守曹甸，继续与我军为敌，并进占了我们的一些地区。11 月底到 12 月中旬，我军苏北、苏中的部队向曹甸韩顽进行反击，我五支队第十团奉命配合作战，东渡运河，歼灭韩顽保六旅一部后，又在运河线上阻击日军，保证了兄弟部队的侧翼安全。

淮南地区党政军民，坚持敌后抗战，不断粉碎日伪军的"扫荡"，反击并打退了国民党桂顽和韩顽的进攻，创建和巩固了在我党领导下的抗日民主政权——淮南抗日根据地，为阻止桂顽东犯，保证我军向东发展，开辟华中抗日根据地创造了良好的条件。

新四军游击支队的发展[*]

谭友林

　　为挽救华中危局，加强河南省委领导，积极准备开展华中与河南敌后游击战争，党中央、毛泽东同志决定派彭雪枫同志率领八路军驻晋办事处人员由山西临汾到达河南确山县竹沟镇，担任河南省委军事部部长和统战委员会主任，并以八路军总部参谋处处长的名义开展统战工作，积极培训干部，组建武装，积蓄力量，为开展敌后游击战争做准备。1938 年 5 月 19 日徐州失守后，河南省委根据中央指示立即动员与组织人民，在原来广泛的抗日救亡运动各项工作的基础上，在豫东一带建立起许多抗日游击队，使豫东的抗日烽火熊熊燃烧起来。

　　就在这时，我从荆州地区到湖北省委汇报工作。原拟汇报之后即返八路军一二〇师，但周恩来副主席鉴于华中危

---

　　* 本文原标题为《新四军游击支队和第六支队的创建与发展概况》，收录时做了适当修改。

急，长江局需要大批干部，就在我汇报之后，让我住在汉口八路军办事处的一座楼房里，等待分配。一个偶然的机会，我遇到了来武汉向周恩来副主席汇报工作的彭雪枫同志。早在长征路上，我就听说过雪枫同志是一位文武双全的指挥员，但一直未见过面。这次相识于汉口，我非常高兴。他30岁出头，眉清目秀，细高身材，身穿一套洗得略褪了色的灰军装，足蹬一双带有缨子的草鞋。风纪扣、皮带、绑腿都整理得十分整齐，给人一种潇洒刚毅而又带有几分文静的感觉。他不知从哪里知道我在长征时，是贺老总属下的一个师政委，就动员我去河南工作。他热情诚恳，说话具有极大的感染力，我不由自主地就被他的热情打动。不久，周副主席找我谈话，正式决定派我随雪枫同志赴确山县竹沟镇工作。在彭雪枫同志领导下，我们创办了军政教导队，培训了一批进行游击战争的骨干，为发展武装和开展敌后游击战争做好了准备。

1938 年 9 月，毛泽东同志发出先行开展豫东敌后游击战争的指示。周恩来、叶剑英同志也指示河南省委将领导重心移向豫东，开创豫皖苏边新局面，与八路军冀鲁豫部队沟通联系。据此，在军政教导大队第二期结业后，竹沟部队即行重新编组。9 月 27 日，暂定名为新四军游击支队。9 月 30 日，彭雪枫率领 2 个连和一批干部，共 373 人，携带机枪 6 挺，长短枪 190 支，从竹沟出发，踏上了进军豫东敌后的征程。

10月11日，我们从竹沟出发的东征部队，在西华县之杜岗与吴芝圃同志领导的豫东游击支队及先期由竹沟出发的萧望东大队举行了胜利会师大会。

部队会师后，奉命合编为新四军游击支队。彭雪枫同志为司令员兼政委，吴芝圃同志为副司令员，张震同志为参谋长，萧望东同志为政治部主任，我为政治部副主任。下辖3个大队和支队司政机关与直属分队。合编之后，支队军政委员会决定：继续东进，打击敌伪，消灭汉奸武装，壮大自己，发展人民抗日力量，为积极实现党中央关于建立豫东与皖西北根据地的战略意图而斗争。

与此同时，在徐州失守后，徐州以南、津浦路两侧地区的党组织也纷纷发动群众，组建抗日武装，开展游击战争。如李中道、孙象涵、纵翰民等同志在萧（县）、铜（山）一带活动。7月下旬，党的宿县县委建立起以赵汇川为支队长的游击第三支队，等等。这些抗日的游击武装积极活跃在津浦铁路两侧，为新四军游击支队后来开辟与建立豫皖苏根据地奠定了基础。

游击支队整编后，未及休息，即于10月24日由西华出发，东渡黄河，向着敌后挺进。25日夜，我们越过淮（阳）太（康）公路之封锁线，于次日晚进驻淮阳东北之窦楼地区。窦楼是座小镇，我们原打算只住一夜就走。可是第二天上午，部队正准备集合出发，驻扎在戴集之日军骑兵百余人，突然向我们发起了进攻。这是我们游击支队成立以后，东进途中首次与日军交锋。为了打击敌人气焰，扫除东进障碍，支队首长遂令部队于窦楼南侧迅速展开。彭司令员亲自指挥第二大队占领马菜园、谷店等有利地形。第一大队由窦楼东南向敌右侧迂回，第三大队由马菜园东南向敌左侧攻击。支队参谋长张震同志亲自率领警卫连向敌人正面进攻。在我军数面围攻之下，敌林津少尉以下 10 余人被当场击毙。残敌仓皇向窦楼方向逃去。首战告捷，极大地鼓舞了部队的信心。窦楼战斗之后，我们又于胡庄一举歼灭伪军胡继勋部 200 余人，然后即转移到鹿邑县之刘大庄稍事休息。

11 月 22 日，游击支队从鹿邑出发，一夜行军 100 余里，突然进入杞县南部之板木集，出敌不意地接连袭击杞县之姜楼、邢口、大魏店、祁楼等据点，并袭击了盘踞在睢县西陵寺之伪军马培善部。在睢县西北于厢铺又全歼第一区伪军数百人。几次战斗的连续胜利，打开了睢、杞、太地区的局面，我们游击支队也在频繁的战斗中发展壮大了自己。到 1938 年底，我们已经发展到 3000 余人，轻、重机枪 30 余挺，长、短枪 2500 余支。

1939 年，是我们游击支队向着豫东、皖北敌后大步前进和迅猛发展的时期。这年的元旦刚过，彭雪枫同志即命令滕海清同志率领第二大队，夜袭亳北芦家庙，歼伪崔华山部 300 余人，粉碎了日军占领鹿邑、亳县之企图，大力支援了友军，使我们新四军游击支队从此名扬皖西北。支队参谋长张震同志亲率支队一部，直插永城、宿县、萧县、夏邑为中心之豫皖苏三省边界，一举摧毁永东大茵村伪"良民分署"，拔除伪李口据点，生擒伪旅长李颜良、副旅长郭瀛州，又消灭双桥伪军王福来团之大部，平定了匪患，初步打开了这里的局面。同时，支队副司令吴芝圃同志率领独立营，二次进军睢、杞地区，配合当地武装，消灭杞县伪匪李继书、朱钦堂、李振国等部；在睢县西南全歼汉奸张心顺部，并袭击伪皇协军郭德俊部，俘伪参谋长刘士学，共歼敌千余人。独立营连战皆捷，使这个具有重要战略地位的睢、杞、太地区日益巩固与发展，并且打通了与华北冀鲁豫地区的联系，对坚持华中斗争有着重要的意义。

1939 年春，活跃在津浦路东之邳（县）、睢（宁）、铜（山）地区的抗日人民义勇队孙象涵部，编入苏鲁豫支队（即后来九旅二十五团的前身）。5 月，根据刘少奇同志关于游击支队应派干部开展泗县、灵璧、五河地区的指示，张爱萍同志亲率部分干部越过津浦路到皖东北地区，配合当地党组织及苏鲁豫支队、陇海南进支队等兄弟部队积极活动，开辟了皖东北新区。

在这个时期，我们渡过了灾荒，克服了严重的经济困难，英勇奋战，开辟新区。我们走遍了豫皖苏三省边界，纵横驰骋在敌后的广大区域里，打击敌伪，拔除据点，发动与组织人民，建立抗日民主政权，扩大了中国共产党的影响，提高了新四军的声誉，扩大了部队，加强了部队战斗力。到当年 9 月，我们进入敌后仅仅一年的时间里，就由一支仅

300 余人的游击队，发展到拥有 3 个主力团，3 个总队（各辖 2 个团），1.2 万余人的游击兵团，并且建立了边区党委、各级党组织和县、区政权，豫皖苏民主根据地初具规模。

1939 年 4 月 21 日，党中央发出《关于发展华中武装力量的指示》，指出华中敌后是我党发展武装的主要地区，在战略上为连接华北、华南的枢纽，对整个抗战前途关系甚大。5 月中旬，新四军江北指挥部成立。这时叶挺军长也来到江北庐江县东汤池江北指挥部驻地。为与上级取得直接联系，彭雪枫司令员派我赶到庐江县向叶挺军长汇报工作。在那里，我受到叶挺军长和张云逸指挥的亲切接见。当我向叶军长系统地汇报了游击支队和豫皖苏根据地的各方面情况后，叶军长当即向我做了四条指示：（一）雪枫同志领导的游击支队，以 300 人和劣势装备，孤军深入豫东敌后，打击了敌人，克服了困难，开展了地区，壮大了自己，取得了政治上军事上的重大胜利，这是值得褒奖的。（二）豫皖苏根据地位于陇海、津浦两路之交叉处，历来为兵家必争之地，战略地位十分重要，你们要进一步发动群众和武装群众，建立巩固的根据地。（三）新四军现有 5 个支队，你们游击支队可改为第六支队，弹药问题我要江北指挥部尽量给你们以支援，但改善部队装备，根本上还是要靠你们自己。（四）转告雪枫同志，随着形势的发展和部队的日益扩充，要注意抓部队的建设，建立地方武装，还要培养自己的主力，使部队逐步正规化，既能分散游击，也能适时集中打运动战，以便大量歼敌。我返回支队后，向彭司令员做了详细汇报。他认为叶军长的指示非常重要，立即对如何执行这些指示做了认真研究与布置，并派了特务团团长程致远同志率领一个加强连赴江北指挥部领取部分枪支弹药。从此，我们和新四军军部、江北指挥部建立了直接联系。根据叶挺军长的指示，支队所属各部，一面作战，一面抓作战间隙练兵、整训，使部队军政素质和战斗力都有了明显的提高。

1939 年 11 月 2 日，我们游击支队改称为新四军第六支队。

1940 年 6 月，党中央和毛泽东同志为进一步发展华中的抗战局面，命令八路军第二纵队政委黄克诚同志率第三四四旅及新二旅南下华中，在新兴集与第六支队会合，整编为第十八集团军第四纵队，彭雪枫同志为司令员，黄克诚同志为政委。至此，新四军第六支队的番号撤销，第六支队完成了它的光荣的历史使命。

阳澄湖畔的新"江抗"*

夏　光

　　1939 年 5 月至 9 月，我参加了江南抗日义勇军东进抗日的行动，担任"江抗"总指挥部作战参谋。6 月下旬，夜袭浒墅关车站战斗以后不久，"江抗"总指挥部从无锡梅村转移到阳澄湖一带驻扎。中共东路特委机关设在阳澄湖西岸的太平桥、甘露等地。"江抗"和东路特委密切配合，使这一地区的抗战形势蓬勃发展。"江抗"民运工作队和地方党吸收了一批积极分子入党，"江抗"在东唐市设立了办事处，开办了教导大队，成立了后方医院，一大批来自上海等地的知识青年、医务人员在此接受短期培训，被分配到部队、民运、医务等各个岗位。阳澄湖畔已初步成为东路抗日游击根据地的中心区。

　　1939 年 9 月，国民党"忠义救国军"对我们的挑衅摩

---

　　* 本文原标题为《新"江抗"战斗在阳澄湖畔》，收录时做了适当修改。

擦不断加剧。"江抗"为团结抗战，撤离苏常地区，向西转移。我由于东进以来连续行军作战，经常彻夜不得休息而病倒，严重的眩晕使我无法坚持工作，连走路都很困难。在这种情况下，首长研究决定我暂时离队，回阳澄湖治病休息。于是，我将工作移交给参谋处其他同志，化装穿便衣，由通信员护送，回到阳澄湖畔的肖泾、陆巷，在"江抗"后方医院与"江抗"政治部主任刘飞及其他医护人员、伤病员同志见面。

时隔不久，"江抗"驻东唐市办事处主任蔡悲鸿同志来告知，为了团结抗战，避免摩擦，经军部与国民党第三战区谈判决定，"江抗"和"忠救军"同时撤兵。现在，"江抗"主力已全部西撤扬中休整，不回东路地区了。这消息对我来说是十分意外的。本来我是暂时离队休息的，打算病一好就回部队，而现在大部队远离而去了。下一步怎么办？我们这些留在阳澄湖畔的伤病员和医务工作人员都在焦急地等待着上级的指示。

正在这时，上级派杨浩庐同志来了。他向我们传达了如下指示："为执行抗日民族统一战线的政策，主力西移待机。留在阳澄湖地区的部队人员与地方党配合，重新组织武装，坚持原地斗争。"因刘飞同志伤势未好，我便和杨浩庐同志一起到东唐市，找到了东路特委组织部长张英、常熟县委书记李建模、常熟"民抗"司令任天石等人见面商谈。1939年11月上旬，由张英同志主持，在东唐市旁边的一座破庙里开了一次会议，到会的同志有李建模、任天石、蔡悲鸿、杨浩庐、薛惠民（"民抗"参谋长）和我。杨浩庐同志首先传达上级指示，随即大家共同研究怎么办。经过讨论，一致同意上级指示，重建武装、坚持原地斗争。并决定成立"江抗"东路司令部，由我任司令，杨浩庐任副司令兼政治处主任，黄烽任政治处副主任。继续保留"江抗"东唐市办事处，蔡悲鸿任主任。常熟"民抗"恢复活动，扩大部队，仍以任天石为司令，薛惠民为参谋长，李建模为政治处主任。为了区别原来的"江抗"和"民抗"，我们将其简称为新"江抗"、新"民抗"。

新"江抗"的旗帜是打出来了，可是，我们既无成建制的部队，也无枪支弹药，更无电台和作战地图。一切都得从零开始，组建部队的工作是十分艰难的。我们首先将后方医院治愈出院的老红军吴立夏、张世万、叶成忠等十余人组编为一个班，不久即扩充为特务连，吴立夏同志任连长。我们陆续收集到一批枪支，刘飞同志因伤势严重，由地方党组织转送上海抢救治疗，临行时将警卫员何彭福和一支驳壳枪留给了我。这时，常熟城日伪军摸清"江抗"已全部西撤了，他们便出动汽艇到东唐市一带来抢粮。我们的情报人员及时将敌人的行动路线和时间传递给我们。我和杨浩庐同志等人当即决定，在敌汽艇必经的北桥水路设伏袭击。敌艇招摇而至时，我设伏小组的机枪首先开火，艇面伪军纷纷落水，汽艇也顾不上他们，仓皇掉头逃走，并不停地用机枪、掷弹筒还击，激烈的枪炮声打破了阳澄湖往日的平静。这次伏击虽无斩获，但是它粉碎了日伪军的抢粮计划，也以事实说明新"江抗"是坚决抗日、保护群众利益的武装。战斗还在进行之中，宗家浜一带的群众即送饭送水，使我们受到极大鼓舞。

就在新"江抗"、新"民抗"艰难起步之时，苏常太地区的各种地方势力也处在窥探观望、谋求东山再起。特别是那些被"江抗"洗刷下来的游击队领导人，他们因"资本"被"江抗"带走而心怀不满，对我们采取不合作态度，这就给我们坚持原地斗争增加了不利因素，而给日伪、国民党顽固派收买利用他们提供了机会。国民党顽固派以"正统""合法"自居，加紧收编或控制这一地区的游击队。如将常熟西乡杨墅园一带的马乐鸣、赵北部收编为江苏省保安第三纵队，将无锡、常熟交界的丁松林部收编为江苏省保安第六纵队。甚至派人到新"民抗"送来委任状，要将"民抗"改编为江苏省保安司令部第三十一团，委任任天石为团长。那天我去"民抗"谈工作，正好遇见送委任状的人，任天石同志问我如何处置。我一把抓过委任状将其撕碎，并对那人说："两国交战，不斩来使。你回去告诉派你的人，手不要伸得太长了。"从以上情况我们清楚认识到，高举抗日的旗帜，做好地方势力的统战工作，对我们的生存、坚持和发展是至关重要的。

常熟何家市的殷玉如部曾被"江抗"编为独立第二大

队，殷玉如任大队长，"江抗"总指挥部派老红军黄德清同志任大队副。"江抗"西撤时，独立二大队未跟上队，殷玉如害怕损失，便将部队分散了，把4挺轻机枪和几十支步枪藏起来。我们了解他想恢复部队，就对他进行耐心动员和教育，并和他商定，他的部队仍然以独立二大队的番号在何家市活动，我们派陈岳章同志去当他的教导员，加强领导，还派一个排的人员去加强巩固这支部队。于是，他取出埋藏的枪支，召回分散的人员，重新恢复活动。我们司令部转移何家市时就与他的部队一起行动，司令部移驻别处时，仍留其在原地活动。这样就消除了他的顾虑。殷玉如从此也逐渐信任我们了，并主动将独立二大队交给新"江抗"指挥。

对陆巷的周嘉禄部也是用同样方法争取过来的。"江抗"东进时，周部曾被编为第五路第二支队，我当时兼第五路参谋长，是他的"顶头上司"。我在陆巷养病时，了解到他的部队不是开小差的，而是西撤途中掉队返回陆巷的，便和他交上了朋友，向他宣传抗日道理，讲解党的政策，打消他的埋怨情绪。新"江抗"成立以后，武器匮乏，我们便委任他为参谋长，他也很慷慨地将收藏的1挺机枪和10条步枪交给我们，还动员原来的部下献枪归队。对周本人，我们尊重他，总是请他随队行动。但是，他过不惯部队的艰苦生活，经常推说身体不好而离队休息。他几次得悉国民党江苏保安第三纵队召开干部会，准备进攻我们，这下把他吓坏了。他一方面及时向我通报消息，另一方面提出要去上海治病，我对他说，不要怕，他敢来，我们就敢跟他干。周嘉禄很佩服我们的胆量，又交给我们好几条枪。同时还是坚持要离开，我们也不勉强他，赠送500元钱给他治病用。我们这样做对团结争取其他地方人士起了很好的作用。

新"江抗"成立后不久，我们听说国民党"忠救军"打算委任胡肇汉为先遣支队司令，顽固派企图通过收编他来敲开我们南面的门户。我和杨浩庐同志商量对策，决定联名写信给胡肇汉，委任他为新"江抗"副司令。但是，一连好几封信给他，他既不回信，也不见面。我们想，不管怎么样，胡肇汉曾接受过"江抗"总指挥部的委任，还是朋友，应该耐心争取。我们好几次有意识地把部队移动到他的活动区域，希望来个"邂逅"，以便当面做他的工作。可是，不知何故，就是"巧遇"不上。后来，我们仔细打听，知道胡肇汉在阳澄湖北岸的车渡有个秘密的家，他经常去那里过夜。一天黄昏，我们带部队移驻车渡。部队安置好以后，我便到村口湖边查哨，远远看见一条小篷船，船头挂着一盏灯，向我们驶来。船快要到岸时，忽然停了下来，既不进，又不退。我们警惕地喊道："靠船靠船，不靠船就开枪了！"船缓缓地靠了过来。这时，我又诈问了一句："是胡司令吗？"胡肇汉神情不安地钻出篷船，身着长皮袍，头戴皮帽子，连声向我们打招呼问好。这下总算"巧遇"上了。晚上，我们与他同住在一家地主的大屋里，向他说明"江抗"主力西去执行任务，不久就要回来。现在上级命令我们组建

"江抗"东路司令部，并委任他为副司令。这天夜里，胡肇汉住在后屋，吓得睡不着觉，我和杨浩庐同志则住在前屋，反复商量如何处置胡肇汉：是乘机扣留他，强迫改编他的部队，还是表明诚意，消除对立情绪。我们权衡二者利弊，当时我们力量有限，即使解决了胡肇汉，也无力控制阳澄湖，反而可能让日伪势力趁虚而入，于我军不利。不如让他在阳澄湖独自行动，一定程度上接受我们领导，必要时我们可转移到阳澄湖活动。于是我们决定第二天放他走，今晚就不惊动他了。谁知，第二天一大早，胡肇汉便主动来找我们了，只见他两眼充满血丝，对我们说他的部队就在附近，打算通知他们下午来车渡，请我们"训话"。我们提议开个联欢会，他惊喜万分，连声说好。我们准备了饭菜，下午，两方部队集合在一起唱歌、表演、聚餐，联欢会上我和胡肇汉先后讲了话。当晚我们同胡肇汉告别，然后率部返回东唐市地区。从此，胡肇汉的态度明显转变，经常来信与我们联系。我们部队到阳澄湖活动时，他总要来跟我们见面谈谈，还为我们提供了一些给养。虽然胡肇汉以后转向反共立场，但在新"江抗"重建初期，我们团结争取他，扩大了统一战线，缩小了对立面，这对我们坚持苏常太地区的斗争是起了积极作用的。

岳王市在太仓县境内，国民党江苏省保安第四团王士兰部在这一带活动。"江抗"东进时，吴焜、何克希等同志亲自做王士兰等人的统战工作，促使保四团配合"江抗"进袭伪军。"江抗"还应王士兰之邀，派朱慕陶等数名干部到保四团政训处工作，东路特委还增派党员干部到保四团工作，在第三营建立了党小组。秘密发展了团政训处主任唐纳民、三营副营长郭曦晨等人入党。"江抗"主力西撤后，保四团又回到"抗敌不足、扰民有余"的老样子，太仓县绅民怨声载道。1939 年底的一天，我们得悉保四团遭日寇袭击，部队溃散，王士兰逃到上海躲避，士兵流落街头，扰乱岳王市一带乡里。唐纳民、郭曦晨等人收留了第三营流散人员，同时请求新"江抗"帮助整顿。我和杨浩庐同志闻讯后立即率特务连出发。当时天正下大雪，我们顶风冒雪夜行军 80 多里，终于在第二天拂晓赶到岳王市，见到唐纳民等同志，接着就以代为收容为名整顿散兵。可是，我们刚开始工作，国民党太仓县书记长就知道了，他派特务将唐纳民同志暗杀，还责难我们乘人之危，不准我们收容。我们与他谈判，说明我们是应邀而来的，三营官兵衣食无着，在此流连将被日寇歼灭。我们愿意提供衣食掩护，并可暂时到新"江抗"地区休整。三营官兵早就对王士兰等人的所作所为不满，很愿意跟我们走。我们即与郭曦晨同志、连长李超等人密切配合，将八九十人和近百支枪带回何家市休整，并仍保留保四团名义。到 1940 年春，由于情况变化，才正式改编为新"江抗"的一个连队。

新"江抗"成立之初，我曾提出，为要坚持苏常太阵地，必须建立一个加强营，即 4 个连的主力部队，以此控制基点，逐渐巩固发展，迎接主力回师。经过一段时间的艰苦努力，我们先后组建了特务连、独立二大队和保四团，加上"民抗"组建的一个连，基本上实现了预期目标。在确保达成中心任务的同时，我们依据当面敌情及主观条件，进行了一些小规模战斗。除了上面提及的北桥伏击战、李市反击战外，还有 1939 年 12 月 13 日的沈浜战斗、1940 年 1 月 25 日的陆家桥战斗、1940 年 1 月 27 日的华村战斗。其缴获虽然不多，但对提高部队战斗力、增强人民群众的信心、震慑打击日伪军下乡骚扰等方面，均起到一定作用。

　　1940 年 1 月 20 日，中共中央东南局发出指示，明确提出：东路地区甚富庶，可筹大批款项供给新四军。加强苏锡一带工作，以阳澄湖为基点，努力扩大充实现有部队，灵活开展游击战争。洋沟溇战斗后，新四军江南指挥部先后派陈挺、吴仲超、何克希等同志前来充实加强领导。新"江抗"领导成员进行了调整，何克希任司令，吴仲超任政委，我任参谋长。1940 年 4 月，谭震林同志从皖南来到苏常太地区组织东路军政委员会，将"江南抗日义勇军东路司令部"改名为"江南抗日救国军东路指挥部"。此后苏常太地区的抗日斗争进入了一个新阶段。

第一旅在苏中

张 藩

　　皖南事变后，中央军委下令重建新四军军部，辖 7 个师，1 个独立旅。军部组建后，着手整编部队，第一师由苏北指挥部所属第一、第二、第三纵队等部队编成，下辖第一、第二、第三旅。第一旅由副师长叶飞兼任旅长和政治委员，我任副旅长兼参谋长，政治部主任为吉洛（姬鹏飞）。部队集结于海安以西和以南地区，担负向泰州、如皋、泰兴等方向警戒。

　　1941 年 2 月，李长江率部近万人于泰州城公开投敌。根据新四军代军长陈毅、政治委员刘少奇命令："查鲁苏皖游击前副总指挥李长江于本月 13 日率部投敌，叛国殃民，他还通电就任汪伪第一集团军总司令职，为虎作伥，本军为坚持抗战，保卫苏北，决予讨伐该逆。兹特命令本苏北指挥官粟裕为讨逆总指挥，叶飞为副指挥，刘炎为政治委员，迅速率领所属歼灭李逆为要，此令。" 2 月 19 日，一旅以迅雷不及掩耳之势，沿海安至泰州公路向西横扫，协同兄弟部队于20日攻占泰州城，尾追敌人至九里沟、塘头镇一带。是役我旅俘虏敌官兵300余人，缴枪近千支。同日，日军为救李逆，由如皋、扬州等地出动6000余人趁机进犯，占我海安、曲塘。在飞机掩护下，由扬州东援之敌骑、步兵在塘头镇一带与我二团接触。当时，我军因讨李战役任务已基本完成，乃于21日主动撤离泰州城。部队转移至如皋、泰兴、泰州边境地区。一旅部队由集中行动转变为各团分散坚持地区斗争，开展游击战，积极准备反"扫荡"。

3月19日，中原局正式划定苏中区范围：东台、兴化以南，长江以北，运河以东，黄海以西，面积为2万余平方公里。并决定以一师部队为主，创建苏中抗日民主根据地。一师兼苏中区，划分为第二、第三、第四军分区和"联抗"。苏中三分区3月下旬于泰州县雅周庄成立，司令员陈玉生，政治委员韦一平，党政军委员会书记为叶飞。三分区是一旅主要活动区域。

为了扩大抗日武装，我们以分区警备旅5个连分别编入如西、泰州、泰兴、靖江警卫团做骨干，迅速将各县警卫团建立起来，由一旅派出团、营、连、排干部100余人，去各县警卫团工作。各县警卫团成立后，发展很快，每个团有2个至3个营，到5月底发展到4000人的规模，坚持游击战争，配合主力作战。如4月7日泰兴城出动日军1个小队，伪军约300人向东"扫荡"，我一团于姚家岱迎战，击毙日军泰兴城防司令以下 20 余人，生俘日军 3 名，开创了苏中地区生俘日军的纪录，大大坚定了广大群众坚持敌后斗争的信心。

为了开辟江（都）高（邮）宝（应）地区，6 月，一旅第三团去恢复与开辟江、高地区，三团改称为江高独立团，在老阁打垮敌人"扫荡"，站住了脚跟。9 月，我率领二团进入高邮地区，与三团会合，统一战斗行动。10 月 5 日，敌伪分三路向周庄进犯，中午 12 点敌相继进入我军伏击区，我二团发起攻击，歼敌伪 200 余人，缴掷弹筒 1 具、轻机枪 1 挺、步枪 20 余支，我军仅伤亡 30 余人。当地老百姓称赞我军是真正抗日的军队，因而更加信赖和支持我军。驻王通河伪军 30 余人，作恶多端，周围群众恨之入骨，团领导决心将它歼灭，派 1 个排和 1 个侦察班去攻打，战斗刚打响，伪军就举起白旗缴械投降，周围群众纷纷前来慰问。二团会合江高独立团，收复了以樊川为中心的广大地区，建立了江高宝同情区，12 月，我们将防务移交六师十八旅，返回二分区东台地区，休整集训。

7 月下旬为配合盐阜区反"扫荡"，根据军部指示，我一旅部队发动攻势作战，围困泰兴城和姜堰镇，攻克天星桥、孤山、黄桥、季家市、加力、古溪、石庄等敌伪重要据点，使敌人陷入顾此失彼的被动状态。8 月 30 日敌伪 1 万余人向苏中地区进行空前的报复性大"扫荡"，分区机关当晚才移营芦家庄，遭黄桥日军奔袭，分区司令员陈玉生等同志光荣负伤。之后，敌人"扫荡"频繁，平均每周一次，分区所有较大集镇均陷入敌手。敌人设据点，修公路，封锁交通，把我根据地分割成零碎的难以联系的小块，根据地人民面临严峻的考验。

为了适应当时斗争情况，以如西和泰州警卫团合编为如泰警卫团，以靖江和泰兴警卫团合编为靖泰警卫团，分别活动于如泰和靖泰地区；以分区特务营和古溪、珊瑚区游击大队编为分区独立团，团长陈宗宝、政委陈民，约600人，随分区活动于如皋、靖泰、如泰边区；各县以留下之警卫团少数部队为基础，重建各县独立团。我们根据地方武装的特点——地方性，开始先在原地区活动，然后将其慢慢上升为县团，离开区、乡范围，进而两县部队合编，走出县范围活动。

11月14日，从黄桥出动的日军1个中队、伪军500余人，"扫荡"如西地区，一团闻讯迎头阻击，歼伪军300余人，毙伤日军加藤大队长以下80余人，将其"扫荡"粉碎。

当年秋天，苏中区党、政、军机关驻在如皋县丰利地区，三旅旅部率七、八团亦在此整训，如泰警卫团奉命至丰利以西担任警戒任务。12月底，日、伪3000人向丰利进攻，我二团与如泰警卫团协同三旅七、八团，与敌激战一周，掩护苏中区党、政、军机关顺利地转移后，放弃了丰利镇。

此后，如泰警卫团编入第二团，团长廖政国，政委李一平，参谋长汤万益（后在江南反顽战斗中英勇牺牲），政治处主任梁竹吉。同时，将靖泰警卫团编入第一团，团长王营春，政委曾如清，参谋长梅子益，政治处主任孙克骥。一团仍在三分区活动，二、三团仍在东台、泰东地区活动。

1942年1月下旬，坚决反共反人民又与日、汪伪狼狈为奸的"忠义救国军"一部，由汪浩然率2000余人，为了打通江南与江北之韩德勤和陈泰运部的联系，从江南北渡，进入我三分区靖（江）泰（兴）地区。我军先后三次集中一、二、三团准备歼灭该顽。因日伪军据点的阻挠，和敌人频繁"扫荡"，均未果。4月2日，我二团一部向距如皋城15里的伪军新筑据点陆家庄发起攻击，毙伪官兵93人，俘42人，打破了敌人限期修好如（皋）黄（桥）公路的计划。二团于4月15日，进攻如皋城南白蒲镇，歼灭伪三十四师特务团大部及全部伪警察，烧毁了日军侵略苏北的经济大本营——江北公司。5月中旬，"忠义救国军"窜至孔家桥一带，并派一部化装成伪军与伪军合驻，配合伪独立第十六旅丁聚堂部占领宣家堡。5月21日，我一、三团进攻宣家堡丁聚堂部，"忠义救国军"公开出援丁部，遭我军惨痛打击后，回窜靖泰地区，在我军进逼下，于5月底渡江南窜，其北渡阴谋彻底破产。

部队经过半年频繁战斗，亟待补充休整。但日军南浦旅团1500余人、伪军2000余人于6月开始对我四分区启

（东）海（门）和南通以东地区进行第一次"清剿"与机动性"清乡"。7月，敌将"清剿"四分区的兵撤回，迅速对我三分区靖（江）泰（兴）地区进行"清剿"，战斗半个月，敌"清剿"被粉碎。

6月20日，苏中区党委、一师、苏中军区联合发出《关于反"清剿"指示》。25日，苏中军区要求各部队向敌伪发动一次反"清剿"的总攻势，一旅二团和三团进攻泰东唐洋区小灶据点，毙伤敌伪60余人，俘敌伪官兵60余人（内有日军1人）。

7月1日，我泰州县机关和独立团在缪家野遭到从黄桥出动的敌伪军的奔袭，战斗失利，县委书记徐克强等30余人牺牲，被俘约40人。这是在反"清剿"中，遭受损失最大的一次。

一旅一团和特务营各一部以及如西独立团乘敌伪"清剿"部队撤出之际，于8月1日，对如黄公路上敌伪据点发起进攻，毙伤敌伪40余人，俘伪军70余人。攻克了芦港。8月2日，又乘胜发起了水洞口战斗，给伪二十六师陈才福部队以严重杀伤。

9月中旬，由叶飞同志主持在如西东燕庄召开三分区（一旅）、三地委联席扩大会议，根据中共中央政治局《关于统一抗日根据地党的领导及调整各组织间关系的决定》，讨论了党的一元化领导和主力地方化的实施方案。遵照苏中区党、政、军联席扩大会议关于"建立正规化、精干化的主力兵团；建立能分担主力现有的地区任务之一部或全部的正规的地方兵团。各旅组织一个主力团，即第一团、第四团、第七团和第五十二团，每团辖3个步兵营、1个机炮连、1个特务连，这4个团为苏中的机动兵团。各旅的其他团划归苏中地方军，充实地方兵团，为地方军之骨干"的规定，经研究决定：一旅一团与二团合编为第一团，团长廖政国，政委罗维道，参谋长梅子益，主任孙克骥。三团与泰东警卫团合编为泰东警卫团（划归二分区建制）；又以一团二营加强泰州独立团；以一团三营1个连加1个排加强泰兴独立团；以分区独立团1个连加强靖江独立团；以分区独立团一部加强如西独立团，每团均有5个连至3个营不等。这样编组，正确地、辩证地解决了主力军地方化和地方军主力化的矛盾，使地方军和主力军的战斗力都得到了提高。

1942年1月21日，中共苏中三地委发出《关于目前精兵简政工作的指示》，指出精兵简政是粉碎日伪"清乡"，克服困难，坚持斗争，保存力量，准备反攻的胜利途径。精简整编结束后，全分区部队进行坚持原地斗争的反"扫荡"、反"清剿"、反"清乡"的教育和军事上的三大技术训练。

我们在反"清乡"斗争中，组织群众进行破篱笆、反保甲、毁户口册、袭击哨所等大破袭，同时向敌伪出击。叶飞同志还为《江潮报》撰写社论——《夏季是加紧一切反"清乡"工作准备的季节》，提出要武装保卫夏收，坚决实行减租减息，搞好夏征，努力夏耕，要搞好部队夏季训练，积极准备反"清乡"。在苏中战场上，由于我军反"清乡"的胜利，战争主动权逐渐转向我军。

一师和苏中军区决定苏中军民于 1944 年起开始转入局部反攻，扩大解放区，积极准备力量，迎接战略大反攻。为了贯通苏中与苏北、淮南、淮北的战略联系，并打破敌人"清乡"屯垦计划，进一步巩固和扩大苏中解放区，改善苏中斗争局面，叶飞指挥一旅一团和泰州独立团、三旅七团、特务四团、十八旅五十二团，以及江都、高宝独立团各 1 个营等部队，于 3 月 5 日向苏中与苏北、淮南、淮北根据地之间的日军屯兵重地车桥发起进攻，击毙山泽大佐以下 460 余人，生俘少尉太田明昌等 24 人，敌被迫放弃多个据点。宝应与淮安以东大片地区获得解放，我军 4 个军分区从此连成一片。

为了执行党中央向东南敌后发展，控制苏、浙、皖地区，发展浙东沿海地区的战略任务，12 月 27 日，一师师长粟裕率七团、特务一、四团及 300 余名地方干部，从苏中渡江南下，挺进天目山地区，成立了苏浙军区。副师长叶飞代师长兼任苏中区党委书记。

1945 年 3 月 7 日，新四军一师代师长叶飞率一团、特二团（原泰州独立团），教导旅第二团及地方干部数百人，南下天目山地区，与粟裕同志会师，叶飞为苏浙军区副司令，部队编为苏浙军区第四纵队。至此，一旅在苏中的活动转向苏浙皖边区。

一旅经历了反"扫荡"、反"清乡"、反顽的斗争，参加大小战斗数百次，为建设苏中抗日民主根据地，做出了不可磨灭的贡献。

第二旅的征程

王必成　段焕竞

1941年1月25日，新四军新军部在苏北盐城成立，并着手整编部队，将全军扩编为7个师，1个独立旅。第一师二旅旅长王必成，政委刘培善，参谋长杜屏，政治部主任陈时夫，下辖第四、第五、第六团。二旅部队就以苏中二分区以及盐城、建阳为根据地，依靠广大人民群众，广泛地开展抗日游击斗争。

1941年2月13日，李长江及其所部1万余人在泰州公开投敌，被汪精卫委以"反共救国军第一集团军总司令"。日伪为掩护李逆投降，先于1月中旬以3000兵力进占黄桥，继而集结数千兵力于扬州、南通等地，对我军虎视眈眈。为了狠狠打击投降势力，粉碎日伪进攻，军部决定由我一师部队发起讨伐李长江战役。

当时，我二旅主力正在东台、小海地区休整，接到作战命令后，即于2月15日出发。部队冒着严寒，斗志昂扬地向西挺进，于 19 日兵临泰州城下。我们做了简短动员后，决定由五团打头阵。当天晚上，夜幕刚刚降临，部队便发起了攻击。五团冲到墙边时，突然从几个暗堡里喷出一串串火舌，部队进攻受阻，大家十分焦急。这时，王必成同志一面果断地命令四团增援，一面亲临前沿阵地，大声喊道："五团同志们，你们冲过去呀！敌人已经动摇了！"战士们冒着敌人疯狂的射击，炸毁了敌堡。不到半个小时，五团和四团就突破东西城墙攻进城内。战至次日晨，我旅及兄弟部队完全攻占了泰州城，李长江率领残兵落荒逃走。

当我一师部队讨李时，伪军立即从如皋、东台、扬州等地出动 6000 人兵力，分四路对我大举"扫荡"，先后占领东台、海安、曲塘、姜堰等镇，并于 20 日敌伪陆空配合向泰州进逼，但为时已晚。当敌人气势汹汹地占领泰州城时，讨李战斗已经结束，我军顺利撤出泰州，转移到了东台县一仓、三仓地区。

日军不甘心失败，于 1941 年 7 月 20 日，又纠集第十二旅团全部和李长江、杨仲华两部伪军共 1.7 万余人，分四路对盐阜地区进行大"扫荡"。为保卫盐城，军首长决定二旅担负阻击由东台北进之敌的任务。二旅与三师七旅、八旅密切协同，在沉重打击"扫荡"之敌后，主动放弃盐城，转移到外围进行反"扫荡"作战。我部在伍佑、刘庄、白驹、西团、小海一线频频出击，破坏盐城至东台交通线，打击敌伪来往部队，先后击沉其汽艇 20 余艘。由于盐城军民英勇反击，加之我一、三旅在苏中四分区和三分区地区发动积极攻势，毙伤敌伪数千，使敌人首尾不能相顾，只好将北犯兵力迅速南调。这时，我二旅又与兄弟部队一道，乘胜反击。8月16日，四团三营和旅部特务连攻打敌后台北县（今大丰县）裕华镇据点，因敌以两挺机枪封住大门，进攻受阻，10多个战士便自告奋勇地组成"敢死队"，很快用手榴弹炸开了大门，歼敌2个小队，活捉日军7名。与此同时，四团一营和六团一营连续两次击退大中集增援裕华之敌，并攻克大中集，歼灭伪军300余人，俘伪100余人，还缴获一批军用物资。至此，日伪对我苏北苏中的大"扫荡"被彻底地粉碎。

敌人因其大规模"扫荡"不断失败，便变换伎俩，对我进行"清乡"和"蚕食"，企图逐步分割，吃掉我根据地，以实现其全面伪化的阴谋。为此，我五团和六团在兴化、建阳地区与敌伪进行了针锋相对的斗争。当敌人对苏中四分区实行大规模"清乡"时，我二旅部队频频发动攻势，积极配合四分区反"清乡"斗争。比较突出的是四团和旅教导大队发动的丁家垛战斗，是役击毙伪军旅长陈为境，毙伤伪军50余人，摧毁了敌伪安插在盐城县的中心据点。

我们二旅所在的苏中二分区，地处苏中区北端，东濒黄海，西连高宝，北靠盐阜，是盐城新四军军部南面之门户，战略地位重要。为了更好地担负起保卫军部南大门的任务，部队进驻这里后，就开始了根据地的各项建设工作。各团都派出大批干部深入乡村，协助地方党组织建立各级民主政权，组织群众进行减租减息，发展生产，帮助建立民兵自卫队以及农救会、工救会、青救会、妇救会等群众性抗日组织，推动抗日民主根据地的建设。当时，旅部及四团在白驹、刘庄、大岗一带，五团在东台、台北地区，六团在兴化地区。通过广泛的宣传工作和组织工作，鼓舞了人民群众的抗日斗志。

在帮助地方建立抗日武装方面，我们根据上级指示，从六团抽调 1 个营，在兴化地方武装的基础上，组建了兴化独立团。从五团抽调二营，与东台地方武装合编，成立了东台独立团，另一部到盐东组建盐东独立大队，在兴化，我们还收编了 3 支地方武装，共有 160 余人，经整编、教育和改造，其中绝大多数成了我军的成员。这年年底，苏中二分区地方兵团发展到 2200 多人，枪 1095 支，群众自卫武装约 10 万人。1942 年 10 月，又从五团抽出 2 个连与台北独立营合编，组成台北独立团。从六团抽调一部与兴化地方武装合编为兴化警卫团。为提高各地方兵团的战斗力，我们还派出部分干部和骨干对他们进行整训与作战指导，并协助地方训练大量民兵。在抗战中，地方兵团和群众自卫武装起了很大的作用。他们惩暴锄奸、扰乱袭击敌人，普遍开展群众性抗日武装斗争，仅 1942 年的头 8 个月，地方兵团先后战斗 81 次，毙伪 61 人，俘伪官兵 82 人，有力地配合了主力部队作战。如蚌蜓河西伏击战，兴化独立团三营得到情报，有几名日军要乘一艘汽艇沿蚌蜒河开来，他们当即选择有利地形伏击敌人，活捉 1 名日军，其余都被打死。这是当时地方武装首开生俘日军记录，我们将俘虏解送盐城军部，为他们请功。

在那艰苦的岁月里，我们二旅指战员始终同人民群众同生死共患难，每当人民群众的利益受到威胁时，我们就挺身而出。1942 年夏收时节，驻顾殿堡伪军经常外出抢粮，群众切齿痛恨。为了保卫夏收，6 月 17 日，我们出动四团、六团及旅教导大队，分数路攻取顾殿堡，毙伤伪军 56 名，俘伪官兵 87 名，缴获步枪 40 余支、机枪 1 挺。这次战斗虽然未将顾殿堡伪军全部消灭，但沉重地打击了敌人的嚣张气焰，粉碎了敌人的抢粮计划。还有一次，盐城伍佑敌伪 900 余人，窜到冈沟河一带大肆烧杀抢掠，百姓遭受涂炭。我四团闻讯后，火速驰援杀敌。战斗中，四团政委郭猛不顾个人安危，身先士卒，指挥部队奋勇冲杀，毙俘敌伪官兵 200 余人，缴获武器 150 余件。谁知在战斗即将结束时，我们的好战友郭猛同志不幸中弹牺牲。这位身经百战、屡建战功的政治指挥员，为了保护人民利益，献出了宝贵的生命，当时他才 29 岁。

为了更有效地提高战斗力，我们积极对部队进行整训整编。整训主要包括军事训练、政治教育和文化学习等内容。军事训练突出了基础训练和应用训练，提高射击、投弹、刺杀、土工作业"四大技术"。干部还要求熟悉了解日伪军对我"扫荡"的规律和兴化水网地区作战特点，研究作战方法，提高作战指挥能力。当时，有少数干部战士对抗战缺乏必胜信心，我们采取讲新四军抗战故事，传达兄弟部队打胜仗的喜讯，编反"扫荡"的歌曲等方法，进行多种形式的政治教育。经过一段时间的学习后，大家尝到了甜头，无论是学习军事、政治，还是学习文化，都有了积极性。那时，每个战士都备有日记本或识字本，午睡时间不休息，拿着木棍当笔，在地上练字、学文化。有些原先不识字的干部，通过这几个月学习进步很快，不仅能看文件，能做笔记，连写报告也不担心了。干部战士的军政素质提高了，战胜敌人的信心增强了，夺取战斗的胜利也就更有保证。

由于日军的残酷进攻，当时敌后各抗日根据地出现了十分困难的局面。为了克服困难，渡过难关，党中央于1941年12月发出了精兵简政的指示。根据苏中军区的统一部署，我们部队从1942年3月起着手进行精兵简政。旅机关首先带头紧缩编制，减少机构。杂务人员和非战斗人员充实到基层后，机关按班、排、连编组，使机关成为一支精干的能够自卫的武装工作队。接着，3个团也进行了精简，五、六团取消营编制，全旅精简400多人，另有110名干部进华中局党校和进军部抗大学习，另一部分调延安中央党校学习，50名干部充实到地方部队。对精简整编重要意义的认识要有一个过程。尽管我们下决心做了较大精简，但还不够彻底。为解决这个问题，在10月份召开的苏中党政军第三次扩大会议上，又做出了进一步精简的部署，决定二旅保持一个主力团，其余转为地方部队，干部降级使用，每县保持一个警卫团，配备好3个至4个主力连，便于独立作战。根据苏中扩大会议精神，我们将五团缩编成4个步兵连和1个机枪连，编入四团，六团实行地方化，编为兴化独立团。为了妥善安排好精简中编余的干部，我们想了不少办法。根据各人的不同情况，有的充实到连队锻炼，有的转向民兵工作或地方武装工作，有的送到学校深造。对老弱病残的战士，愿意回家的发给路费，无家可归的，由地方政府帮助安家就业，尽量做到了人尽其才，各得其所。尤其使我们难忘的是，精简中同志们都能自觉服从组织安排，就是降级使用的也毫无怨言，体现了革命军人的高尚品德。经过整编，机关非战斗员减少，更加精干；战斗连队得到了加强，四团每个营有四五百人，每个连配有9挺机枪，真可以说是足额满员，兵强马壮，战斗力得到大大提高。

1942年底，为加强苏南的抗日力量，苏中军区决定我二旅主力渡江南下。12月下旬，王必成和刘培善同志率领四团、旅教导大队、特务连，以及兴化独立团、盐东警卫团各2个连，从台北出发南下，留段焕竞、陈时夫带余部编入地方部队，在苏中二分区原地坚持斗争。1943年1月13日，我南下部队抵达溧水李家山，与十六旅会师。

2月5日，我们在李家山召开大会，宣布了新四军军部关于二旅与十六旅合编的命令，对外用十六旅的名义。

王必成旅长和江渭清政委讲话，要求大家捏成一个拳头，团结一致，共同战斗，为长期坚持苏南敌后斗争而努力奋斗。从此，二旅与十六旅紧紧地团结在一起，开始了新的战斗。

华中抗日革命熔炉[*]

洪学智　薛暮桥　谢云晖

新四军教导总队沿革

新四军教导总队是新四军创建时期由军部直接举办的一所培训军政干部的"抗大"式的学校，从 1938 年 1 月到 1941 年 1 月皖南事变，历时整整三年，在教导总队学习和工作过的新四军各级干部有 4000 人至 5000 人，对新四军广大干部军政素质的提高，对新四军的建设和发展，以至对华中各个抗日民主根据地的开辟和巩固，都起了一定的作用。

军部于 1938 年 1 月在南昌筹建成立教导队，2 月 15 日第一期在南昌开学。4 月 4 日，教导队随同军部进驻皖南岩寺。4 月 10 日，新四军江南部队的 3 个支队在岩寺集中改编

---

* 本文节选自《华中的抗日革命熔炉》，收录时做了适当修改。

完毕，教导队扩建为教导营，辖 3 个队，学员 300 余人。8 月间，教导营随同军部经太平向泾县开进，移驻石坑云岭附近，扩大到 4 个队。

1938 年下半年，上海及浙南温州地区的党组织向皖南新四军输送了一批党员、近千名工人和青年学生。他们大多数有一定的文化水平，有抗日爱国热情，其中相当一部分人不同程度地接受了革命思想，参加过各种形式的抗日救亡活动。他们早已向往延安抗大的学习生活，迫切希望到皖南新四军军部以后也能够有一次像进延安抗大那样的学习机会。另外，随着苏皖敌后抗战形势的发展和部队的扩大，大批知识青年和工人参军，使得大规模地加紧培训干部成为我军建设的重要环节。

在上述情况下，1938 年 9 月，军部决定将教导营扩建为教导总队，由军副参谋长周子昆兼任总队长，冯达飞任教育长，余立金任政治处主任，赵希仲、薛暮桥任训练处正、副处长，主持军事、政治、文化教育工作。名称是教导总队，实际上是抗大分校，无论教育方针、课程设置、培训目的以及学校传统和作风，教导总队都依据抗大总校的有关规定，参照抗大总校的办学经验，结合新四军部队的实际情况来制定、实施，并大力提倡、培育和发扬。只是当时新四军的主要负责人项英同志出于对皖南地区新四军所处地位的特殊考虑，避免给予国民党政府和第三战区以干涉的借口才不用抗大分校的名义，而由新四军军分会报请中央军委批准成立教导总队。教导总队学制一般为半年。从之前教导队、教导营算起，教导总队共招收培训了三期学员。

正当教导总队蓬勃发展、影响日益扩大之际，国民党当局极力限制和削弱我军，由第三战区长官司令部出面对新四军进行无理指责，要求缩编教导总队，说新四军地处敌后前线，不应有教导总队这样庞大的训练机构，应予整编；军队中更不应组训妇女，应予以裁撤；军队任务是作战，不应训练唱歌演戏的文化队；等等。与此同时，国民党军队严密封锁从浙江、江西进入皖南的通道，阻止国统区爱国青年前来参加新四军。教导总队学员的来源受到一定影响，转为主要从各部队和游击区抽调学员。因此，军部在1939年9月间决定将教导总队改名为教导队，训练处改名总教室，训练处处长薛暮桥改称总教。女生队在毕业后停办。在此之前，文化队已于6月底改编为军部战地服务团第二队。

尽管如此，教导队第四期仍有10个队，学员近1200人。总队部直属的还有机枪队（后改称机炮队）和工兵队。机炮队有重机枪2挺，82毫米迫击炮2门，训练部队的机炮手。工兵队训练排级工兵干部。

在女队和青年队撤销以后，学员中有些老红军及游击队战士的随军家属，以及一些年龄太小的学员和烈士孤儿，共50人左右，需要专门给予学习机会，以提高政治文化水平和工作能力。因此，军部决定举办新四军抗日军人家属子弟学校，隶属于教导队编制，以学习文化为主，辅以必要的政治理论教育和军事训练。

1940年1月到3月，教导队还办过一个指导员训练班，从前线抽调在职的正副指导员30多人进行短期训练。此外，军部有一个特务连（警卫连）归属教导队建制。

第四期于1939年10月起，先后分批开学。1940年3月、4月毕业。第五期接着开学。此时，教导队恢复教导总队的名称。由于皖南形势日趋严重，军部开始疏散家属和非战斗人员，抗日军人家属子弟学校于4月、5月间解散，上干队亦停办。包括机炮队和工兵队在内，全总队共2个大队，8个队，学员800余人。

上干队停办后，1940年6月至10月办了一期军政教员训练队，下设军事、政治两个分队，学员约50人。它又叫干部训练队。这个队进行了比较系统的基础理论教育，开设了列宁主义基础、政治经济学、党的建设、统一战线等课程，并有哲学辅导。讲课时，总队部和各队的干部可以旁听。

第五期的各队始终处在紧张备战和进行战斗的环境之中，原定学习期限是6个月，后宣布延期毕业。11月初，有一部分学员分配到皖南新建的部队工作，也有少数人回原来部队。全总队缩编为6个队，大部分学员继续留在教导总队直到皖南事变。

1940年10月19日，国民党当局限令黄河以南的八路军、新四军于一个月内撤到黄河以北，同时密令其数十万军队准备进攻华中新四军，由此开始了抗日战争时期的第二次反共高潮。在中共中央、中央军委多次指示和催促之下，新四军军部决定北撤。教导总队的撤离干部由薛暮桥率领，总队部机关和训练处所辖教育干部编成干部队，临时集中的皖南地方干部编成地干队，共约300余人，为第二批先遣支队的一个大队，12月8日离开中村驻地，前往苏南。干部队中有不少人后来到达盐城，在抗大五分校工作。

1941年1月初，新四军军部及其直属部队北撤。教导总队改称教导团，编入中路纵队（其中主要是军部直属队及东南局机关），随军部一同行动。此时，冯达飞调任中路纵队副司令员兼参谋长，教导团由余立金统一指挥。皖南事变发生后，教导团较好地执行了中路纵队的后卫任务。当所有作战部队被分割包围之后，教导团依然保持完整的战斗力，成为叶挺军长直接指挥用来进行突围作战的部队，在最后几天进行了激烈的战斗，1月9日高坦战斗，10日至12日东流山战斗，13日火云尖突围，教导团全团奋勇作战，非常顽强，一直战斗到最后时刻。

皖南事变后，教导团有少数人突出重围，到达长江以北我军活动地区。因分散突围而不幸被捕的同志在上饶集中营进行了英勇斗争，坚贞不屈。有不少同志积极参加了1942年5月25日的茅家岭暴动和1942年6月17日的赤石暴动。这两次暴动的规模之大，在我们党组织的狱中斗争史上是空前的。暴动的组织者与参加者当中，多数是教导总队的干部或学员，他们用生命和鲜血为教导总队的历史写下了辉煌的一页。

毛泽东把抗大的教育方针集中概括为：坚定正确的政治方向，艰苦朴素的工作作风，灵活机动的战略战术。正确贯彻抗大教育方针的关键，在于真正做到理论与实际的密切联系。我们注意从实际出发，根据战争环境发展变化的需要，军队建设的需要，发展华中的战略方针的需要，区分不同的教育对象和训练要求来制订和实施教学计划。

战争时期办学，部队迫切需要。学员面广而水平参差不齐，加上皖南接敌区和苏北敌后不时遇到敌人"扫荡"，决定了新四军教导总队和抗大五分校以及华中总分校教学方面的一些特点。例如，学制很短而且常受战事影响和干扰，教学条件只能因陋就简，而教学内容需要军政并举，注重应用；教育方法上采取多种形式，强调因材施教，等等。自觉地掌握这些特点，从实际出发，才能在较短的时间内把各种不同对象的学员训练成为一名合格的抗日军人和新四军干部，使其在思想、政治、军事以及文化诸方面比原先明显地提高一步。1942年1月4日庆祝抗大华中总分校成立的干部大会上，陈毅同志在讲话中说，抗大是军队办的学校，学员来自部队或者毕业后将要分配到部队去工作，他们是要带兵打仗的。所以，既要加强政治理论教育，也应该注意加强军事训练。陈毅的这一番话富有教益，对我们全面地理解和执行抗大的教育方针很有帮助。

在教育内容和课程设置上，总的要求是贯彻教育方针，有重点，少而精，根据各队不同的培训对象而分别确定不同的具体要求。教导总队和五分校以及后来的总分校，都是以军事队和政治队居多，其他各队大致可以归入这两种性质的队，如工兵队、机炮队、参谋训练队等属于军事队；女生队相当于政治队。凡是军事队，以军事教育的课程为主，军事教育和政治教育的比重一般为7:3。政治队以政治教育的课程为主，军事教育与政治教育一般为3:7。上干队即中高级干部队的情况不同一些。除了总分校的上干队分别编成军事队和政治队以外，教导总队和抗大五分校的上干队大体是军政并重。教育比重的课时分配按每周五天半计算，即周一至周五上课，周六上午会操或演习，这半天也作为军事教育时间。

此外，各期都有几个队有一部分学员文化水平较低，不到初中程度的学员需要拿出一定的时间补习文化。提高文化水平成为接受军政教育的前提。我们力求做到每个毕业的学员能够具有初步的阅读和写作能力，懂得一些基本的算术和自然科学常识。

政治教育包括锻炼党性、整顿"三风"的思想教育；国内外形势和任务的时事教育；抗日民族统一战线和根据地建设的政策教育；马列主义基础知识或政治常识的理论教育以及党的建设、政治工作、群众工作等党的工作教育等几个方面。这些教育渗透学习期间的各项活动中，有一部分内容设置正式课程，其余的通过专题课、报告会、自学文件、读报活动、日常的政治生活和组织生活来进行。

在各个军事队，政治课有《社会发展史》和《中国革命问题》两门主课。在政治队，政治课还要加一门《政治经济学》作为主课，也有一些文化程度较高的队开了哲学课。培养连级政治工作干部的队，增加了《党的建设》《政治工作》等课程。政治队以及文化程度较高的军事队还有一些专题讲座课，如《三民主义与共产主义》《国际问题》《民运工作》《敌军工作》等。

政治课的教材，一部分有中央领导同志的著作和抗大总校传来的讲义，大部分是自力更生，自己编写的。有的课先编教学大纲，讲过一两次就形成讲义，以后继续修改。薛暮桥讲《政治经济学》，第一本教材是在皖南教导总队的讲稿，1941 年在反"扫荡"中不能上课，利用行军间隙进行修改。薛暮桥还写了一本《中国革命基本问题》，它与经过修改的《政治经济学》不但被新四军各抗大分校所采用，而且在香港等地出版。其中《政治经济学》在新中国成立前，经刘少奇同志审阅决定，作为高中的教科书，影响较大。

军事教育以学习毛泽东同志的军事著作和战术课为重点，而战术课又以进攻战、游击战、近战、夜战为重点，各门课程都是讲授、演习和日常操练结合。大体上，每个政治队都有四五门军事课，军事队则要增加专题军事课和各门军事课的教学分量、操练演习时间。各队都要学的一般军事课有：（一）每个军人必须遵行的共同条令。（二）单兵战斗动作。学习跃进、利用地形地物、射击、投弹要领，以及侦察、警戒、防空、防毒等。（三）战术训练。包括班、排、连、营的进攻、防御、退却、追击等。（四）战术理论。有行军概则、宿营概则，遭遇战斗概则，进攻战斗概则，防御战斗概则，夜间作战概则等。（五）游击战术。毛泽东军事著作主要是《论持久战》《中国革命战争的战略问题》《抗日游击战争的战略问题》《战争与战略问题》等，要求营以上干部多学一些，连级干部学主要内容，班、排级干部结合其他课程讲授要点，不作为专门课程。军事课还有《兵器学》《筑城学》《地形学》等专题课，作为相应的队必须学习的军事教育内容。

军事教育有很大一部分时间用于操练和演习。全校每周星期六上午要集合起来大会操，操练从单兵到连的队列动作和刺杀动作，演习队形。每月有若干次紧急集合，进行夜间战斗演习。每一期还有实弹射击和投掷手榴弹演习，有几期在毕业前还举行过团的攻防对抗演习。

新四军军直抗大分校及教导总队教员的阵容相当强。军首长和军政治部的领导同志关心培训干部，亲自讲课。在盐城时期，陈毅同志在军部干部大会上讲皖南事变问题，刘少奇同志在华中局党校做《论党内斗争》《人为什么犯错误》

《论共产党员的修养》等报告，抗大五分校很多干部都去听了。有一部分可以在较大范围内讨论的内容，回来及时向学员们做了转述。陈毅到五分校来做时事报告，回答干部、学员们提出的问题；赖传珠讲授了《游击战术》。在皖南，项英、陈毅、袁国平、周子昆、粟裕、李一氓也到教导总队来讲《目前的形势和任务》《政治工作》《游击战术》等专题报告。军政治部的几位部长讲课也较多。

教员的配置由训练部、处主要负责。军事课和政治课都分为主任教员，驻队教员和集中在训练部、处机动讲课的教员。一般情况下，大队有军事、政治主任教员，队有驻队军事、政治、文化教员。有的队驻队军事教员由队长兼任，也有的教员要兼管两个队伍。知识青年的队不设文化教员。各队还配备了军事、政治、文化教育干事。在教员讲课后、学员讨论时，由教育干事进行辅导。

当时从军首长起直到队里的干部对教员都是很尊重的。尽管那个时候生活相当艰苦，学员每人每月只发 1 元 5 角津贴费，团以上干部每月只发 4 元津贴费，但对教员还是给予照顾，发一点讲课津贴。其中薛暮桥、夏征农、罗琼、陶白等少数几位，经军首长批准每月发给 15 元，可以算得上是"优厚待遇"了。

正确对待知识分子不仅表现在生活待遇这些事情上，重要的是政治上给予充分信任，工作上大胆交给重任，关心并迅速解决入党问题，而且在上下级、同志之间塑造了一种相互尊重、团结融洽的气氛。

在实施教学计划的过程中，采取良好的教学方法是我们一直努力关注和探索的问题。由于学员来自四面八方，不但文化程度高低不同，社会经验和思想意识也各不相同，所以必须因材施教，把他们编在不同的队进行不同的教育。对于行之有效的方法，及时地进行总结、推广，并逐步使之制度化。教学方法上所力求掌握的基本要点，是贯彻理论与实际的联系、教育与作战的联系、所学与所用的联系的原则，提倡启发的、研究的、实验的教育方法，反对注入的、强迫的、空洞的教育方法。启发的方法要求将学员自学与教员辅导适当结合，教员讲课后提出问题，引导学员自己思索钻研，做出结论，而不是教员夸夸其谈，学员死抄硬记。教员根据学员在讨论中提出的问题，针对他们的思想情况来修改和补充教育内容。研究的方法是提倡自由思想，追求真理，发扬学习中的民主精神，课堂上允许质疑，讨论中鼓励争论；反对武断盲从、思想统制等强迫方式。实验的方法，是把学的理论拿到实际工作中或从实际经验中去检验、证明。反对脱离实际的空洞的理论学习。

为了保证教学质量，每开一门课程，都实行教员备课制度。首先教员在教育干事的协助下，通过与学员个别谈话或举行座谈，了解掌握学员对这门课程原有的基础，关心的问题以及教学中可资引用的为他们所熟悉的材料。然后，由训练部、训练处或主任教员组织试讲，邀请讲这门课程较有经验的教员参加，一同改进讲课内容和提出注意事项。

讲课时，实行课堂讨论和问答制度。由教员自己掌握，在每次讲课时留出一些时间让学员提问、教员答复；或者由教员提问要学员答复。也可以在这门课程的某一单元讲完之后出题，开会组织讨论。这个方法便于帮助学员加深理解，抓住中心，而且师生之间对答，平等地讨论交流，会收到更好的效果。

讲课后实行辅导制度，这由教育干事负责。辅导办法可以是上辅导课，起复习作用；也可以是专对程度较低、不很理解课程内容的部分学员进行重点辅导，帮助学员消化教员讲的内容，回答某些疑难点。

还有一些主要由学员自己组织的形式多样、生动活泼的学习方法。例如，出墙报介绍学习笔记、学习心得，举行问答晚会、猜谜竞赛等，鼓励学员发挥主动性和创造性，通过各种途径来复习功课，加强理解。

抗大五分校和华中总分校概况

1940 年 11 月，新四军华中总指挥部决定成立抗日军政大学第五分校，陈毅兼任校长、政治委员，赖传珠兼任副校长，冯定任副校长，谢祥军任教育长，贺敏学任副教育长，谢云晖任政治部主任，刘毓标任副主任兼组织科长。江北军政干部学校隶属江北指挥部，共辖三个大队。其中两个大队随同刘少奇从淮南地区到达苏北盐城。淮南地区还保留一个大队，1941 年 5 月在它的基础上扩建为抗大八分校。苏北抗日军政干校隶属苏北指挥部，于 1940 年 9 月开学，随军到达盐城，与江北干校合并成立抗大五分校。

1941 年 6 月初，从华北抗大总校派来的华中大队，由洪学智率领到达苏北盐城，经陈毅代军长、刘少奇政委接见后，决定都到抗大五分校工作。抗大五分校在 6 月 8 日召开了盛大的欢迎会。为了支援华中抗大分校，总校于 1940 年 6 月曾派遣一个华中大队到淮北地区加强四分校。这是第二个华中大队，于 1940 年 11 月组成，由原抗大总校第四团团长洪学智负责，并配备了政治处主任吴盛坤、军事主任教员杜剑华、政治主任教员孙达生等人，全大队连同工勤人员在内，有 130 余人。经总校代校长滕代远、教育长何长工、政治部主任张际春开会动员之后，华中大队于 11 月 9 日从河北邢台县浆水镇出发，经过 6 个省，在路上走了半年多，行程 2500 里，终于战胜艰难险阻，全部平安抵达盐城，胜利地完成了支援华中分校的任务。

上述两方面的干部调到抗大五分校之后，军部重新确定了五分校的领导干部。校长、政委仍由陈毅兼任，任命冯定、洪学智为副校长，谢祥军、贺敏学为正、副教育长，余立金、吴胜坤为政治部正、副主任，薛暮桥、谢云晖为训练部正、副部长。在此之前，赖传珠从 1942 年 2 月起，已不再兼任副校长，但仍过问抗大五分校建设的重大问题。

抗大五分校共举办两期。第一期从 1940 年 11 月到 1941

年5月。因为有部分学员是陆续到来的，开学典礼在1941年元旦举行，中间有一段时间进行反"扫荡"，到5月1日举行毕业典礼。教学时间约6个月。这一期学员共1478人，其中江北军政干校编来400余人，苏北抗日军政干校编来400人，其余600多人系新招收的学员。当时学员的来源，包括两个干校招收的学员，一部分是从部队调来的连、排、班级干部，以及少数营团级干部；一部分是从上海、苏南以及苏北、皖东地区招来的青年学生，还有不少爱国华侨青年。上海地下党有计划地从已暴露身份的党员和进步群众中抽调保送的部分学员。同时，原苏北干校和抗大五分校先后在营溪、黄桥、海安、东台等地设立了招生处，欢迎各地青年学生前来报考。大体上，由上海党组织动员输送的学员沿途有交通站派人接送，有些人还带了用密写药水书写在衣襟或旧报纸上的组织介绍信；自动前来报考的上海和当地青年，则要经过简单的考核，录取者必须具有初中文化水平。

五分校第一期共11个队，2个连，编为3个大队。一大队是军事队，以部队抽调的学员为主，辖4个队。一队和四队分别培训连级军事干部和政工干部，二、三队培训班排级干部。二、三大队是政治队，各辖3个队，以招收的知识青年为主，也有少数地方干部。直属校部的是女生队，还有军部责成代管的炮兵连和1个警卫连。五分校第一期的学员经受了1941年二三月间春季反"扫荡"的考验。一大队调到盐城以北配合三师进行反"扫荡"作战，参加了收复上岗的战斗。二大队也担负战斗警戒任务。校部和其他各队撤到盐城以西，并抽调一部分干部和学员支援盐城地方工作。在上岗战斗中，一队队长程贤义等四位同志壮烈牺牲。后来全校举行了追悼会。在春季反"扫荡"中，五分校作战伤亡、失踪及其他减员216人。第一期各队于四五月间陆续结束，实际毕业分配的学员1262人，含女生129人。

第二期从1941年五六月到1942年初。全校在7月正式开学，中间经历了约两个月的夏季反"扫荡"，教学时间亦近半年。这学期招收学员1526人，全校共12队，另有1个警卫连。培训对象与第一期相同。新设1个培训营、团级干部的上干队。1941年夏季反"扫荡"期间，训练部副部长谢云晖带领三大队的2个队前往苏中地区活动。

1941年7月，日军在盐阜地区进行夏季大"扫荡"，企图围歼华中我军领导机关和主力部队。7月20日，日军分四路进攻盐城。军部撤到阜宁地区。抗大五分校副校长洪学智已兼任盐城卫戍司令员，此时负责率领五分校抗击进犯盐城日军，掩护军部后方机关安全转移。由于日军进攻时乘坐汽艇，洪学智亲率一大队的一队在盐城城内登瀛桥等几个地方布设水雷，并组成若干游击小组在城区分散活动滞扰敌人，以争取时间，保障尚未撤离单位尽快撤退。一队在城内的一天战斗中炸伤日军汽艇一艘，胜利完成阻击任务。

我军撤离盐城后，在盐城东北狭小地区集中了军卫生部和供给部等后勤单位人员达2000余人。他们没有武装部队保护，一时处于困境之中。洪学智率领五分校一大队和警卫连，负责保护这一部分后方机关人员，在三天之内，分批送他们从盐城和上岗两个敌人据点之间的新兴场附近安全通过封锁线，前往阜宁。

整个夏季反"扫荡"期间，抗大五分校主要在串场河以东的盐东、台北、台东沿海狭长地带活动，行军途中，几次发生与敌人的遭遇战。有一次是洪学智带警卫连不到一个排的兵力突然遭遇敌人，20余人两次打退敌军100余人的攻击。另一次是在斗龙港出海口龙王庙打击抢劫财物的敌伪军，保卫了群众的利益。但第七队单独行进在盘湾镇附近遇到敌人，有一个排因缺乏战斗经验遭到一些损失，约30人伤亡。抗大五分校在夏季反"扫荡"中，战斗伤亡和非战斗减员有60余人。

1941年9月，五分校除了前往苏中的两个队未归还建制外，全部回到靠近军部的阜宁王桥口、硕集休整，并恢复上课。洪学智调任盐阜军区司令员，后改任新四军第三师参谋长，冯定调军政治部工作，由韩振纪任副校长。五分校进行了夏季反"扫荡"的总结之后，迁往阜东县的东坎、八滩。第二期各队在1941年12月底以前先后结束。全校在1942年元旦举行了毕业典礼，这一期毕业学员共1257人，含女生240人。

到1941年12月，中央军委华中军分会和新四军军部做出决定，以抗大五分校为基础成立抗大华中总分校；再从原来的五分校抽调一部分干部组建新的抗大五分校，划归新四军第三师领导。

经中共中央和中央军委批准，抗大华中总分校仍由陈毅兼任校长，韩振纪任副校长，谢祥军任教育长，薛暮桥为代理政治部主任。1942年1月4日，总分校召开全校干部大会，陈毅同志前来参加并讲了话，祝贺总分校正式成立。抗大华中总分校的任务是：统一领导华中各抗大分校的工作，建立华中统一的军事学校教育制度。总分校同时接受抗大总校的领导，成为总校的组成部分，各旅、团教导队受各分校的领导，成为各分校的组成部分。要求建立完整的、统一的军教制度，建立工作报告制度和检查制度。

总分校比较精干，只招收少量学员，主要轮训军队团营级干部，培训参谋、工兵干部。全校共5个队，学员约300人，5月1日在阜宁空寺阴举行开学典礼。原定学制，一、二队为1年，其余3个队为8个月。总分校办了1年，只招收一期学员。

为了加强对抗大华中各分校培训工作的指导，1942年8月1日，在苏北阜东（今滨海）县东坎召开了华中抗大总分校与各分校的工作会议，主题是研究总分校和各分校的教育内容，包括教育方针、制度、计划和教材，总结过去的工作并交流各分校的教学经验。陈毅同志参加了这次会议，并对会议中发生争论的问题做了总结。

陈毅同志在会议的总结中，根据党中央关于整顿"三风"和关于学校教育的决定精神，着重阐述如何正确理解抗大的教育方针，批评了教学中的主观主义和教条主义倾向。他说，理论与实际一致，所学与所用一致（做什么学什么），教育与作战联系，这是我们军队教育上、学习上应该采取的三大原则。华中各抗大应根据实践去讲授理论，根据理论去总结实践，作为教育与学习的总方针。教员的任务不仅限于讲解书本，还要帮助学生去运用书本知识，以总结其本身的工作经验。学生的任务，不仅限于照读讲义和课目，还要能领会课目讲义所包含的精神和实质，并能进一步启发自身对实践经验的了解并提高今后指挥作战和处理问题的能力。为了实践而学习理论，为了打胜仗提高工作而进学校，为了养成一批军队工作干部才办抗大。

1942 年 12 月，日军又在苏北地区集结兵力，准备以盐阜区为重点，对新四军军部及其直属队进行"拉网大扫荡"。新四军军部决定机动指挥作战，于年底向淮南地区转移，1943 年初抵达盱眙县黄花塘。抗大华中总分校随同军部一道转移，到达牛沛湾。这时，根据华中局和军部关于精兵简政、缩小机关、减少单位、加强基层的指示，将总分校的干部、教员和学员全部分配到部队和各分校。副校长韩振纪调二师任参谋长，政治部主任余立金调任二师政治部副主任，训练部部长薛暮桥奉调率领抗大总分校和华中局党校的五六十名教员、干部前往延安。华中总分校就此结束。薛暮桥在路过山东时被山东分局留在山东工作。

第三师抗大五分校，开始由三师师长黄克诚兼任校长。几个月后改由钟伟担任校长，吴盛坤任政治委员，张兴发任副校长，庄林任教育长，于辉任政治处主任。1942 年只招收训练了一期学员，全校共设 9 个队，有学员 1200 多人。1942 年底，为了对付敌人"拉网"式"扫荡"，实行精兵简政，三师师部决定暂时停办五分校。

1944 年 9 月，苏北敌后形势大为好转，经三师师部决定，抗大五分校恢复建制，任命谢祥军为校长，吴盛坤为政委，张兴发、沈铁兵任副校长，庄林任教育长（后由王信虎接任），唐克任政治部主任。五分校这一期在苏北地区扩大招生，苏北根据地以至于上海、南京等地青年学生闻讯纷纷前来报名，全校学员有 1000 多人，组成 11 个队，其中第十一队是外籍人员队，主要是朝鲜人。这一期一直办到 1945 年 8 月抗日战争胜利，学员全部毕业分赴前线。抗大五分校校部改建为盐阜区独立旅司令部，完成了它的历史使命，宣告胜利结束。

新四军教导队、抗大五分校和华中总分校的教学实践是成功的、有成效的。陈毅同志曾在华中局和华中军分会的一次扩大会议上评价抗大五分校和华中总分校所起的作用，说它们"就像春风满园的苗圃"，为部队培养了大批人才。

独立旅在淮海根据地

胡大荣

独立旅的前身是由八路军一一五师六八五团一部与萧县游击队十七大队、铜山县石西第九游击队、湖西办事处警卫连等部合编的苏鲁豫支队第四大队，后改为东进支队，支队长梁兴初、政委王凤鸣（后叛变）。1940 年 3 月，东进支队在郯城重场由一个大队扩编为两个大队，活动在鲁南地区。1940 年 11 月，东进支队奉命改称八路军一一五师教导第五旅，辖十三、十四团。十三团团长是我，政委秦士勉；十四团团长江燮元，政委叶绍贤。叶绍贤病逝后由江拥辉接任。

1940 年，蒋介石在全国掀起第二次反共高潮，向我敌后抗日根据地发起频繁的进攻。11 月，汤恩伯、李品仙率部 15 万余众进攻我皖东、皖东北新四军部队。教导五旅奉命于 1940 年 12 月 22 日从苏北邳县出发奔向新的战场。

12 月 24 日夜，天下着雨，旅直机关率十三团从新安镇东北约 20 里的李园子越过陇海路封锁线，经高流、阴平、庙头镇前往苏北沭阳东南的钱家集、龙庄一带集结待命。十四团走马家洼方向，因道路泥泞，渡河时又耽误了时间，当团直和一、二营大部跨过铁路时，天色大亮，正在过路的一营一部和卫生队被敌人发现又退回陇海路北。敌人立即集中500余人分两路袭击退回路北的部队和尚未来得及过路的三营。三营奋起反击，毙伤敌人50余人。三营多系新兵，尚未经战斗锻炼，与敌交火后，在黄昏时分绕道冲过铁路与团直及一、二营会合。这一遭遇战三营失散200余人。十四团经马家场、齐庄、周坪一线，于26日抵达钱家集与旅部会合。根据实际情况，旅部将三营编入一、二营。奉上级命令，部队先开赴洪泽湖以北地区，继而又转战到洪泽湖以东高良涧、淮河北岸的蒋坝集结。

皖南事变发生后，根据一一五师首长命令，派刘兴元去新四军江北指挥部汇报，请示任务。刘兴元带着一批文件和电报赶到新四军江北指挥部的驻地——盱眙县赵庄，见到了张云逸、邓子恢等指挥部负责同志，指挥部召开大会，欢迎八路军南下部队。刘兴元也在会上做了简短发言，他说我们奉命南下的八路军部队，一定要虚心向新四军学习，与新四军一起努力作战，坚决反击国民党顽固派的反共、投降行径，为在皖南牺牲的烈士们报仇，为实现把日本侵略者赶出中国，打倒日本帝国主义的共同目标而努力奋斗。

1941年1月25日，新四军重建军部。教导第五旅奉命改编为新四军独立旅。旅长梁兴初，政委罗华生（后由政治部主任刘兴元代政委）。原十三团改称第一团，辖 3 个营；原十四团改称第二团，辖 2 个营；独立旅担任新四军总预备队任务。部队在洪泽湖畔度过了 1941 年春节，于 3 月奉命返回淮海地区，同新四军九旅会合，共同执行巩固和扩大抗日根据地的任务。

独立旅进入淮海区的主要任务有：一是与九旅及地方武装相互配合，粉碎日伪军的进攻和"扫荡"，建立抗日民主政权，巩固和发展淮海地区根据地，保证苏中与山东、皖东北各战略区的联系；二是随时准备机动作战，完成新四军预备队的任务。

独立旅首先以营为单位进行剿匪。3 月下旬，韩德勤见我旅兵力分散，认为有机可乘，向我钱家集以东地区进犯，盘踞在金塘庄、三马厂、姚庄的土顽势力亦向我旅袭扰。我旅一团主力给韩德勤部以迎头痛击，顽军狼狈逃窜。

国民党驻山东部队原东北军第五十七军一一二师增援韩德勤部。我旅首先扫除盘踞在根据地内的土顽势力。4 月 6 日，一团、二团分别向金塘庄、姚庄发起攻击。经一夜激战，一、二团均攻克目标，全歼顽守军，一团又乘胜攻占三马厂，共歼顽 500 余人，免除后顾之忧。4 月 10 日，顽军荣子恒部进至淮阴西北丁家集地区，独立旅奉命堵歼荣部，但由于时间仓促，准备工作不足，通信联络阻滞，兵力未能集中使用，激战终日，给荣子恒旅以很大杀伤和消耗，未解决问题。次日，我旅重新调整部署，此役虽未能达到全歼该部的目的，但彻底粉碎了他的增援计划，使淮海区政治、军事形势出现了有利于我的局面。

丁家集战斗后，独立旅一团在钱家集、里仁集，二团在钱家集东南地区继续进行剿匪工作，发动群众，建立抗日政权。

4月下旬，涟水县顽县长朱剑清带100余人进占孔庄，组织刀会，收买网罗零星土匪兵痞扩充实力。5月3日夜，一团主力奔袭孔庄，将其包围。朱剑清发现我军意图后，组织力量向外突围，被我军堵回。4日拂晓，一团向孔庄发起进攻，经一个半小时的激战，全歼进占孔庄的朱剑清部队。顽涟水县大队得知孔庄被围，速派百余人赶来增援。顽军行至半路，进入一团打援部队伏击阵地。我军各种火器一起开火，打得他们晕头转向，狼奔鼠窜，我军乘机发起冲锋，迅速将其全歼。接着一团又乘胜奔袭孔子荡、汤沟、三岔口等地，又歼土匪400余人。

至此，我军已将涟水西北及东海、灌云、沭阳三县交界地区的土匪、顽军势力全部消灭，根据地得到了巩固。

我淮海区军民经数月积极作战，敌伪顽势力均遭到沉重打击。我军所到之处严格执行"三大纪律、八项注意"，为人民做好事，用生命和热血保卫人民群众的利益。有的老人说："什么军队都见过，我看就是新四军好。"充分体现了人民对我党我军的信任。

1941年上半年，天时不利，非涝即旱，日伪顽军肆意烧杀抢掠。面对这种形势，抗日民主政府在根据地掀起了生产自救和动员青年参军参战的热潮。几乎天天都有青年来队要求参军，有的连队一天就吸收六七个青年参军，部队得到了发展壮大。

1941 年 7 月以来，韩德勤不断袭扰我边缘地区，制造摩擦，扩大地盘，有进一步向我中心区进攻的企图。针对顽军的不断攻击，10 月上旬，独立旅二团在腰庄歼灭王光夏部十三团 1 个营 250 余人。10 月 6 日，旅主力又向进占陈庄之顽军发起攻击，全歼王光夏 2 个营，毙俘顽副团长以下 500 余人，受到军部首长的通令嘉奖，为程道口战役创造了有利条件。

10 月 15 日，顽保安第四纵队和独立支队向我军进行报复，进攻须河集、马厂、钦工、苏家嘴等地，扬言要歼灭我涟南部队。同时韩德勤部三十三师 2 个团，由大小沟子偷袭我新四军四师须河集一带阵地，被我军击溃。韩德勤又令保安第三、第四、第五纵队组成第二军，由三十三师师长孙启人指挥继续向我进犯。每占一地，即筑工事安据点，企图控制运河两岸阵地，切断我军南北联系，割裂我淮海抗日根据地，配合汤恩伯部队东犯，反共气焰十分嚣张。

为了粉碎顽固派的猖狂进攻，陈毅同志亲自部署指挥程道口战役。陈毅左手叉在腰间，用力挥动着右手大声地说："同志们，顽固派又来制造摩擦了，我们的方针是党中央、毛主席早就定下的，'人不犯我，我不犯人；人若犯我，我必犯人'。"陈毅同志首先分析了我军面临的严峻形势，又扼要说明了各部队的任务。"程道口这个顽固钉子，我们要坚决拔掉！把王光夏消灭掉！拔钉子要用铁锤、铁钳，这次攻打圩寨是攻坚战，既要勇敢不怕死，又要讲战术……部队要服从命令，听指挥……战场纪律是铁的纪律，任何人都不得违抗……"

这次战斗，除我独立旅外，还有第七旅十九团和第四师骑兵团，共6个团，并以七旅十九团和独立旅一团担任主攻任务。

10月14日傍晚，我独立旅一团从陈家圩地区出发，经徐家淄、宋庄，进至张塘口、王老庄地区。旅部率二团至小淄集、张圩地区。划归独立旅指挥的淮海大队，由大队长吴觉率领位于马家圩、马集地区配合泗阳独立团，担任泗阳方向警戒任务。各兄弟部队也准时抵达指定地区。15日黄昏，肃清程道口外围的战斗打响了，我一团向史家集发起攻击，顽军稍做抵抗即退缩至程道口。一团继续向余家庄发起攻击，顽军惧怕被歼，亦放弃据点逃窜。两处被我军占领。二团经过激烈战斗，16日攻占程道口以南诸庄，歼顽军一部，仰化集顽军亦仓皇出逃。

与此同时，我军七旅十九团攻克程道口西南之张庄。至18日，程道口外围据点全部肃清。各攻击部队分别占领阵地，进行近迫作业，构筑土木工事。各级指挥员相继深入前沿，勘察地形，选择攻击路线，为总攻做准备。

20日下午5点，我旅向东小圩子、七旅十九团向西围子发起攻击。霎时硝烟四起，火光冲天，枪炮声响成一片。十九团由西北方向一举突破西围子。我独立旅一团由东向西突击，遭到顽军顽强抵抗，三次爆破未能成功，前进受阻。指挥部决定二师十团投入战斗，从东西围子之间进行突击。我旅一团重新组织火力，再次向顽军发起攻击。战士们英勇顽强，不怕伤亡，连续爆破，迅速攻克东小圩子，并立即与十团、十九团从不同方向向东大围子发起总攻。在我军几面夹击下，顽军惊慌失措，一片混乱。部分顽军突围向东逃窜，被我军四师骑兵团追歼。战斗进行到21日晚，一团与兄弟部队会师，肃清了顽残部。

程道口战役，俘顽800余人。我旅毙伤顽军292名，缴获机枪3挺，步枪114支，冲锋枪2支，驳壳枪5支，电台1部，其他军用物资一批。战斗中我旅伤亡114人，他们用生命和热血为程道口战役做出了贡献。阻援部队攻克了大兴庄，击溃了自曹甸地区出援的顽军。

在胜利形势鼓舞下，一团一营教导员陈忠梅率部乘胜攻击众兴东北方的葛集伪军据点，全歼守敌50余人。我新四军各部队乘胜横扫沭淮涟、邳睢铜、淮泗、泗五灵凤等地顽匪武装。

程道口战役的胜利，切断了汤恩伯与韩德勤两股顽军的联系，粉碎了顽固派夹击我军的阴谋。我军控制了运河两岸，使淮海区与皖东北地区连成一片，为我军夺取更大的胜利，为而后山子头战斗的胜利奠定了基础。程道口战役胜利后，我们建立了宿迁抗日民主政府，独立旅积极开辟新区，扩大解放区，根据地日益壮大。

1942 年 12 月，独立旅奉命调回山东参加甲子山战斗。梁兴初旅长、罗华生政委率一、二团先期北上参战。程道口战役后编为独立旅第三团的原淮海大队，在政治部主任刘兴元率领下第二批抵达山东。甲子山战役后，奉中央军委命令，独立旅归还一一五师建制，在齐鲁大地上继续为争取抗日战争的胜利而浴血战斗。

新四军独立旅在华中近两年时间，参加大小战斗 60 余次，毙俘敌伪军 4000 余人，配合兄弟部队在淮海区东至盐河、西至运河、南至徐淮公路、北至陇海铁路的广大范围内，除宿迁、沭阳、新安镇等几处敌伪据点外，其余敌伪顽势力基本肃清，使淮海区与皖东北地区、盐阜地区连成一片，保持了华中与山东的联系，较好地完成了上级赋予独立旅的任务，为华中抗日根据地的创建做出了应有的贡献。

大反攻中的新一旅

杜　屏

　　为了适应大反攻形势的需要，1945 年 8 月下旬，经苏中军区批准，组建新的野战部队，命名为苏中军区第一旅，这就是新四军新一旅。旅部机关由分区兼，下辖第十一、第十二、第十三、第十四团。旅长由分区司令员陈玉生同志兼任，李干辉同志兼任旅副政委和政治部主任，我兼任旅参谋长。

　　第一旅成立后，首先攻打泰兴城。泰兴城位于分区西南部，靠近长江，是京沪线长江北岸的主要城市之一，西连口岸，南靠天星桥。城垣高大、坚固，城外地形开阔，护城河水深三米以上，且受长江潮汐影响。守敌是伪第十九师，该师是由师长蔡鑫元（汪伪亲信）纠集国民党地方武装头目反共顽固分子顾风山、陈正才等部组成，长期盘踞该城及其周围，伙同日、顽一直与我军为敌。日军宣布投降后，他拒不向我军投降，坐待国民党前来接收，积极准备易帜，并欢迎国民党县长、县党部书记长先期进驻泰兴。

在劝降无效的情况下，我们决心歼灭这个伪军师，并攻占泰兴城。陈玉生司令员要我和李干辉同志组成前方指挥所负责指挥，一面对泰兴的城防情况进一步侦察，一面研究作战部署。

经查明：该城的东面、北面碉堡工事坚固，外围据点也较密集；城南、城西防御相对薄弱。据此，考虑两个作战方案：一案是先肃清全部或大部外围据点再攻城。优点是可在城外歼灭相当多的敌人，削弱守城力量，便于攻城，缺点是外围据点多，肃清时间长，我军的消耗也会增大，还可能因时间长了而使情况发生变化；二案是先打对我攻城妨碍大的少数外围据点，其他据点以少数部队及民兵游击队监视之，而以主力迅速攻城。优点是先集中主力攻城，可缩短整个作战时间，避免情况发生大的变化，缺点是未攻歼的敌外围据点，可能对我攻城有相当的牵制。

经郑重分析，决定采取第二方案。兵力部署是：第十三团进至泰兴县城南，负责攻歼城南和城西南几个外围据点，打开主力开往城西的通道，同时，准备阻击口岸可能来援之敌，并监视天星桥敌伪动态。第十一、十二团分别进攻城西、城南，由第十一团从大西门两侧进行主要突击。第十四团插入城北进行辅助攻击，拔除城北主要外围据点，保证城西主攻部队之侧翼安全。城东则以民兵游击队积极行动，摆出攻城和攻外围据点的架势，迷惑和牵制敌人。对泰州敌伪，由于路途较远，且属另一系统，估计来援的可能性不大，也以民兵游击队积极活动和监视之。

战斗于9月8日拂晓开始，首先由第十三团扫清了城南和西南，以及捣石娇、水月庵、念头等几个外围据点，掩护主力开进。第十一团于10日晚进至泰兴西门外，一举歼灭西关伪军一个营，占领了城关发电厂，与守敌隔河相望。11日拂晓，团长姜茂生和我借着晨曦带领营、连干部进行现地侦察后确定：由一营主攻大西门，二营在小西门佯攻，三营留作二梯队。此时，第十二、十四团和民兵已按原定方案分别向城南、城北、城东进逼，完成了对泰兴城的包围。我军指挥部即向蔡鑫元发出最后通牒，限24小时内投降。同时，部队继续进行强攻准备。

同日上午，伪军做垂死挣扎，蔡鑫元以其主力顾风山团两个营，在其副团长肖志刚率领下，突出北门水关，向我第十四团反扑，被我歼其一部，并击毙肖志刚，残敌仓皇退入城内。

肖志刚之死对蔡部震动甚大。这一胜利，进一步振奋了我军士气，各部队更加速了攻城准备，并对如何通过护城河、如何压制城头堡和城墙暗堡的敌人火力、如何爬城突击，以及突入城内后、如何打敌反扑、进行巷战、各个歼敌等问题，都一一做了研究和分工落实。

鉴于蔡部还在策划顽抗，11日午夜，我军攻城部队冒雨发起总攻。第十一团一营突击队首先于大西门南侧登上城楼，主力随之蜂拥而入。接着，第十四、十二团亦相继突破北门、南门，迅猛穿插。经过激战，三个团打到十字街头胜利会师。被分割之敌无力抵抗，于 12 日拂晓前纷纷缴械投降。当夜俘敌团长顾风山以下 4000 余人，蔡鑫元化装潜逃，终被捕获。国民党县长唐明伦、县党部书记长朱汝弓等人也被查出。共缴获火炮 70 余门，各种枪 2800 余支（挺），以及大量弹药和其他物资。泰兴被攻克后，天星桥伪军 600 余人，经我军第十一、十三团各一部猛烈攻击和政治攻势后，全部向我投降。攻克泰兴城，是新一旅组建不久的第一仗，创造了一个旅歼敌一个师的范例。

新一旅在解放泰兴城稍事休整后，即奉命率三个团（第十三团留在黄桥保卫地委、专署及后方机关）北上参加盐城战役，并于 10 月 19 日进抵伍佑附近待命。

盐城是苏北敌伪剩下的较大据点之一。伪第四军军部率第四十师盘踞该城，并派其主力第三十九师（前西北军的大刀队）驻守城南约十五公里之伍佑镇为掎角之势。

盐城的敌人是很狡猾的。军长赵云祥为拖延时间，等待国民党接收，早就派其副军长戴心宽与我苏中军区谈判，说要"起义"，但条件越来越多，显然没有诚意。苏中军区首长当机立断，决心组织盐城战役，先打伍佑镇，以迫使盐城之敌投降。

新一旅承担了攻歼伍佑伪军一个主力师的战斗任务，经侦察研究决定，从南、东、北三面围攻该镇之敌（西面是一条大河，由盐城独立团在河西负责监视和牵制）。具体部署：第十一团担负南门主攻；第十二团攻击东门和北门，第十四团的一部迅速夺取伍佑西北 3 公里之蔡墩子据点后，担负对盐城方向的阻援，其主力随时准备投入对北门的攻击和阻歼伍佑向北突击之敌。

30 日晚 8 点，第十四团一营首先进攻蔡墩子，守敌一个连依托工事顽抗，激战约两小时，歼敌大部，余缴械投降。

旅部于 30 日晚 8 点 30 分发出总攻伍佑的信号。第十一团三营进攻南门外祠堂，遭敌火力拦阻。该团集中迫击炮猛烈轰击，将祠堂和附近工事大部摧毁。八连利用炮火支援猛冲，消灭顽抗之敌，占领了祠堂。接着该团又以迫击炮平射，打塌了土圩子上的工事，伪军见状放火烧毁了连接祠堂的木桥以阻我军前进。三营即令七、八连在火力掩护下架设"冲锋桥"（用预先准备的狭长木桥）强行过河，但桥板不够长，八连连长当机立断，组成 18 人的突击队，在迫击炮和轻重机枪火力支援下，以一半人抢占对岸土圩子，组织火力掩护，另一半人在水中肩扛木板架起人桥。连指导员即带领部队冲过人桥，迅速占领了土圩子，打开了突破口。此时，七连进攻受阻。营教导员李策率九连架起浮桥冲向对岸，炸毁土圩子，突入纵深。团部见八、九连突破成功，即令一营由突破口进入纵深战斗。该团二营也在东南角打开了突破口，并向纵深进攻。此时，第十二团二营在东门也突破了敌防御，但在向纵深发展时受阻，该团一营在北门奋勇夺桥前进，与伪军在街中展开逐屋争夺，敌被迫收缩阵地。

10 月 31 日全天激战，黄昏后，伪军组织数百人的大刀队，在机枪火力掩护下，作为前导向北门突围，企图夺路向盐城逃窜。指挥部令十二团撤退诱敌出来，并令第十四团在蔡墩子地区展开 2 个营进行堵击，以 1 个营南下，先头集中轻重机枪火力，大量杀伤敌大刀队，坚决阻止该敌向蔡墩子方向突围。同时，令十一、十二团除留少数部队在镇内肃清残敌外，主力立即跟踪追击，协同十四团全歼突围之敌于蔡墩子以南地区。激战至 11 月 1 日凌晨，全歼伍佑及蔡墩子以南之敌，活捉伪师长潘子明以下 2300 余人，缴获各种炮 8 门、枪 2000 余支及大量弹药和其他物资。

解放伍佑后，旅即挺进至盐城南郊，协同友邻部队完成对盐城的包围。盐城守敌见其主力第三十九师被歼，外援无望，在我军强大的军事压力和政治攻势下，伪军军长赵云祥于 11 月 10 日率军部和第四十师向我军投降。

苏浙军区战东南[*]

钟期光　王必成

　　根据党中央发展东南的战略部署，1944 年 12 月 27 日，粟裕率第一师师部和三旅七团及 300 多名地方干部，由苏北仪征渡江，经句容下蜀、龙潭间，穿过宁沪铁路敌伪封锁线，于 1945 年 1 月 6 日到达浙江长兴仰峰岭，与第十六旅旅部会合。另特务第一、四团在三旅旅长陶勇率领下，由苏中扬泰地区渡江，经丹北越宁沪铁路到达长兴地区。1 月 13 日，中央军委命令成立苏浙军区，粟裕任司令员、谭震林任政治委员（未到职）、刘先胜任参谋长、钟期光任政治部副主任，统一指挥苏南与浙东部队。

　　2 月 5 日，苏浙军区成立大会在长兴县槐花坎温塘村隆重召开。随即整编了部队，以第十六旅编为苏浙军区第一纵队，司令员王必成、政委江渭清、参谋长陈铁君、政治部主

---

　　* 本文原标题目为《巧断奇兵战东南》，收录时做了适当修改。

任刘文学，辖第一、第二、第三支队（团）；浙东游击纵队编为第二纵队，司令员何克希、政委谭启龙、参谋长刘亨云、政治部主任张文碧，辖第四、第五、第六支队及部分地方武装；苏中南下部队编为第三纵队，司令员陶勇、政委阮英平、参谋长梅嘉生、政治部主任彭德清，辖第七、第八、第九支队。4月7日，根据党中央3月11日的决定，留在苏中的苏中军区司令员叶飞和第一旅旅长廖政国，率一旅旅部与一团、军分区特务团和部分淮海苏中地方干部于丹北安全渡江，另两团由苏中靖江地区渡江，于4月23日到达长兴县槐花坎与粟裕会合，部队整编为苏浙军区第四纵队，司令员廖政国，政委韦一平、参谋长夏光、政治部主任曾如清，辖第十、第十一、第十二支队。叶飞被任命为苏浙军区副司令员。军区机关驻长兴县仰峰岭村。

苏浙军区部队经过整编，进一步进行了政治动员，号召全体指战员在进军作战中，正确执行党的各项政策，严格遵守群众纪律，发扬我军艰苦奋斗、英勇顽强的传统作风，坚决完成党中央赋予的发展东南敌后的战略任务，并抓紧时间进行了山地作战训练，对各部队确定了进军作战部署：第一纵队进至安吉、递铺以东，余杭以北，控制莫干山及杭（州）嘉（兴）湖（洲）敌后地区，建立前进基地；第二纵队除继续巩固四明山地区外，逐步向西发展、策应军区主力部队的南进作战；第三纵队2个支队进至誓节渡、广德、泗安以南，配合第一纵队行动，1个支队在广德、泗安公路南北地区掩护后方交通。

苏浙军区成立后，第一纵队于 1945 年 2 月 12 日向敌后莫干山地区挺进，沿途积极打击敌伪，粉碎了安吉、梅溪等地的敌伪出扰，乘势控制了武康、德清两座县城，开辟了莫干山地区。

正当我军向日伪军展开进攻时，第三战区指令其苏浙皖挺进军，出动第二十八军和"忠义救国军"所属 5 个团的兵力，由天目山、孝丰地区首先向我军第三纵队七支队发起进攻，企图切断我第一纵队后路，进而消灭我军，制造第二个皖南事变。苏浙军区为巩固阵地，继续发展敌后，被迫自卫。顽军大部分是美式装备，尤其是"忠义救国军"，善于山地作战，称为"猴子军"。但我七支队从黄桥决战，到强攻车桥、痛歼保田大队、如中遭遇战，血染战旗，威震敌胆！"猴子军"可谓碰到了强猎手。2 月 12 日，"忠义救国军"以一团兵力猛攻我七支队的上保里阵地。我军浴血奋战，阵地多次失而复得。四连指导员汪德恕，紧密配合连长指挥全连多次打退顽军进攻；顽军又向我阵地攻击，他跳出工事，高喊"共产党员跟我来！"带头冲锋。一颗子弹从他口中穿过，牙齿被打掉了，鲜血直流，他仍忍痛冲锋，再次把顽军打下去。粟裕司令员命令第三纵队全线出击，解七支队之围，并急调第一纵队主力参战。经五天战斗，击败顽军，歼敌 1700 余人。我军乘胜解放孝丰县城，控制了天目山北部地区。这就是浙西第一次反顽战役。

2月24日，党中央电示苏浙军区：在敌打通浙赣铁路以前，苏南、浙东、皖南部队应巩固现地，深入农村工作，整训、扩大部队，随时准备反击顽固派可能的进攻，准备将来大举跃进。

果然，国民党顽固派不甘心失败，不顾抗日救国的大局，第三战区又重新纠集12个团的兵力，于3月1日向新四军苏浙军区发动了第二次进攻，企图夺回孝丰，歼灭我军主力，将我军逐出天目山北部地区。4日，顽军五十二师和"忠义救国军"攻占我孝丰外围白水湾、报福镇等阵地，逐渐形成对孝丰三面包围之势。6日，顽军向我坞桥阵地和孝丰正面进攻。粟裕司令员胸有成竹，沉着应战。正当顽军洋洋得意之时，我一纵队除以二支队及独立团于四明山、青明山、五峰山等阵地节节抗击外，又以第一、第三支队出顽意外地向渔溪口、西圩市之顽军出击。7日晨，"忠义救国军"2个团分三路向我八支队三连扼守的石鼓山阵地迫近。三连以猛烈的火力和小群出击，将顽军击溃。顽军再次来攻。二排战斗英雄陈阿弟跃出战壕，端起机枪，猛扫顽军；其他同志也纷纷跃出战壕，与顽军展开白刃格斗。陈阿弟和二排大部分同志，先后壮烈牺牲。全连指战员同仇敌忾，愈战愈勇，有的子弹打光了，就用石头、铁锹、枪托歼灭突入之顽军。经7个多小时激战，打退顽军6次冲击，毙伤顽军200余人，全连虽然只剩13名同志，但阵地分寸未失。8日，我军主力全线出击，全歼顽军一九二师、五十二师所属6个营，俘顽军副团长以下 1000 余人。我军乘胜扩大战果，一支队进占羊角岭，二支队占领章村市、孔夫关。12 日，顽军一九二师，挺进一纵，四纵及六十二师再次拼凑残部向我前沿阵地反扑。我第一纵队连续发动反攻，至 27 日再次粉碎顽军的进攻，歼其 1700 余人，除巩固现有根据地外，又乘胜解放临安县城，占领了东、西天目山，取得了第二次反顽战役的胜利。至此，我军控制了浙西广大地区，解放人口100 多万。

第二次反顽战役胜利后，苏浙军区为了防备顽军新的进攻，立即部署大部主力进行整训，总结实战经验，进一步提高部队战斗力，并以第四纵队十一支队南渡富春江，与金萧支队会师，打通与浙东的联系；以第八支队和地方武装一部，开辟粮源充足的杭嘉湖敌后新区，以解决军粮困难。同时，在浙西区党委领导下，大力进行了新区根据地建设；先后建立了天南、天北地委、专署和杭嘉湖工委及 8 个县的抗日民主政权；广泛宣传党的各项政策，揭露日伪罪行和国民党顽固派的欺骗宣传与反共内战阴谋；开展了统一战线工作，初步发动和组织群众；以主力一部为骨干，建立和发展了地方武装。

1945 年 5 月，苏浙地区的日伪军与国民党顽固派互相勾结，策划共同"剿共"。中旬，日伪军以 10 个团的兵力向我苏南地区"扫荡"；下旬，日伪军又集中 2 个师团兵力向莫干山、杭嘉湖抗日根据地"进剿"。与此同时，国民党为与我争夺江南，秘密颁布"清剿沦陷区奸匪以配合盟军登陆之方案"，企图于"盟军"在我国东南沿海登陆之前肃清江南新四军，并限于 7 月底之前达到目的。为此，蒋介石下令第三战区司令长官顾祝同，调集主力 14 个师，42 个团，共 6.6 万多兵力，先后由陶广、李觉两个集团军司令率领，向我天目山地区发动大规模的军事进攻。首先以一个师进至富春江以北地区，切断我天目山与金萧地区的联系；以另一个师向我孝丰进扰；其主力分向于潜、宁国东南集结；杭嘉湖地区的残顽亦图谋向莫干山地区蠢动。

苏浙军区奋起自卫反击，揭开了第三次反顽战役的序幕。

为了打破顽军的大举进攻，苏浙军区于 5 月 28 日决定：在政治上，公开揭露国民党顽固派勾结日伪向我进攻的事实，发表《告浙西同胞书》，号召军民紧急动员起来，为粉碎日伪军的"扫荡"和顽军的第三次大举进攻而斗争。在军事上，粟裕立即调动部队，将派往杭嘉湖和苏南、皖南的部队调回天目山地区；派独立二团去围歼窜入莫干山地区的残顽；调二、三支队接替天目山地区防务；命一、三、四纵队主力各一部向新登进击，驱逐七十九师，确保浙西与浙东的联系；争取时间，集中已分散的兵力。5 月 29 日晚，我军集中第一纵队一支队、第三纵队七支队、第四纵队十支队三个主力团，向进占方家井、何阜、殿边、云昌、施家村一线的顽七十九师发起反击。经三天激战，击溃了富春江以北地区之顽军；于6月2日乘胜占领了新登县城。随后，又粉碎了顽军10个团的反扑。此役，共计摧毁碉堡300余座，歼灭顽军2200余人。但我军在连续攻坚苦战中伤亡亦较大，而顽军援兵又不断增来，乃于6月4日撤出新登。

在新登战役中，我一纵一支队司令员刘别生，为了坚守虎山阵地，亲临前方指挥，率部勇如猛虎般展开白刃格斗，多次杀退顽军的反扑。但他不幸中弹，身负重伤，英勇牺牲在新登密山山脚下。临终前将身上仅有的四块银圆和一支钢笔交了最后一次党费。

新登战役后，顽军继续向临安进逼，企图寻找我军主力决战。此时苏浙局势主要成为顽我正面冲突。我军为顾全国共合作共同抗日的大局，并避免在不利条件下作战，乃于6月8日主动撤出临安。但顽军得寸进尺，他们占领临安后，即以第三战区副司令长官上官云相为总指挥，第二十五集团军总司令李觉为前敌总指挥。将全部进犯军14个师6万余人组成左、右两个"进剿兵团"，孤注一掷地向我军大举进攻。

这次进攻的顽军，多系国民党的"精锐"，其中有全部美械装备的突击第一、第二纵队，有在皖南事变中充当主要打手偷袭新四军的第五十二师、第七十九师。而苏浙军区能够集中的兵力，只有3个纵队10个团2万余人，不仅在数量和装备上处于劣势，而且部队经连续作战十分疲劳，粮食供给极端困难，有些单位已发生断炊现象。苏浙军区于6月

10 日决定撤出天目山地区，向孝丰地区集结寻机再战。至 6 月 15 日，我军全部撤离东西天目山地区。

顽军误判我军主力北移为"溃退"，分兵向孝丰疾进。其左兵团辖第五十二师、第三十三旅及第一四六师一部，在苏皖边区绥靖指挥部司令兼江南行署主任刘秉哲指挥下，自于潜、宁国之线向东北进攻；右兵团辖突击纵队第一、二队和第七十九师，在突击纵队副司令胡琪三指挥下，由临安向北进攻；第二十八军、"忠义救国军"由陶柳指挥，进占天目山区。

苏浙军区根据顽军进攻态势，决心集中兵力在孝丰附近组织新的战役，求歼进犯顽军一部，以粉碎其进攻。当即部署：以 3 个支队担任孝丰正面守备，积极防御，迟滞、消耗顽军；以 7 个支队隐蔽集结于孝丰西北地区，伺机实施有力突击。

顽军仍步步向我军进逼。6 月 19 日，其左兵团进至孝丰以西之西圩市、百步山地区，已突出到我孝丰外围阵地附近；而其右兵团才进到孝丰东南的港口地区，两个兵团之间，东西相距约 20 公里。至此，我军各个歼灭顽军的战机已经出现。粟裕司令员当机立断，确定首先攻歼顽军左兵团，再视机扩张战果。为争取战役全胜，政治机关部署了具体有力的政治动员，响亮地提出了"歼灭五十二师，为皖南事变死难烈士复仇"的号召。各部队指战员斗志昂扬，积极求战，纷纷要求上级给予艰巨的作战任务。

6月19日夜，我军集中6个团向顽军左兵团突击。经一昼夜激战，一举歼灭敌五十二师主力。而奉命驰援的顽第二十八军和"忠义救国军"，均因多次遭我军打击，慑于被歼，未敢轻进。

原来，顽军左"进剿"兵团指挥官刘秉哲认为，我军撤至孝丰地区后还要"继续北逃"，便主张改变原定"进剿"计划，赶直路向孝丰西北疾进，企图抄我军后路，此计被李觉采纳。刘秉哲为了让其嫡系五十二师抢夺攻占孝丰的首功，又下令原计划由独立三十三旅进占的新桥头、西圩市一线，也让五十二师去占领。这样，当五十二师开始向我军进攻时，已将兵力分散成南北两路，彼此相距10公里之远；我军派少量部队且战且退，麻痹敌人。至19日，五十二师已分散在新近攻占的各个山头上，他们为"胜利进军"所陶醉，连工事也不构筑，夜间毫无战斗准备，就呼呼大睡，做起攻占孝丰"领功"的美梦来了。与其"协同"的独立三十三旅，由于同五十二师有矛盾，动作迟缓。五十二师这种急于求功，分兵冒进，位置突出，自陷孤立，给我军创造了歼敌良机。其实，我军让出的山头并不高，方圆小，个个孤立，而周围的主要制高点仍被我军控制，我军大队人马已迅速集结于主要制高点的两翼，五十二师就不知不觉地落进了我军布下的天罗地网之中。

19日夜晚，我军各部队以尖刀连开路，以虫声、鸟声为联络暗号，由老乡领路，轻装敏捷，隐蔽迅速接近顽军阵地，直到先头部队上千人插入顽军纵深，顽军竟毫无察觉。晚上10点30分，一支队经顽五十二师与三十三旅接合部直插位于杭岭头的一五四团团部，将敌层层包围。顿时，号声四起，枪声大作，一捆捆集束手榴弹在敌群中爆炸，该团指挥中断，一片慌乱，与此同时，我第二、第三、第八支队，也向位于新桥头、百步山的一五四团正面两个营发起大规模夜战，很快将其分割包围于各个山头。天明后，顽军几次突围均未得逞。我利用山上茅柴多便于隐蔽的条件，处处设伏，步步紧逼。激战至20日中午，一五四团被全歼，击毙团长张俊清、副团长殷广金。几乎同时，我三纵七、九支队将顽一五五团紧围猛打，歼其过半。而在一五四、一五五团被我军围歼时，五十二师师部就在不到三公里的梅村，但它只顾自保，毫无办法，三十三旅更是见死不救。

在这次战斗中，我二支队政委丁麟章，身先士卒，深入战斗第一线开展政治工作，给指战员以极大的鼓舞。但他自己却不幸英勇牺牲，年仅33岁。

在我军围歼左兵团之际，顽右兵团已经赶来，向我孝丰城东南、以东和东北之外围阵地猛攻，并企图抢占五峰山制高点。我守备部队与顽军展开激烈战斗，坚守了阵地，并抢先占领了五峰山，打退了七十九师的数次猛扑，迫使顽右兵团主力陷于孝丰城东南不利地区，为我军歼灭该顽创造了有利条件。

我军歼灭敌左兵团之后，立即迅速调转兵力围歼右兵团。6月21日晚，我第一纵队经大竹杆、山坞迂回切断了顽军后路；第三纵队经孝丰东北向顽军右翼迂回；第四纵队则向孝丰城正南之顽军突击。此外，九支队插向孝丰西南之下汤，阻击已进驻报福镇的"忠义救国军"的增援；十二支队由杭嘉湖地区赶赴港口、白水湾地区，堵住顽军的退路。这样，将顽右兵团紧紧包围并压缩在孝丰城南之草明山至港口、白水湾的狭小山谷地区内。22日夜，围歼战开始。我一纵队一部由顽突击一纵、七十九师和突击二纵之间的接合部潜入山林隐蔽，至晚上11点伏兵齐出，同时以一、三纵队4个支队穿插分割，切断了敌七十九师与突击二纵队的联系。经连续一昼夜强攻，七十九师和突击一纵队伤亡惨重，至23日下午6点，胡琪三慌忙下令撤退，连夜向临安方向逃窜；23日下午4点，我四纵队和一纵队一部对大毛山发起总攻，全歼了号称"王牌军"的突击二纵队；为了歼灭逃窜的七十九师、突击一纵队之残敌，粟裕巧妙地采用了"黄鼠狼吃蛇"的战法，将敌拦腰截成几段，实施多路突击，一部分一部分地歼灭溃逃中的敌人。经两昼夜的恶战，顽右兵团大部被歼，余部在混乱中向南溃逃。我军因部队连续苦战，体力不支，仅追击至黄湖镇附近。至此，第三次反顽战役胜利结束。共歼顽军五十二师副师长韩德考、七十九师参谋长罗先觉、突击第一纵队少将副司令胡旭盱以下6800余人。彻底粉碎了顽军聚歼我苏浙军区主力、驱逐我新四军出江南的狂妄企图，为坚持孝丰、莫干山、杭嘉湖敌后新区，并进一步巩固苏南抗日根据地扫清了障碍。

第三次反顽战役胜利后，苏浙军区和中共苏南区党委确定，主力部队回师苏浙皖边休整，加强根据地建设和开展敌后斗争。第一纵队返苏南溧阳、高淳地区休整；第二纵队继续坚持巩固四明山区，发展会稽山区；第三纵队进入郎溪、广德地区休整，并向宣城方向发展；第四纵队留守浙西地区，并以十二支队全部地方化，分编为吴兴、武（康）德（清）、临（安）余（杭）三个支队，担负坚持和发展杭嘉湖、莫干山敌后地区的任务。为适应斗争需要，8月初华中局决定：原苏南、浙西两区党委，合并为苏浙区党委，粟裕、金明、吴仲超、叶飞、江渭清五人为区党委委员，粟裕为书记，金明为副书记，吴仲超兼区党委组织部部长和苏南行政公署主任。对外，保留浙西行政公署名称，朱克靖为主任。在苏浙区党委一元化领导下，广泛开展根据地建设，做了大量组织工作、群众工作和发展地方武装的工作。

在苏浙军区主力作战期间，苏浙地区的党政机关和广大人民，尤其是苏南人民，进行了全力的支援。天目山地区产粮不多，历来主要依靠芜湖地区经宁国供应粮食。宁国粮道遭敌封锁后，我军粮食大部靠苏南供应，浙西人民也节衣缩食给予支援。苏南各支前委员会有组织的长期随军服务的民工即达6200余人，为运送军用物资、粮食和伤员等共付出了50多万个劳动日。民工们在南北长达数百里的运输线上往返跋涉，翻山渡水，日晒雨淋，极度辛劳。特别是在第三次反顽战役时，军粮更加困难，有的部队竟断炊。苏南党政机关又紧急动员了 3000 多名民工，动用 300 多匹牲畜，运送了 16 万斤大米支援前线，立下了汗马功劳。

日本投降后，苏浙军区主力、地方武装和民兵，迅速向日伪军展开战略反攻。从 8 月 16 日起，先后收复长兴、溧阳、金坛、溧水、句容、安吉、郎溪、广德、高淳、宜兴 10 个县城和苏南、浙北大小 100 余处集镇。

抗日战争胜利后，9 月 16 日党中央指示华中局：全国内战危机虽然较大，但和平局面仍有可能。你们苏南、浙东、皖南三地区部队，如果和平局面出现，有转移到江北之可能，望你们立即注意控制北上道路，保证北上安全，准备于将来适当时机渡江北上。9 月 20 日，党中央又指示华中局：浙东、苏南、皖南部队北撤，越快越好，此事已在重庆谈判中，当作一个让步条件向对方提出。据此，苏浙军区立即部署部队和地方党政干部北撤苏中地区。第一、第三纵队从常州与奔牛之间越宁沪铁路，由西桥渡江北上到达苏中泰兴；第四纵队和浙西地方武装从吴兴、长兴、太湖一线经宜兴、溧水、句容等地，随三纵北上，渡江至泰兴地区；第二纵队从浙东分路北撤：一路乘海船驶过杭州湾在上海南汇登陆，经青浦越宁沪铁路至太仓支塘渡江到南通地区，另一路于圩北过钱塘江至海盐澉浦镇，击退国民党军队拦截后，转到支塘北渡苏中。至 10 月上旬，我苏浙军区主力部队和地方干部约 5 万人胜利到达长江以北的苏中苏北解放区。

苏浙军区北撤时，发表了《江南新四军北移告别民众书》，对广大群众做了大量宣传工作。为了保卫人民的利益，长期坚持江南斗争，主力部队北撤后，留下部分干部组成苏浙皖工作委员会转入地下，并留少数部队，设立新四军留守处，配备精干武工队，他们在极端艰难险恶的环境下，英勇奋斗，做了大量工作，一直坚持到"百万雄师过大江"。

苏浙军区成立前后，长江以南的新四军健儿，肩负民族的希望，阶级的重托，在整整两年的时间里，转战祖国东南的苏浙 20 余县广大地区，同日伪军和国民党顽固派军队进行了大小 600 余次战斗，毙伤日伪军 5600 余人，歼灭顽军 13 万余人，开辟了苏浙边敌后抗战新区，加强了根据地建设，完成了党中央赋予我军发展东南的战略任务。

上海近郊的淞沪支队*

朱亚民

　　1938 年初，中共江苏省委决定建立中共浦东工作委员会，在浦东地区开展抗日武装斗争。到 1940 年 6 月，通过关系争取到了国民党第三战区淞沪游击队第五支队（简称五支队）的番号，支队队长连柏生。此后，为了开辟浙东抗日根据地，浦东五支队以及党所领导的其他武装力量分批南渡杭州湾。1942 年 8 月，最后留在浦东的我们五支队五大队也奉命全部撤到浙东。

　　五大队撤到浙东后不久，中共浙东区委书记谭启龙找我去。他对我说："日伪正在浦东地区加紧策划大规模'清乡'，但敌人兵力不足，战线却拉得很长，所以鬼子的'清乡'只能在特定的时间内和特定的条件下才能进行，必定是无法持久的。只要我们紧紧地依靠广大人民群众，正确地贯

---

　　* 本文原标题为《战斗在大上海的近郊——忆新四军淞沪支队》，收录时做了适当修改。

彻执行党的方针政策，加上同志们的努力奋斗，敌人的'清乡'是可以而且一定能粉碎的。从斗争方式上讲，浦东地区大部队进去活动比较困难，但组织一支短小精干的武装，深入敌人心脏地区坚持斗争，高举我党的抗日旗帜，打击敌伪，保护人民，则是可能做到的。所以，浙东区党委决定，由你组织一支短小精干的便衣武装，重回浦东，坚持在内线反'清乡'。至于人选问题，由你挑选确定。要抓紧准备，在浦东敌人的'清乡'篱笆墙合龙之前插进去。"我接受重返浦东的任务后，马上从五支队里挑选了 11 个人，其中既有懂得军事的连排干部，又有熟悉浦东情况的人员。在 1942 年的 9 月初（五支队五大队撤往浙东后没几天），12 人在浙东古窑浦登上一艘方头"沙飞"，赶在敌人的篱笆合龙之前，乘风漂回了浦东，于奉贤县柘林外的海滩登陆，进入了"清乡"区。临出发时，在浙东古窑浦与浦东地委书记姜杰碰了头，进一步研究了重返浦东后所要注意的问题。

当时，浦东的形势确实十分紧张。自 1942 年 9 月 1 日起，日伪在上海郊区开始了第一期"清乡"，设了南汇、奉贤、北桥三个特别区公署。侵华日军小林师团一部开到浦东，动用 5000 余兵力对"清乡"区实行全面封锁，沿海塘、县界筑起全长 167 公里的竹篱笆封锁线，设大小检问所 41 处，封锁港口和交通要道，进出行人都要检查"良民证"，还强迫当地农民成立"乡民自卫队"，为其放哨鸣锣。同时，日伪从上海和当地抽调汉奸、特务为骨干，进行专门训练，组成"清乡"队，分赴各区组织基层"清乡委员会"，恢复保甲制度，清查户口，发放居住证（俗称"良民证"），强行"联保连坐"；并推行怀柔政策，大肆宣扬"清乡清心""共存共荣"，建立什么"皇道乐土""大东亚共荣圈"。当时国民党"忠义救国军"和地方游杂部队早已望风远遁，整个浦东地区就只有我们12个人的抗日武装。

开始，我们采取隐蔽集中的方式活动。在流动中向群众宣传反"清乡"道理，动员热心抗日的青年成立"弟兄会"等抗日秘密组织，建立联络点，整顿情报网。但到9月底，日伪"清乡"进入高潮，浦东各大小城镇及主要村庄到处设立据点，要道的路口、桥梁都有伪军把守，甚至我们走到哪里，哪里就有人鸣锣报警，而我们与浙东区党委及浦东地下党负责同志的联系又中断。在这艰苦环境中，我部按以往经验化整为零，分为三个战斗组分散活动，避免与敌人正面冲突。

当时，日伪派出大批密探，到处搜索、侦察我部踪迹。我方的情报人员，有的被杀害，有的被弄得倾家荡产，也有的被收买投敌成为坐探。于是，我们劝说群众入睡后将狗关在家里，无主之狗一律宰杀，以利我部夜间活动。同时，决定先进行惩奸除恶活动，以堵塞敌人耳目。南汇县大团镇是日军的一个大据点，镇上的伪商会会长韩鸿生原是个恶霸地主，浦东沦陷后又是该镇第一个领侵略者进镇的汉奸，当上伪商会会长后，敲诈勒索，无恶不作。经过事先的周密侦察，1942年11月22日晚，我部许培元等七人化装成伪"清乡委员会"人员，诓称伪军团长刘铁诚有请，将韩骗至镇市梢处决了。事后，敌人内部还因此闹了一场矛盾。次年1月11日夜，我部奔袭南汇县鹤沙镇（即下沙），将伪乡长兼"清乡"主任等10多个民族败类一举歼灭。消息一传出，浦东人民拍手称快。敌伪人员却丧魂落魄，一些敌伪人员纷纷前来打招呼，表示愿意为抗日部队办事。

不久，我部主动向日伪军攻击。奉贤县海边苏家码头有日伪的"检问所"，里面住着3个日本兵和一个班的伪警。通过当地伪乡长的关系，我部与其中一个伪警拉上了关系。1943年2月26日夜，我们利用那个伪警为内线，顺利地进入"检问所"，仅花了几发子弹就结束了战斗，全歼日军3名，毙俘伪警10多名，缴获枪10余支。这是我部在反"清乡"斗争中第一次消灭日军，规模虽小，意义却重大。敌人震惊，急忙调动兵力向南搜索，企图把我们一网打尽。而我部已连夜跳到几十里外的安全地区休息去了。敌人一无所获。我们则抓住机会，又在南汇县三灶一带打了两仗，一次击毙了3个与我部遭遇的日本兵，一次伏击了10多个外出的伪军。3月29日晚，我部又对奉贤县钱家桥镇上一支日军小队组织奇袭，毙伤日军5人、伪军多人，缴获敌人最新装备的九六式轻机枪1挺、步枪12支。4月的一个夜晚，为严惩死心塌地的汉奸刘铁诚部，我部30余名指战员冲进南汇县新场镇伪军营房，打得伪军措手不及，大部被缴械。紧接着，我部在南汇县坦直蒋桥伏击敌运输船一艘，消灭伪军五六人。

这一系列胜利，在政治上和军事上都具有重要意义，不仅教育和鼓舞了人民群众，而且撕掉了敌人的所谓怀柔政策的假面具，迫使敌人不得不改变原来的部署。我部由开始10余人的短枪队，发展到了30余人的拥有长短枪装备的抗日队伍，终于在斗争中站稳脚跟，打开了局面。

1943年5月1日起，日伪为挽救败局，进行第二期"清乡"。"清乡"区域扩大到嘉定、宝山、崇明三县。这一时期，日军的兵力有所分散，便改变方式，加强特务、密探活动，化装冒充我游击队，到老百姓家里宿营，或者声称"战斗后失散""病后归队"，侦寻我游击队踪迹，使有的群众真假难分，受骗上当。很短时间内，我们的联络站被敌人搞垮了好几个，联络人员有的牺牲了，有的被那里的汉奸敲诈得倾家荡产。

针对敌人的阴谋诡计，我们采取针锋相对的措施，寻机拿日军密探开刀。1943年5月15日，我部两位队员深入奉贤县青村港镇，把正在饭馆吃饭的一名日军宪兵队密探（汉奸）当场击毙，临走时当众宣布此人是地道的汉奸，故予以镇压。对于敌人分散在地方上的那些耳目，我们则予以铲除，以断其"蟹脚"。奉贤的东新市，靠近南汇边界，有个敌人的据点。有一次，我部想袭击这个据点，结果被当地奸细龚坤等侦知，密告给了日军翻译。我们就寻机先干掉了那几个汉奸。那些密探和奸细被除掉后，日军就没法再站住脚跟，不得不将东新市的据点撤走了。鬼子据点一撤，伪乡长就不得不靠拢我们。从此，奉南交界处成了一个比较稳固的游击基地。

在浦东，单从军事力量看，敌人是绝对的优势，我们是绝对的劣势。但我们部队的政治素质好，广大指战员同仇敌忾，人民群众拥护我们，因此消息非常灵通，政治上处于绝对优势。斗争中敌人在明处，我们在暗处，而且队伍短小精干，灵活机动，忽东忽西，忽南忽北，神秘迅速，避实击虚，避强击弱，即打即离，出没无常，使敌伪无从捉摸，这就掌握了主动。7月间，在奉贤县杨家滩伏击了伪税警中队；在南汇县城东门，袭击伪警察所，缴获步枪36支、轻机枪1挺。8月23日，在奉贤县庙泾港附近的船港两岸伏击载有日伪军的班船，击毙日军3人，俘获伪军3人，缴获全部武器和物品。在此前后，还先后两次伏击从奉贤县泰日桥镇下乡的日伪军。我部活跃在日伪的"清乡"区内，像钢刀插入敌人心脏。敌人处处挨打，陷入困境，只得把浦东平原上的近百个大小据点陆续撤掉，仅剩二三十个。"清乡"区四周所筑的竹篱笆墙，也被我部和广大群众拆得七零八落。9月初，我们在南汇县城东南的邬家店召开了反"清乡"胜利一周年庆祝大会，周围群众纷至沓来，敌伪军龟缩在县城内不敢出动。这次大会标志着浦东反"清乡"斗争形势的空前好转，敌后抗日阵地的不断发展。

在斗争中，我们部队进一步发展壮大。1942年9月进入浦东"清乡"区时，部队沿用了五支队的番号。反第一期"清乡"结束时，我被任命为五支队副支队长，下辖1个中队，中队长翁利民（又名阿坤）。1943年间，部队发展到100多人，五支队改名为浦东支队（对外仍用五支队番号），我任支队长，中共浦东地委书记姜杰任政治委员。下辖两个中队：一中队（英雄中队）中队长翁利民；特务中队（顽强中队）中队长赵熊，指导员张正贤。同年11月，日伪的第二期"清乡"又遭到了失败。

1943年12月1日起，日伪在上海市郊实行第三期"清乡"。

为彻底粉碎敌人的这次"清乡"，我们浦东支队提出了巩固和发展反"清乡"斗争成果的口号。12月15日晚，一中队队长翁利民率部袭击奉贤县分水墩伪保安中队营房，俘虏大部伪军，缴获重机枪1挺、轻机枪3挺、步枪100余支、子弹数千发，以及大批物资。1944年1月30日，在奉贤县齐贤镇东南阮家宅打死敌宪兵6人。不久，在上海县鲁家汇西拔除一敌伪军据点，俘敌30余人。3月下旬，一中队在南汇县朱家店伏击外出抢粮的日伪军，击毙日军5名，俘虏伪军7名。几次胜利之后，产生了麻痹轻敌思想，我部的行动被敌人探知。3月28日，我浦东支队在奉贤北宋宅遭到数百名日伪军的五路包围，甚至上海市内的敌人也出动了。然而，我部广大指战员临危不惧，在敌人的包围圈尚未合拢之前奋勇还击，毙伤敌伪 50 余名，分路突出重围，粉碎了敌人妄图消灭我部的阴谋。这是我浦东支队在反"清乡"斗争中的一次最大的战斗。北宋战斗虽然取得了胜利，但代价太大了，牺牲了 20 多位同志。

同年 5 月 19 日，在内线配合下，我部 5 名指战员在南汇县万祥镇俘虏伪军 20 余人，缴获轻机枪 1 挺、长短枪 20 多支。7 月 7 日凌晨，由原常备大队改名的紧张中队在奉贤、南汇两县交界的界河桥边阻击敌人，毙伤日伪军各 3 人。20 日，在奉贤县朱行，击败偷袭之敌，毙伤伪警 3 名。26 日，我部顽强中队在西进浦南途中，于奉贤县西南部新寺夏家宅突遭 200 余名日伪军围攻。我部英勇反击，胜利突围，毙伤敌伪 10 余人，我部伤亡 4 人。8 月 22 日，47 名日军从南汇县周浦镇出发，企图到瓦屑、六灶一带骚扰。我部在朱家店南的张家袜厂一带设下埋伏，待敌人进入伏击圈后，拉响事先埋设的集束手榴弹轰击敌人，打了敌人一个措手不及，毙敌 34 名，缴获九九式步枪 12 支、子弹 400 余发；我部牺牲 1 人、负伤 2 人。这是我部在浦东反"清乡"斗争中与日军作战的最漂亮的一次伏击战。

反"清乡"斗争后期，我部还在南汇县的储家店、滥缺口、五块桥、六灶等地，打了多次胜仗。日伪精心经营的所谓"清乡"，已被我军民彻底粉碎。

1944 年 11 月，党中央指示要积极开展大城市、交通要道地区的武装斗争，准备全国大反攻，配合主力部队解放大城市。此时，根据浙东区党委决定，中共浦东地委改名为淞沪地委，姜杰任书记。同时，我军在上海近郊也正式亮出了新四军的番号，浦东支队更名为新四军浙东游击纵队淞沪支队，我任支队长，姜杰任政治委员，张席珍任支队副兼参谋长，曾平任政治部主任。下辖一中队、特务中队、紧张中队3个主力中队，另辖六中队、二区中队、八区中队3个地方中队和一些执行临时性任务的短枪队。

1945年1月，中共华中局调派陈伟达、顾复生、雷敏等同志到达浦东，进一步加强党对淞沪地区革命斗争的领导。同月，中共淞沪地委召开扩大会议，宣布陈伟达为地委书记兼淞沪支队政治委员，姜杰改任地委副书记，顾复生为地委委员。会议讨论了粟裕同志关于巩固浦东，开辟浦西，发展革命力量，打通浙东、浙西与苏南地区联系的指示，决定张席珍、金子明两同志率领3个中队坚持浦东，淞沪支队主力随地委与支队部西进。2月，浙东行政公署任命顾复生为淞沪地区行政专员、吴建功为南汇县县长、我为奉贤县县长、鲍季良为川沙县县长。2月至5月，淞沪支队主力分批渡浦西进，政治处主任曾平和中共青东工委书记康则涛在途中遭国民党忠救军殷丹天部袭击牺牲。

淞沪支队挺进浦西后，在军事上不断取得胜利。3月5日，淞沪支队先遣部队与浦西舟山部队（中队建制），全歼上海县诸翟镇伪军1个中队。4月间，我部衡山大队在青浦县小蒸、章练塘地区通波塘东挺港，与顽军徐伯堂部交火，俘获人枪30余。5月2日下午，衡山大队在青浦县蒸西庄前港伏击由章练塘外出抢粮的日军，消灭敌人10名，打伤敌人数名。6月14日，我部集中3个大队主力，在青浦县赵屯周泾村围歼一贯与我军作对的"忠救军"挺进纵队殷丹天部，击毙30余人，俘虏近百人，缴获各种枪械130余支，殷丹天当场毙命。至此，我淞沪支队的活动范围已经由反"清乡"初期的浦东三县扩大到金山、上海、青浦、松江、嘉定、昆山等九县。

1945年8月，淞沪支队的战斗序列为：支队长是我，政委陈伟达，副支队长张席珍，副政委顾复生，参谋长陈长胜，政治处主任顾复生（兼），供给处主任余恨生，下辖3个主力大队：泰山大队，大队长翁利民，指导员鞠涛；华山大队，大队长赵熊，指导员姚三林；衡山大队，大队长张锡祚，政委雷敏。另辖地方武装，浦东部队有新六中队、灵活中队、警卫中队，南汇县的自卫中队有路南区中队、二区中队、一区中队、三区中队、六区中队、七区中队、八区中队。浦西部队有泗宝区中队、崂山中队、舟山中队、昆东中队、昆南中队、淀山湖区中队。

1945年8月9日，华中局宣布成立中共上海市委，刘长胜为市委书记。8月13日，我部从刘长胜同志派人送来的紧急情报中得悉日本侵略者乞降的消息。通过电台，新四军军部要淞沪支队做好配合浙西大军进攻上海的准备，上海地下军的组织工作也在加紧进行之中。刘长胜同志还曾来支队部做了专门研究。

蒋介石为抢夺抗战胜利果实，任命大汉奸周佛海、熊剑东为国民党上海行动总队正副司令官，密令他们阻止新四军接收上海。摇身变成"国军"的原伪军部队，即向淞沪支队及其所属部队频繁进犯，占领了北新泾、七宝等镇。我部当即予以回击。8月16日，在上海县北新泾镇全歼伪军近1个大队，俘获人枪100余。8月18日，淞沪支队在浦东的部队以少胜多，于南汇县李家桥全歼伪军顾桂秋部，俘获人枪500多，生俘总队长顾桂秋，基本上解放了浦东平原。

9月，中共中央指示停止进攻上海的准备。10月，为顾全大局，新四军浙东纵队奉命北撤，分批北渡杭州湾，经奉贤旧城，渡黄浦西进，在青浦东部与淞沪支队会师。我部在浦东的部队也撤至浦西归建。此时，加上一部分随军北撤的地方干部，淞沪支队指战员共约2000人。三年来，淞沪支队主力共歼灭200多名日本侵略者和1500多名伪、顽军，争取了数百名伪军反正。在这艰苦的斗争岁月中，我部有100多位指战员为民族解放事业献出宝贵生命。

惜别四明

谭启龙

抗战胜利之后，正当我们向敌后日伪据点分路进军，把主力集结在宁波城外，准备攻取这个浙东沿海的大城市时，却传来了"放弃浙东，全军北撤"的命令。

记得那天吃过早饭，我正在看文件，秘书匆匆地推门进来。

"政委，急电！"

我放下手头的文件，迅速把报夹子打开。电报上面冠着"加急"两个字，发报栏内署着新四军军部首长的名字。"浙东纵队务须于七天内将全体人员撤离浙江……"我的手禁不住地抖动起来，的确，这一切发生得太突然了，简直使我不敢相信。但这毕竟是事实——电报，军部的命令！

不用怀疑中央的决定，应该相信党中央的决定是正确的。当我把周围的情况和当前的局势细细想过以后，我醒悟过来。但是，执行这个命令毕竟是痛苦的。

159

何克希同志（浙东纵队司令员）看了那份电报，和我一样，从读完电报的第一分钟起便担负了感情重担，他说话太少了。我们两个坐在一间小屋子里默默地看着电报。我们不是为了北撤的困难而忧虑，我们现在痛苦的是：我们要离开这里，离开这块曾经用我们的血灌溉过的土地，离开数年朝夕相处的浙东人民。

我们紧张地执行着军部的命令。七天的时间对我们来讲是短暂的，它不允许我们有丝毫松懈。我们首先考虑的是安全撤走一部分伤员，动员一批能走的，并能在上海、杭州找到关系的伤病员，弄到合法的身份后，从陆上撤走。

我们把全部党政军1.5万多人分成三批，准备同时在临山、观海卫、古窑浦登船渡海。我被指定带领纵队机关、一部分地方党委、教导队、四明山自卫队和警卫营共5000余人，从古窑浦渡海。我们约定各自活动，以江苏青浦为中途集结点，以便在那里会合后，渡过长江去苏北。

计划拟好了。现在摆在我们面前的严重问题是：这么多的人要从海上撤走，加上武器、装备，非300条船不可。可是哪里来这么多的成群的船呢？我们浙东纵队有一支海上大队，但他们的船只也少得可怜，拼凑一下，也只能凑上几十条船。还差200多条呢，怎么办？办法只有一个：找现成的船，动员老百姓的船。于是，东至舟山群岛，西至曹娥江，秘密和公开地寻找，动员民船。有篷的，带杆的，大的，小的，只要能下海的船都行。我们感谢浙东父老，他们在我们

160

紧急关头又一次伸出了援助之手。

七天，不用七天，我们所有的船只集中了。中共中央华中局为了支援我们，还从遥远的胶东、苏北派来了船只；浦东地区的武装部队在找船工作中也是尽了最大的努力。9月30日，这是我们进行准备工作的最后一天，部队集中了，地下武装组织了，办事处成立了，连一切宣传的准备工作也在保守秘密的情况下进行了。现在留下的工作是，起锚远航。

随着晨曦，我们迎来了10月的第一个早晨。按照命令，我们必须在当天下午1点从杭州湾渡海撤离。据情报，敌人估计我们北撤路线是北渡杭州湾，跨过沪杭、京沪两线，通过杭嘉湖水网地带渡过长江，他们已派兵追击去了。他们慌慌张张地调集了二十五军和一〇〇军，安置在沪杭线上对付我们。国民党第三战区的陈沛部队已经从宁波、绍兴进到余姚附近。很明显，敌人企图把我们消灭在杭州湾附近，制造第二起皖南事变。但是，他们算错了。他们已经迟了，我们已经做了一切准备，有足够力量击溃沿途敢于阻挡我们的敌人，有信心渡江北上。临走我们又接到军部来电，说是他们已指派陶勇同志带领部队在淀山湖附近接应，自然，这对出发前的我们是一个莫大的鼓励。

一切都是按计划中规定的那样顺利地进行着。部队已分头去往渡海的码头，北撤的指示已传达到营级干部。下午4点，我部准时到达了古窑浦。古窑浦的海边已站满了人，这里有我们的战士、干部、地方工作人员、船工和欢送我们的群众。他们三三两两地围在那里说着、笑着，显然，他们还不知道北撤的消息。

他们一见我去，立即静了下来。部队迅速地排成了整齐的行列。场地上静静的，可以听到海水拍打船板的声音。我环视四周，看着站在我面前的整齐的队伍，看着站在战士们身边的数以千计的群众，想到四年前我们渡海南来，那时不到 200 人，而现在……我终于在战士面前宣读了军部的命令。当我读到"浙东纵队务必于七天内将全军干部战士撤离浙江"时，我发现自己的声音是沙哑的了。我听到从群众中传来的呜呜的哭声。我的面前交织着一片使人动心的景象，整齐的队伍，战士按照自己的位置立着，他们没有忘记自己是军人，谁也没有因激动而挪动一步。我发出了"登船"的命令。于是，人群喧哗起来，群众扑向自己的战士，握着战士的手，互相诉说着。"祝你们一路平安！""你们一定要回来！""不能忘了我们，不能忘了四明山！不能忘了三北！"群众激昂地喊着、叫着。

"我们一定会回来！"登船时，我们的战士也激动地齐声回答。

奋战在豫皖苏边[*]

滕海清　孔石泉

1940年6月下旬，黄克诚同志率八路军第二纵队之三四四旅和新二旅到达新兴集六支队司令部驻地。根据党中央的命令，两支部队合编为八路军第四纵队，由彭雪枫同志任司令员，黄克诚同志任政治委员，原六支队第一、二团和睢（县）杞（县）独立团合编为四纵队五旅，下辖十三、十四、十五团，滕海清任旅长，孔石泉任政治委员，全旅共有2300余人。

皖南事变后，八路军第四纵队奉命改为新四军第四师，下辖十、十一、十二旅，我们两人分任十一旅旅长和政委。原十三、十四、十五团分别改称三十一、三十二、三十三团，为充实主力，萧县独立旅编入我旅第三十二团。

这时，国民党调集30万大军，分4个"清剿"区，向

---

[*] 本文原标题为《奋战在豫皖苏边的新四军第四师十一旅》，收录时做了适当修改。

我华中新四军发起了大规模的进攻，妄图首先"肃清"津浦路西我军，然后向苏北、山东深入。其进攻的主要矛头首先指向我第四师及豫皖苏边区。其兵力除原部署在豫东、皖北的第十二军、骑二军、骑八师等部队外，又从豫西调来国民党嫡系汤恩伯指挥的第三十一集团军作为骨干力量，总共9个师，14万余人，约为我四师兵力的7倍。我四师首长为了打破反共军对我区的进攻，于1月29日，师部发出艳酉代电，指示我们对何柱国、马彪两部，原则上不与之冲突，对反共军主力则采取游击战或运动战的方针对付之，对反动地主武装，必须迅速地加以歼灭，以巩固我军后方，并号召大家立即紧急动员起来，准备打退国民党军进攻。

正在这时，日军突然集中5个师团以上的兵力发起豫南战役，分三路将汤恩伯、李仙洲、李品仙等部15万人包围于平汉路以东。敌信阳一路，从1月28日起，连日向北急进，宿县之敌亦渡过涡河，占领涡阳、蒙城。国民党反共大军在日寇进攻面前丢盔弃甲，纷纷溃逃，使豫东、皖北大片国土再次陷于敌手。

党中央、中原局和新四军军部从抗战大局出发，打击日寇，策应国民党军队作战，命令四师部队急速西进，以2个旅向西推进，以1个旅配合地方干部渡过新黄河进到项城、沈丘地区，与第五师打通联系，并指示要挺进到嵩山地区，在豫西和陕南建立根据地。

四师首长根据上级指示，1941年2月2日调整部署，根据中央"敌至何处，我新四军即应至何处"的指示，即尾击进攻之敌，挺进至江口集、半古店、张村铺一线，我旅1个团进到王市集。

正在我师部队根据中央与中原局、军部急如星火之命令，尾击日军全力西进之机，2月9日，日军突然停止了进攻，结束了豫南战役。日军刚刚撤退，国民党部队却背信弃义，利用我军分散对敌之机，对我张村铺、王市集、江口集部队发起突然进攻。虽然我军一再呼吁，并做了主动退让，但顽军倚仗绝对优势步步进逼，致使我军不得不于3月上旬退守涡北地区。4月，国民党军北渡涡河继续分路向我进攻，敌伪亦同时向我军淮上地区"扫荡"，土匪和封建会道门组织又在我军后方袭扰暴乱，使我军处在敌顽夹击，腹背受敌的险恶形势之下。

4月1日，蒙城县界沟顽军1个加强营（5个连），袭击我三十二团二营驻地门西张家。因当地群众提供准确情报，我即设伏于顽军必经之褚庄、张庄、赵庄地区，待其全部进入我伏击圈时，各连火器猛烈射击，拦头截尾，将其大部歼灭。

4月4日，我旅三十一团在狂风暴雨之夜，袭击宿县马家娄顽军，歼其200余人。

4月19日，顽九十二军一四二师四二五团团长、我党秘密党员陈锐霆同志率领该团举行反内战战场起义。21日，我三十二团在兄弟部队配合下，又在大小郭家攻歼顽十四游击纵队之第一支队牛肃久部，除牛率少数人员泅水逃脱外，毙俘顽数百人。

我三十二团胜利围歼牛肃久部后，由于部队彻夜鏖战，极度疲劳，加上该团领导麻痹轻敌，指挥失误，4月22日，在顽一四二师及骑八师的联合进攻下，遭到重大损失。

我们在津浦路西所进行的三个月之久的反顽斗争，在党中央和中原局的正确领导下，打击了反共军的气焰，挫败了反共军的阴谋，坚决阻止了反共军向津浦路东和陇海路北深入的企图，保证了山东和路东根据地的巩固和扩大，为粉碎蒋介石发动的第二次反共高潮，争取时局好转赢得了时间，对配合全党全军坚持抗战局面，都具有重要意义。

5月，师主力奉命向津浦路东作战略转移，继续执行阻止顽军东进和巩固皖东北抗日根据地的任务。我旅奉命坚持路西斗争，后因路西形势进一步恶化，主力部队继续留在路西已不可能，部队亦须进行休整，即奉命于5月30日转移皖东北地区。

从1941年7月中旬开始，四师部队根据华中局和新四军军部指示，一面战斗，扩大与巩固皖东北抗日民主根据地，一面整训部队，以准备迎接新的任务。8月、9月间，我三十一团奉命进入淮宝之顺河集一带扩大根据地，连续攻克陈集、顺河集之敌伪据点，顺利打开了该区局面。10月，我三十一团又配合兄弟部队进行了程道口战役。

1942年1月，我旅奉命由淮宝、淮泗地区转移至泗

（县）五（河）灵（璧）凤（阳）地区，接手第二师第五旅的防务，随后三十一团以一部进至沱河西岸活动，另一部分进至浍河南，向二铺、三铺地区发展，以扩展根据地，三十二团进至甸户集、上塘集一带打击泗县出扰之敌，以巩固泗南地区。当年夏季，我旅部队为保卫群众夏收，打击了草沟、界沟、索滩等地抢粮之敌伪，进剿了灵璧土顽，开辟了泗五灵凤和泗（县）灵（璧）睢（宁）等新区，为迎击顽军东进准备了战场。

根据军部和师的指示，为紧缩编制，压缩开支，最大限度地减轻人民负担，我旅继续裁并机关，充实连队，决定将第三十一团、第三十二团机关和直属连队撤销，加强充实到战斗连队，第三十一团编为第一、二营，第三十二团编为第三、四营，直属旅指挥。整编之后，各部队积极活动，寻机歼敌。7月5日，第一营攻克新集伪据点，开辟与保卫了浍南地区。第四营攻克藕庄。第二营乘泗县之敌外出抢劫，伏击于张圩子，给敌人以严重打击。9月，我旅一部消灭浍河两岸之反动刀会，捕获刀会首领及会众50余名，消除了根据地隐患，稳定了社会治安。同时，第二营又在濠城、霸王城等地，消灭敌人百余人。

11月14日，驻徐州的日军以其精锐部队平林第十七师团、十三混成旅团各一部为基干，纠合伪军第十五师窦光殿部、二十八师潘干臣部以及伪苏皖特区绥靖军郝鹏举部2个团，还有张楼、洋河、水牛刘家等据点之敌人，总计600余人，在飞机、坦克、骑兵的配合下，分由泗县、宿迁、淮阴、盱眙、五河向淮北根据地洪泽湖西岸半城、青阳等地分进合击，妄图一举歼灭我四师及淮北党政机关。当时，我旅奉命在五河、泗县、灵璧以南魏营子、小蚌埠、泗县、宿县等地歼敌。12月1日，日军200余人，伪军400余人，分别进驻马公店庙内及地主大院。我旅四营乘敌立足未稳，分两路袭击马公店之敌，歼伪军80名，在猛袭庙中日军时，又毙日军60多名。战后，日军撤回泗县城，仅留伪军200余名据守马公店。12月12日，我旅2个营再袭马公店，又毙伪军80余名。在33天反"扫荡"战役中，我旅与兄弟部队密切配合，参战30余次，共歼日伪军700余人，打击了进攻之敌，粉碎了敌人历时33天的"扫荡"计划，出色地完成了上级交给的反"扫荡"任务。

1943年3月14日，国民政府江苏省主席兼鲁苏战区副总司令韩德勤率第八十九军、独立第六旅、保安第三纵队等部，侵入我淮北中心区金锁镇、山子头一带地区。3月17日夜，我旅3个营配合九旅和二师第五旅，在师首长指挥下，对盘踞在山子头地区的韩德勤部进行自卫反击，粉碎了韩顽来击我军的计划，铲除了国民党反动派留置在我华中根据地内的反共堡垒。4月中旬，我旅四营消灭出扰我区之雷杰三顽军一部。8月间，我旅三营对宿东道庄子伪刘永贵部，实施远道奔袭，共毙敌200余人，俘刘永贵以下官兵150余人。

1943年夏，十一旅已发展到3000余人。秋季，为了广泛开展对敌伪斗争，先以我旅原三十一团一、二营及三十二团二营，恢复了三十一团番号。继之恢复三十二团，由泗五灵凤独立团第一营编为一营，泗南大队编为二营，泗五灵凤独立团一部和盱凤嘉大队一个连编为三营。整编后的十一旅，由滕海清任旅长，赖毅任政委，饶子健任副旅长，黎同新任政治部主任。

1944年3月，我淮北军民为了沉重打击敌人，巩固老区，发展新区，发动了历时三个月的春季攻势，向守备薄弱的日伪据点展开攻击。3月21日晚，十一旅三十一团向大店集伪宿县保安第三大队发起进攻，将敌全歼。4月17日开始，三十二团和九旅二十五团各一部袭击了睢宁县伪朱楼、朱吊桥据点，连战三天，击溃睢宁、大李集敌伪的增援部队，俘获人、枪各300余。4月23日，三十二团配合宿东游击支队，攻克张大路伪据点，俘伪中队长以下80余人。接着，我旅又攻克了张庙子、仁义集等10多处伪据点。为了解放泗北地区，九旅和十一旅又发起了张楼战斗，经过27小时的激战，二十六团攻占了后张楼。伪第二总队队长李泽洲率第三大队等部仓皇逃出，被我旅三十一团包围，在战斗中除李泽洲只身逃脱外，余者被全歼，前张楼之敌在我军主力部队击退援敌时乘隙突围，又被三十一团截击于姥山，歼灭其100余人，生俘日军1人。春季攻势中，我四师各部共拔除敌人据点50处，歼灭日伪军5000余人，为我师挺进津浦路西开辟了道路。

　　1944年4月，日军为了支援太平洋战场，急调14.8万多兵力，发动了河南战役。国民党汤恩伯等部40余万兵力节节败退，37天失城38座，使中原广大地区沦入敌手。党中央、毛主席为拯救中原人民，发展河南敌后抗日斗争，进行全面部署，其中赋予四师的任务是：西进豫皖苏边区，首先恢复萧县、永城、夏邑、宿县根据地，然后打通与睢杞太地区的联系，相机控制新黄河以东地区。8月15日，彭雪枫、张震、吴芝圃同志奉命率领十一旅三十一团、三十二团，九旅二十五团和师骑兵团，分别从半城、泗南、泗睢誓师西征，20日越过津浦路。号称"铁军"的顽军苏北挺进第四十纵队王传授部，经过一年多的苦心经营，在津浦路西小朱庄，修筑了坚固据点，阻止我军西进。我三十一团在21日中午12点将小朱庄包围，经过充分准备，于23日下午1点从小朱庄西、南实施主要突击；三十二团由西北方向实施攻击，一举突入圩内，经过3个小时的激烈巷战将顽大部歼灭。残部从东南角突围逃跑时，被我军埋伏在河沟里面的骑兵团包围，杀伤大部，余部被迫投降。此战击毙敌第四十纵队司令王传授以下300余人，俘虏副司令王仲鼎以下1000余人，缴获轻、重机枪40余挺，步枪1000余支。

　　小朱庄战斗的胜利，为我四师西进打开了大门，震撼了路西土顽。随后，顽军吴信元带领支队1700余人起义，改编为我军萧县独立旅。同时我师部队又歼灭了投靠顽军的刘

170

子仁1个营，打垮了1个总队，并连克黄庄、马庄等据点，给敌伪顽以沉重打击，迅速恢复了萧、永、宿广大地区的政权，并建立1000多人的地方武装，颁布减租减息和废除一切苛捐杂税的法令。路西广大民众，热情欢迎子弟兵归来，纷纷向亲人控诉敌、伪、顽的滔天罪行。我中原大地，又呈现出军民团结共同抗日的新气象。

9月11日，我二十五、三十二团和骑兵团，包围顽二十八纵队第二支队李光明部于夏邑之八里庄，并歼灭该顽于八里庄、小娄子之间的广阔地域，毙俘支队司令李光明以下千余人。正当大家欢庆胜利、打扫战场之际，彭雪枫师长不幸为流弹所击中，壮烈殉国。全师指战员沉浸在极大的悲痛之中，人人磨刀擦枪，决心为彭师长报仇！

9月13日，党中央调张爱萍任四师师长，韦国清任四师副师长，同时决定四师参谋长张震兼任十一旅旅长，滕海清调任九旅旅长。当时我军刚刚控制萧永宿地区。国民党顽固派企图趁我立足未稳，重新占领该地。暂编第一军军长王毓文统一指挥骑兵第八师、暂十四师、三十师及4个纵队，从涡阳、蒙城北进；另有陇海铁路北的苏北挺进军所属耿继勋、刘瑞岐残部，由北向南，妄图南北合击，歼灭我西进部队。中央军委和新四军军部为打破敌、顽对我路西部队的进攻，命令三师七旅和九旅二十六团西调，又令冀鲁豫军区组织部队南援。10月13日，新四军军部命令组成路西战役野战司令部，以韦国清为司令员，七旅旅长彭明治为副司令员，统一指挥七、九、十一旅等部进行反顽斗争。这时，王毓文主力疯狂逼近保安山以南地区。我十一旅和九旅二十五团，在永城东北之保安山、芒砀山、吕楼一线，构筑阵地，坚守防御，以求大量杀伤顽军，待冀鲁豫军区部队到达后，从顽军背后出击，以便前后配合全歼其主力。20日夜，我七旅派1个营插入顽军后方进行侦察袭击，一下打乱了王毓文的指挥部。王顽误以为我军大举反攻，惊慌失措，全线动摇，当即后撤。21日晨，我军各部队组织追击，在永城西边鄷阳集附近，歼灭顽军暂编十四师1个团，一直追到涡河北岸，在涡河北龙山集歼灭暂编三十师八十九团大部，八十八团一部。之后，我主力一部，全歼盘踞在宿南地区顽军韩金山1个纵队。此次保安山自卫反击战斗，我军以1:10的代价，取得了歼敌3600多人的胜利。25日，新四军军部通电嘉奖四师九旅、十一旅和三师七旅等部队。此时，我加强了县区政权及武装建设，成立淮北第二专署后，进行永城、夏邑、萧县、永涡、宿西、宿怀、永商亳、宿蒙县政权的巩固工作，并恢复了53个区、315个乡级抗日民主政权，组建了3个独立团，发展了民兵组织。

我四师九旅、十一旅、骑兵团在津浦路西4个月战斗中，共歼敌、伪、顽1.3万余人（包括起义投诚的），拔除敌伪据点30多个，粉碎了敌伪的"扫荡"和顽军的进攻。我军控制了东起津浦路，西至商亳公路，北至陇海铁路，南至涡河的广大地区，基本上恢复了原有的豫皖苏边区抗日根据地，建立了我军在津浦路西战略反攻的前进阵地。

1945 年夏，我淮北党政军民坚决贯彻党的第七次全国代表大会所制定的方针路线，全力开展对敌作战，缩小敌占区，扩大抗日根据地，壮大人民力量。此时，我三十一团于 5 月 21 日夜，向任家集之伪十五师特务三团任亚航部展开攻击，歼敌一部。第二天，该团越过外壕，突入集内，炸毁碉堡，迫敌任亚航部缴械投降。6 月 24 日，我三十二团攻打袁店集，摧毁 3 座敌碉堡，毙俘伪十五师五十九营营长李成五以下 400 余人。7 月 1 日凌晨 1 点，三十一团强袭驻界沟之伪五十七团，在我军炮火杀伤和强大政治攻势下，敌人缴械投降，俘伪军 800 余人，缴获步、马枪 500 余支。

1945 年 8 月 9 日，毛主席发表《对日寇的最后一战》的声明，号召全国军民向敌人发动大规模的反攻。此时，重建了十一旅第三十三团。之后，我四师按照党中央、华中局和军部的指示，向津浦路徐蚌段东西两侧敌伪据点和城镇，发动猛烈的进攻。8 月 25 日至 29 日，十一旅全歼永城守敌窦殿臣、杜春台部。9 月 27 日，三十一团攻打濉溪口，歼守敌张贵发部 300 余人。永城、濉溪口的解放，使淮北根据地连成一片。

1945 年 9 月 2 日，日寇正式签字投降。蒋介石在美帝国主义的支持和策划下，集中兵力疯狂地向我解放区进犯，妄图消灭我军，夺取抗战胜利果实。10 月初，国民党 8 个军先后进至徐州、济南、蚌埠等地，企图打通津浦铁路，保障其主力北上。为此，我新四军第四师被迫进行自卫反击作战。我十一旅三十二团对徐州以南曹村车站郝鹏举部第三十二师九十七团发起攻击，毙俘国民党军队 450 余人。三十一团于 10 月 10 日夜攻击夹沟车站，激战 2 个小时，又毙俘 300 余人。同时，三十三团对三铺车站进行袭击，歼其一部。在破坏津浦铁路徐宿段之后，十一旅奉命于 10 月 17 日至 18 日攻克萧县，全歼守敌，毙俘伪军 700 余人。至此，我淮北津浦路西根据地全部解放。

战斗在淮北抗日前线[*]

饶子健

1940 年 6 月，国民党顽固派企图逼迫我们新四军撤出华中，退向黄河以北，然后凭借黄河天险，堵塞归路，欲置我军于死地。针对顽固派的阴谋，党中央、毛主席除在舆论上加以揭露外，还命令八路军一部南下华中，协助新四军巩固和扩大华中抗日根据地。因此，八路军第二纵队政委黄克诚率领该纵队主力南下，与新四军六支队会师，实行了统一整编。8 月中旬，以八路军三四四旅（欠 1 个团）与新四军六支队（欠 1 个总队）合编成八路军第四纵队，下辖 3个旅，即第四旅、第五旅、第六旅，活动在津浦路西的豫皖苏地区，包括睢杞太一带，执行"向西防御"的任务。整编后的八路军第四纵队第六旅的旅长是谭友林，政治委员是赖毅，副旅长是吴信容（后投靠顽军），参谋长是罗

＊ 本文原标题为《战斗在淮北抗日前线的新四军第十二旅》，收录时做了适当修改。

保廉，政治部主任是刘作孚。这时我在该旅所属的第十八团当团长。不久，谭友林同志被调到延安去学习，上级就指定由我去当代旅长。

1941 年 1 月初，发生了震惊中外的皖南事变。1 月 20 日，中央军委发布重建新四军军部的命令。不久，华中各抗日根据地的新四军再次进行统一整编。2 月中旬，八路军第四纵队奉命改编为新四军第四师。十二旅由我代旅长，辖三十四团、三十五团，共计有 4000 余人，活动在豫皖苏边区的永城、萧县、亳县、商丘一带地区。

当时的豫皖苏边区根据地是一块东起津浦路，西到鹿邑，南到涡河北岸，北到萧县和永城县一带的狭长地域，我们十二旅的活动范围只有万把平方公里，加上是平原，很便于敌人的摩托化运动。当时，我们不仅活动地域狭小，还处在日伪顽的四面包围之中。靠东靠北靠西是日军和伪军，涡河以南是国民党顽固派汤恩伯的部队，顽军主力及地方土顽经常在涡河以北活动。敌我顽态势犬牙交错，在我们活动的地带内，像永城这样的重要城镇，还都被日伪占据着，实际上我们这个根据地只能算个游击区。由于日伪不断进行"扫荡"，加上顽军不断搞摩擦，环境是十分艰苦的。我们得像孙悟空钻进铁扇公主肚子里，灵活地打击敌人，惩治汉奸恶霸，保护人民群众，而敌人却不容易找到我们。

皖南事变后，蒋介石调集 30 万军队向华中抗日民主根据地发动进攻，根据地处境日趋困难。由于我们四师所处的豫皖苏边区根据地是华北八路军与华中新四军联系的纽带之一，战略地位重要，所以顽军把主要矛头指向我们四师及其所在的豫皖苏边区，所投入的兵力是我们四师兵力的 7 倍。1 月中旬，汤恩伯的先头部队推进至涡阳以南，不久渡过涡河向永城地区发动进攻，企图一举围歼我们四师的主力。蒋介石催逼顽军驻淮北的何柱国骑兵第二军从涡阳以北、永城以西向我们十二旅的活动地带逼近。日军则在商丘、亳县、宿县等地频繁"扫荡"。我们十二旅以至于整个四师都处在日伪顽的夹击之下，局势是十分艰险的。

1941 年 4 月，反顽斗争已进入第三个月，也是到了最艰苦的阶段。一天我带领三十四团从永西区以南移至万楼一带，因考虑粮宿方面的困难和减少部队活动目标，各营分散住宿。次日拂晓，我们刚出发，一营包括团部部分随该营行动的人员，突然遭到顽军的袭击，一营就近抢占万楼进行抵抗。这次顽军出动有 3 个团以上的兵力，有何柱国的 1 个骑兵团和 1 个步兵团，还有叛徒刘子仁的 1 个团。袭击我们的是刘子仁部。刘原是我们六旅十七团团长，1940 年 12 月国民党掀起反共高潮，刘伙同十八团团长吴信容，趁当时我们四纵队主力进军淮上、后方空虚之机投靠顽军。这两个家伙，原是被日军打散了逃回乡的国民党军的军官，看到我们党和军队在人民群众中的影响，他们打着抗日旗号拉起队伍，伪装进步接受改编，就这样钻进我们革命队伍中来了。

万楼原是大地主的圩子,四周有圩墙,圩墙之外有壕沟环绕,有利于防守。当时,我距离万楼约有 1 公里远,身边只有 5 个连的兵力,又要防御何柱国的骑兵,加上万楼地处平原,四周开阔,外围无险可守,顽军从几个方向发动进攻,圩子很快被包围了。圩内的同志们在营长芦德雨和教导员董义军的指挥下,打得英勇顽强。他们开始以猛烈的火力杀伤顽军,后来子弹打光了,就同顽军拼刺刀。战斗从上午 8 点一直打到黄昏,为了接出圩内的同志,我带领部队从外向里攻,并命令一营同时从里向外突击,以突破包围。但因顽众我寡,几次都未能成功,万楼终于失守。圩内的同志除一名医生被俘后侥幸脱逃回来外,包括我的老战友、经过长征考验的营长芦德雨同志在内,大部壮烈牺牲。当时,我们悲痛极了,恨不得同顽军拼了才好,但为了保存有生力量,减少无谓牺牲,不得不撤出战斗。这次战斗,刘子仁部也遭到重大杀伤,被我们毙伤有三四百人之多。

万楼战斗以后,汤恩伯命令顽军加紧进攻,路西的局势对我们日趋不利,本来面积不大的根据地,又因被不断分割而日渐缩小,几乎没有余地可以回旋了,坚持下去只会更加不利。这时上级命令我们四师撤出路西,向津浦路东作战略转移。5 月上旬,我们十二旅和师直属队,还有抗大四分校,在彭师长的率领下,向皖东北地区转移。当时留在路西坚持斗争的十一旅,由于形势的继续恶化,不久也全部转移至路东。

我们十二旅到达皖东北后，驻在鲍集一带休整。大约在7月下旬，十二旅奉命整编撤销。三十四团直属于师部，我回到这个团当团长。三十五团取消番号，部队调给十一旅，分别补充入三十一团和三十二团。

四年之后，也就是到了1945年8月，全国人民浴血十四年的抗战即将取得最后胜利。为发展抗战胜利的需要，8月13日，新四军第四师奉命重新组建第十二旅。重建后的十二旅，旅长是我，政委是张太生，参谋长是张登先，政治部主任是王学武，下辖第三十四、第三十五、第三十六团。

十二旅重建后，立即投入向日伪大反攻作战的洪流。第一仗是攻打时村。这对刚刚才组建的部队来说，是场硬仗。时村是位于宿县东北方的一个大镇，是日伪长期经营的一个大据点。盘踞在这据点的是日军的忠实走狗胡泽普"和平救国军"1个师的主力，有2000余人。这帮家伙五毒俱全，在这里奸掳烧杀，干尽了坏事。可是日军投降后，胡泽普摇身一变，却又打起了国民党的招牌，成了蒋介石的功臣宿将，仍旧盘踞着时村，继续作恶，反动气焰仍然十分嚣张。

师将攻打时村的作战任务交给我们旅后，我带领部队立即出发。当时是10月初的天气，秋高气爽，正是用兵的好时节，我们日夜兼程赶到时村附近的尹集一带。

敌军在时村设有坚固的防御体系，村四周筑有城墙，城墙内每隔几十米就是一座碉堡，形成交叉火力网。往外，靠近城墙设有一道电网，再往外是一道环绕四周、又深又宽的壕沟，真可谓里三层外三层。由于这一仗是我们十二旅重建后打的第一仗，加上面前的敌人是一个建制师，虽然末日已到，但很疯狂，所以必须慎重出战。

我们利用夜幕将部队带进阵地，进行迫近作业，黎明发起进攻。我命令担任主攻的部队，先用迫击炮摧毁突破方向上的电网，然后集中火力掩护爆破组前进。三十五团是刚从地方武装上升起来的，缺少打攻坚战的经验，特别是爆破组在接敌运动中，不会匍匐动作，目标暴露过大，全被敌火力杀伤，爆破任务未能完成。加上敌负隅顽抗，使用各种火力拼命死守，强攻不能奏效。于是暂停进攻，通过发扬军事民主，总结教训，最后确定改变打法：一面采用佯攻诱敌实行火力封锁，消耗和疲惫敌人；一面调整部署，改由三十四团为主攻，突破口位置仍在北门。我向三十四团团长叶道友、政委方中铎交代了任务，要他们在天黑后发起进攻，天亮前结束战斗。为了确保爆破成功，攻击发起前，我专门去给爆破组做了动员，提出了具体要求。

这次进攻发展顺利，特别是爆破组任务完成得很出色。他们在机枪火力掩护下，动作敏捷，很快接近了目标，拉响炸药包，靠近城墙的碉堡被炸塌，城墙出现了一个大缺口。突击队很快通过突破口，箭似的插向村内。敌军见城墙被突破，顿时乱作一团。这时，三十六团也紧跟三十四团之后冲进了城。夜间敌弄不清我究竟有多少兵力，纷纷溃退，拼命向西门逃窜，当即遭到我在西门设伏的三十五团的迎头痛击。敌在我两面夹击下，还想顽抗。我担负进攻任务的 2 个团密切协同，充分施展夜战、巷战的本领，杀得敌军鬼哭狼嚎。胡泽普想混在士兵中逃跑，被我眼明手快的战士生擒过来。敌兵一看师长被俘，纷纷缴械投降，2000 余敌军无一人漏网。战后清点数据，缴获各种枪支1000 多支，子弹数万发。我们将罪魁胡泽普交给人民政府公审处决。附近人民群众纷纷前来慰问，还送来猪肉、蔬菜等大量慰劳品。

打下时村后，我们旅奉命在睢宁南张楼一带进行休整。这时，到处充满了欢乐的气氛，人民群众欢庆抗战胜利的歌声、口号声和鼓乐声交织在一起，此起彼伏，经久不息。可是，人民欢庆胜利的呼声未落，蒋介石就扑下峨眉山，急忙调兵遣将，向人民抢夺抗战的胜利果实，国内矛盾因之急剧上升。根据时局的急速变化，我们的党中央和毛主席及时做出了《关于目前任务和向南防御向北发展的战略方针和部署》的指示。10 月下旬，在华中局和新四军军部迁往山东的同时，组成了华中分局，成立了华中军区。11 月 10 日，华中野战军组成，下辖第六、七、八、九纵队，其中第九纵队是由第十一旅的三十一团、三十二团和我们十二旅的三十四团、三十六团以及宿迁独立团和四师骑兵团合编而成的，司令员兼政委是张震同志，我和杜新民同志是副司令员，参谋长是姚运良同志，政治部主任是王学武同志。

九纵一成立，就协同兄弟部队投入对日伪大反攻。我们满怀着胜利的喜悦和战斗的豪情，阔步走向全国人民解放战争的新的征途。

萧县独立旅[*]

纵翰民　李砥平　王静敏　辛　程

　　七七事变前后，萧县被捕的共产党人陆续出狱回乡，同在当地隐蔽的共产党员取得联系，在中共苏鲁豫皖特委领导下，建立了以李忠道（李砥平）为书记的中共萧县工委，恢复和发展党的组织，并根据中共中央提出的《抗日救国十大纲领》，扩大抗日民族统一战线，开展抗日救亡活动，积极组建抗日武装，准备坚持敌后游击战争。

　　1938年5月18日，日军侵占萧县后，萧县工委先后将部分地方武装组建成6个大队，开展敌后抗日斗争。在八路军苏鲁豫支队和新四军游击支队先后抵达萧县后，我军各大队配合主力作战，共同坚持敌后抗日斗争，开辟建立了萧县抗日根据地。

　　1939年春，上述6个大队上升为主力，编入苏鲁豫支

＊　本文原标题为《萧县独立旅始末》，收录时做了适当修改。

队。为坚持敌后抗日斗争，我萧县中心县委和县抗日民主政府决定，另以各区区队组成萧县常备总队，由县长彭笑千（党外进步人士）兼总队长，有3000多人，编为6个营。同年7月，又组建了萧县抗日游击支队，吴信容任支队长，孟宪章任政委，张登先任副支队长，原辖2个营，后与宿西相山游击大队合编为萧宿永抗日游击支队，仍由吴信容任支队长，张登先任副支队长，政委是姚运良，参谋长廖弼臣，辖3个营共1000多人。这两支抗日武装先后攻打敌占县城和破坏铁路交通、伏击日军汽车多次，攻打并先后拔除日伪军据点10多处，击毙日军松井谷治大尉等日伪军数十名，处决汉奸及其爪牙多人，缴获了大量武器弹药。我地方武装也同主力一样，纪律严明，爱护群众，来去受到群众热情迎送。每次战斗之后，群众送菜送肉慰问。所以，萧县曾被誉为抗日模范县。

抗日战争进入战略相持阶段后，国民党随即于1939年掀起第一次反共高潮。是年夏秋之间，国民党江苏省党部和省政府派特务朱大同和专员董铎，先后到萧县进行反共活动，于11月21日纠集反动武装五六百人，趁雨夜突然袭击千里井我铜山办事处，惨杀我干部战士数十人，制造了千里井惨案。随后在12月5日，驻徐（州）日军步骑兵500余人，妄图攻占萧县大吴集，被我萧县常备总队一、三营和萧县抗日游击支队一、二营伏击。在日军施放毒气突围逃跑时，被我军击毙70多名。由于日军深感我萧县抗日根据地对徐州及津浦、陇海铁路的威胁，复于 12 月中旬，调集萧、宿、永地区日伪军 1000 多人，分三路向我根据地"扫荡"，又遭我地方武装不断袭扰，被迫于 12 月 28 日撤回。千里井惨案和日伪军"扫荡"，相互默契配合，使我军陷入日、伪、顽的夹击中。

根据中共中央关于将陇海路以南地区划归中原局管辖的决定，1939 年 10 月，萧县中心县委划归中原局豫皖苏区党委领导。翌年 3 月，豫皖苏党政军委员会决定，将萧县常备总队改编为萧县抗敌总队，由耿蕴斋任总队长，李耀任政委。

1940 年 3 月 16 日，日伪军步骑兵 2000 余人，分五路以"梳篦式"拉网向我根据地"扫荡"，步步为营，增设据点，实行"三光"政策，激起我抗日军民的奋勇反击。我抗日武装避实就虚，转移外线，主动出击，先后伏击张大屯等地出犯之敌，夜袭黄口车站，围攻王白楼等处敌军。同时，根据中心县委关于在反"扫荡"中扩大武装的精神，全县各级干部深入各区、乡，参加领导区队和游击小组，发动群众坚壁清野，扒沟破路，开展就地袭扰的麻雀战术，使敌人陷入困境。在新四军六支队一总队参战下，击毙佐野联队长等日伪官兵近百人。4 月 1 日，正当我们在山城集附近休整时，敌又增兵达 3000 多人向我包围合击。我军立即顽强阻击，经一天恶战，毙伤敌人 300 多名，终于将敌击退。但一总队总队长鲁雨亭等 200 余人壮烈牺牲，我萧县四区洪河大队伤亡数十人，区委书记张祚瑞等人牺牲，新任县长纵翰民带领机关突围时负伤。我们以血的代价，粉碎了敌人 36 天的大"扫荡"，并在战斗中锻炼扩大了区乡武装。

为了更好地坚持敌后抗日反顽斗争，5 月，中共萧县中心县委决定，将各区武装整编为萧县独立团（这是后来组建独立旅的基础），由赵海丰任团长，李忠道兼政委，康平任参谋长，王静敏任政治处主任（后接任政委），辖 5 个营共 1700 多人。各营由区长兼营长，区委书记兼教导员，后从主力调部分干部接任营长、教导员，坚持在各区活动。

萧县独立团建立后，由于客观条件限制，各营坚持分散在各区开展游击战争，以机动灵活的战术打了许多场小仗，取得一定成果。如 1940 年夏，二营在九区包围全歼日军 1 个小队近 10 人，缴获机枪 1 挺、掷弹筒 1 个、步枪数支。1940 年 9 月 16 日，驻在二区庄里据点的日伪军 30 多人，赶着 10 多辆大车，趁群众过中秋节到田芮抢粮。独立团参谋长康平当即指挥二营，奋勇阻击，激战一日，终于将敌人击退，保卫了群众的秋收果实。战斗在七、八区的独立团六营，在营长李祥龄指挥下多次袭击敌人，在沙河之畔的扬洼战斗中，迎头痛击由黄口据点出犯的日伪军，毙伤敌多人，但六营二连指导员郭昭亮等人牺牲。当时为配合百团大战，我萧县独立团各营分散在各区多次对敌主动出击，打击了日伪军的嚣张气焰，迫使其龟缩在据点内不敢轻举妄动，保卫了群众的生命安全，同时也锻炼提高了独立团各营的战斗力。

1940年7月，国民党特务朱大同在陇海路北管粥集策划建立了国民党萧县县政府，自任县长，由刘瑞岐任县常备团团长，随即勾结另一土顽王传受部，不断向我萧县六区进犯，先后袭击我医院伤病员，抢劫我被服厂，并在古城将我保卫夏收的一个班俘去，枪杀了带队的排长蒋正红。是年8月，萧县抗敌总队和萧宿永游击支队调往淮上地区编入八路军四纵队主力，耿蕴斋调任豫皖苏边区保安司令，即由萧县独立团就地坚持全县武装斗争。这时，为了适应形势发展需要，建立了由李忠道任书记的中共陇海路南地委，辖萧、宿、永、夏、砀等县；萧县县委由辛程继任书记，领导这一地区的抗日反顽斗争。

在国民党掀起第二次反共高潮时，身为保安司令的耿蕴斋擅自私带一个连返回萧县，伙同担任四纵队六旅十八团团长的吴信容，在十七团团长刘子仁挑拨下，于12月1日带领所部近2000人投靠国民党顽固派，致使我萧县西北大部地区变色，使我军处于腹背受敌的局面。但我萧县独立团各营继续分散在各区坚持斗争。当国民党萧县县长朱大同带领武装到第二区进行反动宣传破坏抗日活动时，我萧县独立团二营在团长赵海丰、政委王静敏的指挥下，将朱大同部击退，毙伤多人。

耿、吴、刘投靠国民党顽固派后，日伪军亦默契配合设据点达30多个，将我萧县各区和独立团各营分割在大小不一的狭小范围内，环境更加艰苦。同时，由于耿、吴、刘利用地方乡土观念，进行反动宣传，煽动挑拨我军民、干群关系，致使我指战员思想情绪波动；广大群众面对敌顽骚扰，生命财产缺乏保障，人心惶惶。1941年元旦，耿、吴、刘一部，对我四、五两区发动突然袭击，将我区委、区公所及区队人员俘去，缴我长短枪数十支。国民党萧县常备团团长刘瑞岐部亦趁机南侵，从而使我萧县抗日反顽斗争，面临严峻考验。

根据萧县对敌斗争形势出现的曲折及不断变化，我豫皖苏区党委和第四纵队领导，为了巩固萧县独立团等地方武装，坚定萧县军民的战斗意志，加强对武装斗争的统一领导，继续坚持敌后抗日反顽斗争，于1941年1月决定，将萧县独立团和特务营及从主力调来的1个营，合编扩建为萧县独立旅，由萧县县长纵翰民兼旅长，陇海路南地委书记李忠道兼政委，康平任参谋长，陈其五任政治部主任，辖2个团共约2000人。一团由萧县独立团组成，团长赵海丰，萧县县委书记辛程兼政委。二团由主力1个营和萧县特务营及从萧县独立团调出1个营合编组成，团长孟振声，政委王静敏，副团长周纯麟。在皖南事变后，中央军委命令将八路军第四纵队改编为新四军第四师，萧县独立旅即被列入新四军第四师建制，投入抗日反顽斗争。

萧县独立旅建立后，由于当时形势紧张，我旅部即根据部队情况及客观条件，决定由各团、营分别加强军政训练，进行形势和纪律教育，努力提高部队素质及战斗力。另因纵翰民、李忠道同志均以地方工作为主兼任旅长和政委，部队工作主要依靠从主力调来的旅参谋长和团长、政委主持。

国民党顽固派在发动皖南事变后，即派嫡系汤恩伯调集重兵，向我豫皖苏边区进犯。与此同时，原在陇海路北的国民党萧县县长朱大同和县常备团刘瑞岐部，伙同叛变的耿蕴斋、吴信容、刘子仁部联合向我进犯袭击，逼迫我独立旅及县委、县政府退至东西长仅30余里、南北宽只约10里的萧县西南部边缘地区；在附近祖老楼、张寿楼、瓦子口等地又均有日伪据点，南部背后还有宿县土顽向我军袭击，处境极为凶险。

1941年3月下旬，上级指示，在反顽斗争中军事上要采取避实击虚的战略战术，一面以游击战予以打击和阻滞，一面集结必要的兵力实施机动突击，歼其一部。我独立旅按此精神，即集结兵力实施机动突击，首先集中力量打击南侵的刘瑞岐部，进行自卫反击。当即部署一团三营和四区区队，向耿、吴、刘部发起佯攻，使其无暇调兵增援刘瑞岐部，另由一、二团集中兵力向刘瑞岐部反击。3月25日下午3点，我一团三营和四区区队同顽军接触，不料对方并非耿、吴、刘部，而是刘瑞岐部，他们倾巢出动700多人，耿、吴、刘部则鸣枪配合，我一团三营和四区区队当即英勇阻击。由于情况发生变化，我军被迫撤出战斗，向南部苗桥方向转移。我一团三营和四区区队在营长李华农指挥下，奋勇阻击，从下午 3 点打到下午 6 点，战斗十分激烈，双方均有伤亡。由于敌众我寡，我军伤亡失散近百人，副营长萧新亭等被俘，四区区长张长文牺牲。

在罗河自卫反击战的同时，进犯豫皖苏边区的汤恩伯部又准备向我涡北地区进攻。我旅接第四师师部命令，由李忠道政委、康平参谋长率领，赶赴涡北参加反顽斗争。在途经永城西北某村时，二团一营利用拂晓突然袭击，俘获刘子仁部 40 余人。兼任独立旅旅长的萧县县长纵翰民和兼任一团政委的萧县县委书记辛程，仅留二团三营随县委、县政府就地坚持斗争。他们自罗河转移，于 3 月 30 日抵达二区徐暨一带宿营。4 月 1 日凌晨，正当我县委开会时，萧城、濉溪、蔡里、祖楼、朔里、瓦子口等据点的日伪军 700 多人，分五路同时向我徐暨驻地发起围攻"扫荡"。县长兼旅长纵翰民当即命二团三营及已升入主力回萧县扩军的"亢营"1 个连，选择有利地形奋勇阻击敌人；另有许致远率领的机动灵活的突击队闻讯赶来，配合二团三营和"亢营"引开敌人，掩护我县委、县政府机关冲出重围，向萧县东南方向转移，于中午到达白顶山集中。在激烈的阻击和突围战斗中，我军战士英勇拼搏，但终因日伪军数倍于我，我军虽重创敌人，但二团三营及许致远突击队伤亡 20 多人，三连指导员吕渭宾和八区区队长李祥林等人牺牲，"亢营"也伤亡 20 余人。

罗河自卫反击战与徐暨突围，相距仅五天，是日伪顽相互配合向我军进攻的铁证。罗河自卫反顽战斗失利与徐暨突围后，由于萧县独立旅大部调往涡北参加反顽战斗，萧县形势更加恶化，我县委、县政府及留在萧县的独立旅二团三营，只能局限在二区、三区南部的狭小地带坚持斗争。

国民党顽固派在发动第二次反共高潮中，派其嫡系汤恩伯部继侵占我涡南地区后，又于3月30日以3个师的兵力，分三路北渡涡河，向我涡北地区进犯，同时指使土顽趁势对我进行袭扰。日伪军亦趁机对我"扫荡"。我萧县独立旅奉命由政委李忠道、参谋长康平率领经永西驰奔涡北后，由于形势发生急剧变化，四师主力在连续作战中减员较大，萧县独立旅随即被编入十二旅充实主力，投入反顽战斗。

由于四师在豫皖苏边区反顽斗争中失利而奉命转移。4月12日，我萧县县委接豫皖苏区党委通知，将萧县党政干部及地方武装带到涡北集中。在传达上级指示并休整轻装后，于5月上旬随四师主力陆续越过津浦铁路，向皖东北地区转移。留下县政府秘书冯蕴言和科长许西连以及"亢营"教导员朱德群带领的一个连在萧县皇藏峪山区继续坚持斗争。上级后派朱玉林等到达萧东组成中共萧东临时县委，并重新发展武装，然后建立了由许西连任主任的萧东办事处。另外还建立了由戴世雅任书记的中共萧县秘密县委，领导开展地下斗争。

1944年8月15日，新四军四师师长彭雪枫、参谋长张震、政治部主任吴芝圃，亲率全师主力西征，20日越过津浦路重返萧县，一举全歼王传受部。原随耿、吴、刘叛变，继吴信容任国民党第二十八纵队第三支队长的吴信元（吴信容之弟），在我地下党和进步人士的争取下，率部 1700 余人起义，被改编为新的萧县独立旅，辖 2 个团，由吴信元任旅长，留在萧县境内维护地方治安。9 月上旬，在收复萧县后重建抗日民主政府，由彭笑千任县长，许西连任副县长兼萧县县总队总队长；重建由纵翰民任书记、孙明远任副书记的中共萧县县委，恢复党的组织，重建各级政权，动员扩大武装，支援主力作战。于 11 月底，由我地方武装配合四师主力，将作恶多端的刘瑞岐部歼灭，萧县抗战局面不仅完全恢复，而且进一步扩大巩固。直到 1945 年 8 月 15 日日本无条件投降，9 月 2 日签字投降，迎来抗日战争的最后胜利。

巢北支队的抗战历程[*]

李　元

皖南事变后，党中央于 1 月 20 日发布重建新四军军部的命令。其中以江北指挥部所属部队编成的第二师，主要活动在淮南地区沿津浦路东西两侧；以从皖南突围出来的部队、原第三支队挺进团和无为游击纵队编成的第七师，主要活动在皖中巢湖东南至南京以西的长江南北两岸。介于第二、第七师根据地之间，有一块东起江浦、西南至巢湖沿岸、西北达定远一带的大片游击区。为了沟通联络，日伪顽和我军都利用这一地区建立自己的交通线路，其中我新四军主要有两条：一条是从无为经含山、和县到江浦、全椒一线，从东面保持第二、第七师的交通联络，主要由第七师含和支队负责开辟和维护；还有一条是从巢县经店埠到定远一线，作为第二、第七师的西面交通联络线，主要由我巢北支

---

* 本文原标题为《巢北烽火——回忆巢北支队的抗战历程》，收录时做了适当修改。

队负责。驻守在这一地区的日伪顽和我军部队，既要各自保护自己的交通线路，又彼此钳制、利用、破坏，从而展开了十分复杂的三角斗争。我巢北支队就是在这种激烈的斗争中成长壮大的。

巢北支队的前身，1941 年以前只是活跃在巢南高林桥一带一支人数很少的游击队，以后发展为巢湖独立营，1942年秋扩编为巢湖独立团（亦称巢合庐独立团），先是由巢合庐中心县委领导，后归第七师建制。1943 年 3 月，新四军遵照党中央关于实行党政军一元化领导的指示进行整编，巢湖独立团改编为第七师巢湖支队（亦称巢湖游击支队）。开始，支队长唐晓光，政委余再励，副支队长张学文，副政委程明远，参谋长宣济民，副参谋长龚杰，政治部主任高立忠，政治部副主任杜大公，供给部部长吴平。同年夏，宣济民改任副支队长，我从第七师司令部通信侦察科科长调任支队参谋长。不久，余再励调延安学习，由程明远继任政委。下辖 3 个大队：第一大队驻巢北，开始由我兼任大队长，后由张云继任，金牛任教导员；第二大队也驻巢北，大队长杨忠，教导员丁植民；第三大队驻巢南，大队长桂俊亭。

1943 年 12 月，新四军决定，为了便于开展工作，巢湖支队驻巢南的第三大队仍归第七师建制；驻巢北的第一、二大队连同巢北地区划归第二师管辖，改称第二师巢北支队。原支队领导人员中，唐晓光、高立忠留第七师工作，由宣济民、杜大公分别接任支队长、政治部主任，同时由第二师委派汪登科任副政委。1945年抗战胜利前夕，巢北支队又改编为巢合独立团，团长宣济民，由于他主要负责统战工作，在军事上我以副团长代理团长，政委程明远。日本投降后，巢合独立团撤销，第一大队调归第二师六旅十七团，我也调六旅工作，随第二师北撤；第二大队由程明远带领，继续坚持在定远、合肥一带活动。从成立巢湖支队到抗战胜利的两年多时间里，支队人数由7个连600多人，发展到10个连2300多人。

1942年12月11日，新四军军部电示第七师，要求确立打通与第二师联系的战略方针。1943年3月建立巢湖支队的目的，就是为了实现这一方针，开拓巢合地区，从西面打通两师的交通联络，以利于协同作战。巢湖沿岸和巢北地区是一个老游击区，有较好的组织基础和群众基础。巢湖支队成立以后，按照一元化领导的原则，在原有工作的基础上，进一步加强军队和地方党组织的建设以及政权建设，深入发动群众，机动灵活地开展对敌斗争，使这条长达100多公里的交通联络线始终保持畅通。

巢湖支队成立前后，巢湖地区党内建立了巢合庐中心县委，由支队政委余再励、副政委程明远分别兼任中心县委正副书记。支队和中心县委机关都设在巢南无为县高林桥镇。1943年12月巢湖支队改编为巢北支队以后，巢合庐中心县委也改为巢合县委，由支队政委程明远兼任书记；同时成立巢合（行政）办事处，主任张帜。支队、县委和办事处都迁到定远白龙厂一带。管辖范围，南起巢湖边，北到白龙厂，东近古河，西临合肥。下辖5个区，即合二区、巢二区、合五区、元疃区、磨店区，每个区都设有区委、区政府，区下设有乡，区乡都有自己的游击武装。为了及时护送过往人员和传递信件，还设立了一个交通总站，站长赵斌。

巢湖支队成立以后，遵照党中央和毛泽东同志关于开展敌后游击战争的一系列指示，始终围绕保护第二师、第七师的交通联络这一中心任务，依靠当地人民群众，坚持抗日民族统一战线，实行机动灵活的战略战术，同日伪顽展开了各种形式的激烈斗争。

为了掌握斗争中的主动权，保存和发展自己的势力，我们采取的主要作战形式是游击战，基本的战术是奇袭。在两年多的时间里，我们充分利用当地有利的群众基础和对周围环境的熟悉，组织小部队经常主动出击，钳制、打击敌人，积小胜为大胜。先后端掉国民党顽固派的区公所2个、乡公所13个，拔掉一批日伪碉堡，消灭了许多日伪顽有生力量，还缴获了大批武器弹药和其他装备物资。1943年初，在店埠和梁园中间驻有顽军保三团一个特工大队，装备有一挺机枪和几十支长短枪，龟缩在沟西陈村两个碉堡里。他们经常分成几小股，化装混入就近村庄，袭击抗日军民，刺探我军情报，破坏我军交通联络。我们通过统战关系，策反了其中一名特工队队员。然后组织4名游击队队员，带着2把大刀、2 颗手榴弹，趁夜间特工队队员返回碉堡的机会，里应外合，出其不意，一举击败了这个特工大队，缴获 14 支长短枪和千余发子弹。顽军为了控制这一地带，又增调 1 个大队的地主土顽。大队长邹守勇是当地的地主，其兄邹守斌担任伪区长时，无恶不作，被我军处决。邹守勇把他手下的 3 个中队分别驻守在 3 个村子里，伺机向我军进行报复。我军张学文副支队长带 1 个连的兵力，同样采取里应外合的办法，在当地区乡游击武装和群众的配合下，一举俘虏了 1 个中队的顽军，缴获了全部武器。其余 2 个顽军中队在赶来支援的途中也遭我军伏击。此后，顽军在这一带的活动大为减少。

淮南铁路是日军控制的一条重要交通线，沿线日伪盘踞，碉堡林立，严重影响我方交通联络。尤其是肥南地区的小兴集一带，是我方交通联络的必经之地，敌人把守更严。当时伪军在小兴集驻有 2 个中队，人枪 100 多，称霸一方，欺压群众，成为我地下工作人员在这一带进行活动的最大障碍。支队决定，由第二大队抽调 30 多名短枪队队员，由当地区委书记宣建华指挥，拔掉伪军这根钉子。经过周密准备，我游击队队员一下午步行 70 多里，越过两道河，穿过敌人碉堡和封锁沟，在日落时抵达小兴集。在当地群众的密切配合下，只用了几十分钟的时间，出其不意地打掉了伪乡公所，拔掉了炮楼，击毙伪副乡长 1 人，缴获步枪 72 支、手榴弹 200 多枚、子弹 2000 多发。我军只有区长蒋亚文腿部负轻伤，全体队员按预定时间返回防地。

巢湖周围地区，多种势力并存，敌情非常复杂。有日军，有伪军，有桂顽，有土顽，还有帮会、盗匪等多种政治、封建势力。他们中既有某些相同的利害关系，又各怀异志；既彼此利用，又相互倾轧。针对这一特点，我们在斗争中经常分析各种势力的政治态度和他们之间的矛盾，按照不同情况，分别实行团结、利用、限制、分化、打击的政策。当地的帮会势力较强，我们就分派在帮会中有影响的支队领导宣济民专门负责做他们的工作，使之在政治上靠拢我们，争取其为我们提供情报，当其与日伪顽发生冲突时，我们则主动给以支援配合，共同对敌。对于当地的盗匪集团，我们一方面对其进行教育改造，限制、打击其危害人民群众的不法行为；另一方面又支持其与日伪顽进行各种形式的斗争。对于抓获的俘虏，除罪大恶极者外，一般在经过教育以后宽大释放，争取其弃暗投明，有的还发给回家路费。1943 年 6月中旬，我们在和桂顽的一次战斗中，抓获了国民党顽固派左河行政公署专员赵凤藻的儿子赵保顺夫妇。第二天，赵凤藻出动大批顽军和伪军对我实行合击"围剿"，企图把赵保顺夫妇抢回去。我们在群众的掩护下，迅速转移了。在这种情况下，赵凤藻派人与我们谈判，提出只要释放赵保顺夫妇，可以答应我们提的任何条件，并且首先提出以 10 挺机枪、100 支长枪、10 万发子弹，作为放人的代价。当时支队领导考虑，赵凤藻在顽军中有较大的影响，而赵保顺夫妇本人在顽军中并不起多大作用，过去也不是罪大恶极，经请示新四军副军长兼第二师师长张云逸同意，不要任何代价，宽大释放。并确定由我向来人回话，表示我们不要任何枪弹物资，宽大释放赵保顺夫妇，只要求赵凤藻今后做到两点：第一，国家兴亡，匹夫有责，希望今后枪口对外，一致抗日；第二，今后日伪顽如进攻新四军，希望在可能条件下给我们通个信。赵凤藻表示同意这两点要求，我们随即宽大释放了赵保顺夫妇。赵凤藻一家对我们很是感激，并在以后不同程度地遂行了自己的某些诺言。

巢湖地区是一个老游击区，我们与当地群众有着长期的深厚的血肉情谊。我们支队能够在巢湖地区站住脚跟，并不断取得胜利，和当地群众的支援有着不可分割的联系。同时，这一地区与第二、七师的根据地紧密相连，在这一地区活动的我军部队，既有主力部队，又有游击支队，还有区乡民兵武装，这些部队密切配合，各自发挥自己的长处，就能以最小的代价，取得最大的胜利。1943 年 7 月，处境日趋困难的日本侵略者，在对我华中抗日根据地进行重点"扫荡"的阴谋被粉碎以后，施展了"以华制华"的伎俩。在巢湖地区，日军有计划地将自己的主力撤走，使我军暴露在桂顽面前。在蒋介石发动第三次反共高潮的聒噪声中，桂顽集中兵力向我巢湖地区猖狂进攻。为了保卫巢湖根据地，在第七师的统一领导下，我支队与沿江支队独立团以及其他兄弟部队密切配合，在巢湖周围开展了反桂顽斗争，歼灭了大批顽军有生力量。在这一系列反顽斗争中，我支队付出了一定的代价，副支队长张学文 7 月 24 日在巢南盛家桥作战中英勇牺牲，但由于反顽斗争在全局上取得了胜利，打击了桂顽的嚣张气焰，为我支队尔后坚持巢北斗争，保护交通联络线，创造了有利条件。1945 年 4 月，属桂顽指挥的一个 200 余人的土顽支队，盘踞在八斗岭一带，他们利用有利地形，经常袭击抗日军民，破坏我交通联络，我支队在第二师六旅十八团的密切配合下，激战三天三夜，终于拔掉了这颗钉子，土顽全部投降，连土顽支队司令谢有法也被我们活捉了。1945年夏天，日本帝国主义面临最后崩溃，桂顽为了抢占有利地形，为其尔后的反共阴谋创造条件，命令其第一七二师的 2个主力团，攻击我军交通联络线的必经之地白龙厂一带。这里既是第二师根据地的门户，又是与第七师进行交通联络的咽喉，地理位置十分重要。担任白龙厂守备任务的是我支队第一大队三连，装备有 1 挺机枪、五六十支步枪、200 多颗地雷和 2000 多发子弹，全部兵力只有七八十人。阵地四周筑有土木结构的大小碉堡 7 座和两道八九尺厚的圩子，圩子外面挖有 1 丈多宽的水壕，把整个阵地连成一个三角形。敌人参战的火力，不仅有大批轻重机枪和长短枪，还有山炮 3门、迫击炮 8 门。为了阻我军增援，敌人还出动另一部分顽军向我支队其他一些驻地同时发起攻击。面对数十倍于我的敌人，我三连的同志发扬革命英雄主义精神，同顽军展开了殊死的搏斗。经过七天七夜的苦战，终于在第二师五旅和六旅共 4 个团的增援下，击退了敌人，守住了白龙厂，保证了交通联络的畅通。

白龙厂战斗以后，部队进行了休整。不久，随着日本帝国主义的无条件投降，我支队在胜利完成保卫交通联络线的历史任务以后，进行了整编，以新的姿态迎接新的战斗。

泗五灵凤抗日根据地[*]

饶守坤

抗日战争时期的泗、五、灵、凤地区，是由安徽省东北部的泗县、五河、灵璧、凤阳4个县的边沿地区组成的。它是我皖东北抗日根据地的"前沿阵地"，是联结我军津浦路东、路西抗日根据地的枢纽地带。它曾一度沦陷日伪之手，成为日伪军和津浦路西顽军向我军淮北抗日根据地进攻的通道之一。当时担任中原局书记的刘少奇同志来皖东北视察时，指示为了坚持抗日，一定要开辟出这一地区。

1941年5月间，我新四军第二师五旅奉军部命令，由江苏淮宝地区西进，接替新四军第四师十一旅担任防御津浦路西顽军东犯、巩固和发展皖东北地区的任务。旅长成钧、政委赵启民率五旅所辖十四、十五团从淮宝出发，渡洪泽湖，开至泗县半城一带。到达后，成、赵决定：十四团由半城北

---

* 本文原标题为《回忆泗五灵凤抗日根据地的开辟》，收录时做了适当修改。

上至泗南地区；十五团继续西进，担任开辟泗五灵凤地区的任务。当时我任十五团团长，朱云谦同志任政治委员。

6月下旬，旅部、十五团从半城开到郑家集一带，抓紧做开辟泗五灵凤根据地的各项准备工作。我们与当时的泗五灵凤县委取得了联系，听取了县委书记曾谋和县长吕振球同志对该地区地理、敌情等情况的介绍。我们一起研究制定了先开辟沱河以西、浍河以北地区，然后开辟浍河以南地区，最后夺取和巩固整个泗五灵凤地区的部署。并决定由朱云谦政委和其他团的领导、团机关及二、三营，在郑家集一带休整，由我带一营先去开辟该地区。县长吕振球带领部分武装，随同我们一起行动。我们按预定计划，准备首先打开沱河以西、浍河以北地区。

沱河以西、浍河以北地区，陆上交通闭塞，地形复杂，河流弯曲，水网交错，回旋余地较小。是敌我在犬牙交错斗争中的一个中间地带，首先占领它，就能向西直逼津浦铁路，向北威胁灵璧县城，向东联结我皖东北抗日根据地。因此，打开这个地区，是我们开辟整个泗五灵凤地区必须走的第一步。

当时在这个地区，有日军、伪军、国民党顽固派，还有土匪和反动会道门组织。他们虽然旗号不一，但反共、反人民、破坏抗日是一致的。当时危害最大，群众最痛恨的有两股敌人：一股是沱西北地区盘踞濠城的伪军丁寿堂部，一股是活动在沱西一带身兼土匪、伪军双重身份的李成伍部。这两股敌人都有四五百人，有一定的战斗力。我们根据敌情，决定首先打掉李成伍部，再乘势消灭丁寿堂部。

李成伍又叫李圣伍，拉"杆子"当土匪出身，抗战初期曾被我军收编，当过营长，后叛变投靠了日本人。他的队伍基本上由本地无赖、流氓和亡命之徒组成，有四挺轻机枪，几百支长军短枪，加上他们熟悉地理，狡诈凶残，是一股较难对付的反动武装势力。开始，我们初来乍到，情况不熟，摸不准他们的活动规律，几次攻打他们都扑空了。后来，我们一面派人加强侦察，一面发动群众搞情报，逐渐摸清了他们的行动规律。

一天，风雨交加，我们接连得到四份有关李成伍踪迹的情报，但一分析，感到都不十分准确。傍晚，一位60多岁的摆渡老汉，披着蓑衣从沱河西匆匆忙忙赶来，向我们报告说，李成伍的人都到了小代庄，要在那里过夜。

"你亲眼见到的吗？"我问老汉。

"你是不是不相信？长官，我可以担保！"老汉有些委屈地说。

我安慰了他一下，遂叫人把一营营长李木生和教导员姜子周还有吕县长找来商量。正在这时，派出侦察的同志也回来了。两下一碰头，认为情况确实。我遂让人通知部队赶快吃饭，准备出发，并请吕县长迅速准备船只。

晚上9点多钟，雨仍不停地下着。我和吕县长带一营、侦察排和县武装，从泗县樊集一带出发了。战士们披着蓑衣，顶着油布，臂上扎着一色儿的白毛巾，一个接一个地在风雨中前进。

"跟上，不要掉队！"我让同志们不停地向后传着。

一个小时以后，我们赶到了沱河边。陡涨的河水，奔腾翻滚，这时吕县长找来了十余条船，每条船可乘几十人，全部人马很快渡过了沱河。过了河，为了加快行军的速度，大家扔掉了雨具，有的索性甩掉鞋子，赤脚前进。就这样，我们沿着风雨泥泞的道路，悄悄地向敌人逼近了。

凌晨4点钟左右，我们赶到了小代庄附近。我让侦察排立即摸进庄内侦察一下情况。一会儿，侦察排的同志回来报告说，敌人正在熟睡，毫无戒备，敌哨兵已被干掉。

我认定了一下方向，并借着闪电的亮光，瞥了一眼小代庄的地形，发现庄子周围比较开阔，便于围剿。于是，我命令一营教导员姜子周带三连插到庄子北面，堵住敌人向濠城的退路；一营长李木生带一连绕到西南方向向庄里压进；我和吕县长带二连、侦察排及县武装，从东面突入庄子，打敌人一个措手不及。随着一阵冲锋号声，部队从四面八方扑向庄内。敌人顿时乱作一团，有的抱头鼠窜；有的想摸枪反抗，却被我们的战士一刀砍死；更多的没来得及穿衣服，便迷迷糊糊地做了我们的俘虏。我们在一个大院里，捉住了正准备化装逃走的李成伍的"军师"蒋梯云。此人后被送到县里，为我们提供了不少敌人的情况，经教育后，到我边区参议会当了文书，做了一些有益的工作。

战斗仅用了不到一个小时的时间就结束了。这一仗，我们俘敌 300 余人，缴了二十几匹战马和 300 多条枪，敌人的四挺轻机枪也都被我们缴来。李成伍仅带二十几人从高粱地里溜走了。后来我们还从俘虏口中得悉，在这一带与李成伍并称为"泗南三只虎"的朱传宣、张存和两股敌人，这天夜里也在小代庄，被我们一起收拾了。

小代庄战斗，是我们开辟泗五灵凤地区打的第一仗。它震慑了敌人，扩大了我军的政治影响，扫除了我们开辟这一地区的第一个较大的障碍。从此，这一带的日伪顽军和土匪，一提起我们新四军五旅十五团即胆战心惊。

小代庄战斗后不久，我带一营暂回沱东，朱云谦政委率二营来到沱西，继续消灭活动在申集、大安集和草沟一带的反动武装，又打掉了其他几股敌人。同时，宣传群众，发动群众，做了大量建立和巩固抗日政权的工作。8 月底，朱云谦政委工作调动，我遂又率一营返回沱西。

秋天的一个深夜，我带一营经四五个小时的急行军，突然兵临濠城，部队从城北一条很深的水沟里爬上去，打响了这次战斗。濠城是著名的垓下之战的古战场，城北"霸王台"遗迹犹在。蜿蜒奔流的沱河绕城而过，多年盘踞在这里的伪军卖身投靠日本人，并依仗濠城防备坚固，易守难攻，在这一带疯狂地残害人民，破坏抗日。战士们早就盼着有一天狠狠地收拾他们，所以战斗一打响就格外激烈。经一个多小时的激战，我们毙敌 20 余人，俘敌 100 余人。

短短 4 个多月的时间，我们先后消灭了大大小小几十股敌人，拔掉了许多围子，并组织袭击了敌人的交通线，在津浦铁路沿线，炸毁敌车多辆，初步取得了斗争的胜利。特别是小代庄和濠城战斗的胜利，标志着这一地区反动势力基本被消灭，我们在这儿有了立足之地，我泗、五、灵、凤县委从沱东的岔嘴里一带迁到了小圩，并在大乡、申集等地建立了乡政权，发展了地方武装，组织了一支百余人的县大队。

按预定部署，第二步我们是以沱西地区为依托，乘胜向浍南地区发展。浍南地区的敌情比沱西更复杂，在这一地区活动的除日、伪、匪和反动会道门外，还驻着国民党顽固派的五河县县政府。考虑到该地区离蚌埠、临淮关、固镇、五河等几个日伪重兵把守的据点较近，经我们多次分析研究决定：依靠群众，集中优势兵力，速战速决消灭敌人，以顺利打开浍南地区。

11 月中旬，我团 3 个营全部在沱西地区的薛集一带集结。我和吕县长商量，决定让一营、二营、团侦察排南过浍河，攻打驻徐湾的顽五河县县政府。三营留在沱西地区的武庙、沿河一带，担任警戒和阻击固镇之敌增援的任务，并控制部分船只，遇有情况，准备接应一、二营。吕县长率领县武装过河，随我们一起行动。

下旬，一个阴沉沉的夜晚，我和吕县长率领一、二营，团侦察排和县武装共七八百人从薛集一带出发了。下半夜，部队顺利过了浍河。前面不远就到徐湾。据事先侦察，徐湾的顽军有 3 个中队，300 多人，而且有围子。顽县政府机关和顽县长张纯熙住在地主徐相胜家里。我命令二营迅速绕到徐湾西面的胡家，一营派一个连插到北面的上庄，为防其向西北不远的园宅集逃窜，我让二营派一个连守住村西的路口。其余的人随我和吕县长，自东向西。部队分别从几个方向打进庄子。

天刚蒙蒙亮，战斗打响。一阵激战之后，顽军不支，四处溃散逃命。我们正想一鼓作气围歼，这时，出现了异常情况：除被打死打伤的外，其余的顽军不见了。部队把庄子围得水泄不通，我不信他们能插翅飞走。"搜！"我命令部队从东向西搜过去。很快，我们发现他们分散躲到老百姓家里去了。村子虽然不很大，但也有上百户人家。要费些工夫才能把他们抓住。开始，怕惊扰群众，我们只是围在房子外面喊话："快出来，你们跑不了了！""缴枪不杀，优待俘虏！"

喊了一会儿，见效果不大，我们就一面向群众做解释工作，一面进屋搜查，一部分顽军很快被我们从群众家里抓出来。但也有的群众受其威胁，不敢讲实话。搜到村北一家时，我们问这家主人是否有躲进来的顽军，他支支吾吾不敢回答，两眼往床下瞅。我们猜可能床下有情况，遂把床揭开，果然，四五个顽军缩成一团躲在下面。还有三个家伙躲到了村西的一个老汉家里，自称是老人的儿子。我们见他们很可疑，便一边盘问他们，一边鼓励老人。老人的胆子大了，把这三个家伙交给了我们。经过一个多小时的搜捕，顽军被我们从各个角落里抓了出来。这场战斗，连打加抄，顽军 3 个中队基本被我们歼灭，缴枪 150 余支。顽县长张纯熙趁混战之机，仅带几个人仓皇逃走。

随即，部队赶往西北方向的园宅集。园宅集驻着五河县顽县政府的税捐征收处和一部分反动会道门的武装。估计徐湾枪声一响，有一些吓跑了，我们准备顺便拿下园宅集，在那里吃早饭。快到园宅集时，只见村口上堵着一群反动会徒。他们一个个穿着花衣服，拿着枪、梭镖和大刀，嘴里喊着"刀枪不入"，妄图阻止我们进村。打会道门我们打出了经验，知道这帮家伙怕机枪。于是，我让人把机枪向路边的地坎上一架，对着天空"嘟嘟嘟"开了枪，果然，会徒们抱头鼠窜。进村后，我们缴了会徒们的械，还缴获了一部分顽税捐处逃跑时没来得及带走的文件、票证和税款等。

早上 8 点多钟，部队在园宅集休息、吃早饭。为了不给群众增加困难，事先我们自己带了干粮。啃着硬邦邦的饼子，战士们心里却感到格外香甜。

徐湾战斗，除掉了这一地区国民党顽固派的堡垒，对该地区各派反动势力起到了敲山震虎的作用。他们知道新四军打过来了，一些势力小的，望风而逃；一些摇摆不定的，纷纷向我们靠拢。接着，我们一面派人同群众及地方武装配合，监视和警戒附近据点的日伪军，一面准备抓住有利时机，继续向西，打掉盘踞在皇墩庙、范庄、顺兴集一带的日、伪、顽军。

1941 年底的一个晚上，我们经过长途奔袭，于黎明前突然插到了皇墩庙，一举拿下了五河县浍南区区署，活捉三区顽区长盛祝三。不久，我们又在范庄打跑了顽县党部书记范世璜。在郭台、陆庙一带缴了陆必九等几股反动会道门的械。

我们集中全团优势兵力在地方武装配合下开进浍南地区，战士们不怕疲劳，连续作战，在很短时间内，打开了浍南地区的局面。在消灭反动武装的同时，我们还特别注意了协助地方做宣传发动群众和建立政权的工作，以保护胜利果实。同时，积极开展了统战工作，争取了抗日力量。刘圩子有个被称为"谢三姐"的红枪会女首领，掌握着几千会众，在当地很有影响力。我们多次同她接触，有时还住在她家里，向她宣传抗日道理，并帮她维护其威信。后来她多次同我们合作，并几次掩护了我们的同志。其间，根据斗争的需要和形势的发展，县委决定在这里成立浍南区，由王新民任浍南区第一任区长。它标志着浍南地区已经得到开辟，从而为联结沱西地区、继续消灭泗五灵凤境内的残敌以及彻底打开和巩固这一地区创造了条件。不久，我带第一营暂回浍河以北，为下一步任务，抓紧进行各项准备工作，参谋长胡定千带第二营继续留在浍南地区活动。

初步开辟出沱西、浍南地区之后，泗五灵凤地区的形势发生了深刻的变化。反动势力大部分被消灭，抗日政权纷纷建立，但是，残存的几股较顽固的敌人仍然盘踞在某些地区，像"钉子"一样钉在新开辟的根据地中，继续进行着破坏抗日、残害人民的活动。其中，南面有伪军把守的顺兴集围子，北面有反动本性不改、占据濠城一带重又作恶的伪军丁寿堂部。除掉他们，是进一步开辟泗五灵凤广大地区和巩固新建立的抗日政权的需要。

顺兴集是临淮关至五河的水上交通要道，是淮河上过往船只的必经之路。这里驻着三部分敌人：东头是崔振宇的伪警察分所，中间是一个伪军连，西头为伪区长张店增的区中队，共300人左右。以前我们曾几次打过这里，但敌人都逃跑了。为消灭他们，我三营一段时间经常活动在沱河以西、浍河以南一带，以了解敌人的活动规律和进一步熟悉地形。根据这几股敌人狡猾异常的特点，这一次，我们准备用声东击西的办法把他们彻底歼灭。

1942年初的一天下午，三营由桑庙一带出发，先向北，造成回浍河以北的假象，以麻痹敌人，使其失去戒备。天黑后，又回头折向东南方向，直插顺兴集西面的新台子一带。吃过晚饭后，我带二营从沱西的小圩一带出发，一路南去，经较远距离的奔袭，南过浍河后，再渡过张家沟，拂晓前，抵达顺兴集以东的陈台子一带。乘敌人熟睡之际，我两个营分别向东西两头的敌人发起猛攻，打了敌人一个措手不及。

先打掉了东头的伪警察分所、西头的伪区中队之后，我两个营又分别从东、北、西三面压向中间的伪军连，经过两个多小时的激战，将该敌全部歼灭。伪区长张店增、伪警察分所局长崔振宇等皆被俘。

顺兴集战斗结束后，我带二营重回到浍河以北地区，参谋长胡定千带三营在浍南地区继续活动。他们又先后消灭了郭家台、大徐庄等地的反动地主武装及流窜至这一带的一部分零星敌人。

不久，我一、二营集中在沱西地区，我边派人侦察濠城的敌情，边做再打濠城的准备工作。有一天，我带一营于凌晨3点钟从南周一带出发，直奔濠城东面的小陈庄一带。二营从刘家祠堂一带出发，插到濠城以西的后楼一带。原定两个营于拂晓前分别从东西两个方向向濠城守敌发起攻击。但一营刚到达小陈庄附近，事前派出侦察的同志报告：昨天从灵璧出来十多个日军和四五十名伪军，开着汽车在草沟一带抢了不少粮食，当晚投宿濠城，估计天一亮回灵璧。

根据新的敌情，我派团部通信员小朱立即跑步赶到后楼，把变化的敌情通知二营，并让其听到冲锋号声即从濠城西面向敌发起攻击。与此同时，我命令一营留一个连埋伏在濠城东侧隐蔽处，另两个连迅速迂回到濠城以北一里多远的濠（城）灵（璧）大路两侧，伏击准备回灵璧的敌人。我两个连刚埋伏好，就听到濠城镇内突然传来"隆隆"的汽车马达声。估计回灵璧之敌就要出动了，我当即命令部队准备投入战斗。不一会儿，回灵璧的敌人开着汽车从濠城北门钻出来了，汽车上除装着抢来的粮食，还坐着十多个日军，四五十名狐假虎威的伪军尾随其后一溜小跑。很快，敌人进入我伏击圈，"打！"我命大家一齐开火。夜色尚未消退，日军知道是碰上了新四军的主力，边乱打枪，边加大油门开车向灵璧方向逃去。剩下的伪军，在我军猛烈攻击下，纷纷举手投降。

濠城的丁寿堂听到镇外响起了激烈的枪声，立即带领一部分人从北门出来，想看个究竟，刚一露头，我军部队抓住时机，立即吹响了冲锋号。濠城西面的二营和东面的一个连，听到冲锋号声后，分别从东、北、西三面迅速压向濠城。顿时枪声四起，喊杀声震天，敌人纷纷溃散逃命。此战，我们俘敌300余人，毙数十人，其中打死日军3名，并缴枪300余支。狡猾的伪军头子丁寿堂却在混战中趁机溜掉了（1952年被抓获镇压）。

顺兴集和濠城两仗，使我们摧毁了泗五灵凤地区内两个较顽固的反动堡垒。至此，这一地区境内除泗县、五河、灵璧、凤阳县城外，其他90%以上的村镇都得到了解放。在这期间，特别是县委书记曾谋同志带领地方党政干部对根据地的巩固和发展及抗日政权的建设做出了很大的贡献。这一地区基本开辟出之后，政治处主任胡少卿带三营又在这里协助地方做了许多工作。根据地的范围由我们开进这一地区时仅有石梁河两岸的两个区，迅速发展到10个区，计有三南（灵南、浍南、沱南）、三北（浍北、灵北、淮北）、两东

（路东、沱东）和两西（路西、沱西），近 100 个乡；面积南北约 100 里，东西近 200 里；人口 30 余万。泗五灵凤这块新开辟的抗日根据地，在抗日战争的艰难岁月里，担负起了光荣而神圣的历史使命。

变伪化区为抗日民主根据地

余纪一

1941 年春，我到淮南津浦路东区党委主持敌工部工作，曾配合路东联防司令兼独四团团长罗占云同志，针对扬州方向的日伪军，开展对敌斗争。

这年秋初的一天，我接到路东区党委刘顺元书记的通知，要我马上到颐庄区党委驻地商量要事。我立即来到区党委，李世农和方毅同志都在那里。刘顺元同志说："现在我们开个小会。"他随即摊开了一张淮南地图，上面用笔勾画得非常醒目的一块地区，立即映入了我的眼帘。"这不是邵泊湖以西地区吗？"我还没来得及继续往下想，刘书记即对我说："纪一同志，组织上决定你去执行一项重要的任务，要你深入湖西地区，发动人民群众，发展党的组织，开展对敌斗争，建立抗日民主政权，变这块伪化区为抗日民主根据地。"他边说边用手指着地图上的标记继续说："这个地区现在的斗争形势十分复杂。过去，陶勇的苏皖支队、叶飞的挺进纵队和第五支队的部队都先后在这里活动过。1940 年下半年，我们在这里建立过湖西办事处。后来，敌人伪化了这个地区，并把这里称之为'和平模范区'。国民党顽固派在这个地区也有活动。你去那里以后，一定要先摸清情况，然后提出一个工作方案来。"我接受任务后脑海里一天到晚琢磨：到那里后在何处落脚？找谁了解情况？今后的任务如何完成……我想了许多许多。

　　一天清晨，晴空万里，秋风怡人。我装扮成小商人，向湖西进发了。一个从湖西找来的农民给我当向导。我们俩沿着必须经过的大仪—陈家集—谢家集一段公路前进时，突然发现前方有 4 个人在徘徊走动，我定睛一看，他们身穿便衣，走起路来挺腰摆肩，摇摇晃晃，心想："一定是日军的便衣特务。"这时，有几个商人赶着驮货的骡子，从大仪方向过来了，那几个家伙立即拔出手枪，挡住他们检查盘问。我的向导见此情景，神情非常紧张，我镇静地对他说："不要惊慌，不要偷看他们，只管向前走。"我们离日伪便衣越来越近了，200 米，150 米，100 米，这时靠近了一个岔路口，我俩谈笑自若，装作小便，然后走上了小路。我边走边小声地嘱咐向导："不要回头窥视敌人。"就这样走着走着，很快进入了高粱地，避过了敌人，闯过了进入湖西的第一关。

　　当晚，我们来到离大仪日伪据点七八里路的一个小村庄，在一个过去与我们有过联系的伪乡长家里歇了脚。夜里，我找来了原来的湖西办事处主任李梦甲，他介绍了湖西地区的斗争形势和敌人的情况。第二天，我又找到了陈仁刚。这是个知识青年，原来入过党，这个地区伪化后，思想一度消沉。经过我做工作后，他表示要继续革命下去。其兄陈仁术，是当地有影响力的实力派，对我们的政策有疑虑。为了团结、争取进步青年和地方实力派共同抗日，我便以陈仁刚的家作为开展工作的依托，每天晚上深入一些伪乡保长、伪自卫团团长以及地主士绅家里，宣传我党我军的抗日主张，揭露敌人的罪恶，并以坚持抗战，"自卫保家"，争取胜利的口号，来激励他们的抗战热情。经过一个多月的活动，我除争取了 14 个伪乡长、伪自卫团团长和一批士绅，团结了 10 多个进步知识青年外，更大的收获是摸清了湖西地区的情况。

湖西地区拥有 70 万人口，是个比较富庶的地方。它东起运河，西迄天长—仪征公路，南濒长江，北抵高邮湖，和淮南津浦路东根据地紧密相连，是沟通我路东根据地与苏中、苏南根据地的交通要道。迅速把这个地区变为抗日根据地，对我淮南抗日根据地与苏北、苏中、苏南根据地连成一片，对保卫华中和新四军军部，对支援抗战，改善淮南抗日根据地军民的生活，都具有重要的意义。

日伪军在这个地区的主要部署是：第十二混成旅团的指挥机关设在扬州，除对付苏中我军外，还指挥天长、仪征的战事。伪军二十四师驻天长、扬州、高邮地区。敌人沿着天长—扬州、天长—仪征公路，在甘泉山、大仪、秦栏镇、天长、仁和集、金家集、谢家集、仪征、十二圩等地设有据点。各乡都由伪乡长、伪自卫团控制。日伪军的据点里，日军并不多，主要是伪军和伪自卫团。因此，我们只要把大多数的伪乡长、伪自卫团长争取过来，敌人就会失去耳目难于行动。

湖西人民在日伪军的残酷蹂躏下，处在水深火热之中，过着亡国奴的生活。敌人经常下乡抢掠，强迫群众送吃送喝，还要群众选送妇女，美其名曰"慰问"。当地的群众说："我们恨鬼子，盼着新四军快来打鬼子，现在我们没有办法，只好'唬鬼子'。"

国民党韩德勤趁敌人伪化湖西地区之际，委派顽扬州县长张济传到这个地区活动，设立顽区、乡政权。他还有一支县的地方武装，常在黄珏桥一带为非作歹。国民党顽固派在湖西地区设立了秘密政权组织——湖西办事处，这个办事处主任糜光国，表面上不干政事，暗地里进行活动，并在陈家集设有情报站。此外，顽固派还利用一种叫"菩提善道"的反动会道门组织，来蒙骗、麻痹湖西人民。国民党在这里的势力虽然较弱，但还能使一部分人对其抱有幻想。

我党我军在湖西地区的影响是很大的。过去，我们的部队在这一带活动时，广泛宣传群众，争取、团结了不少开明士绅和进步青年，给湖西人民留下了良好的印象。特别是1940年春，我在半塔集守备战中，打退了韩德勤的进攻，建立和巩固了路东抗日根据地，这对湖西地区的人民影响很深。这个地区的形势，总的来说，对我开展斗争是有利的，同时也是尖锐复杂的。为取得斗争的胜利，掌握运用好党的政策和策略，显得尤为重要。

我摸清湖西的情况后，立即向路东区党委做了汇报。根据湖西地区的形势，提出的工作方针是：发展进步势力，组织进步的知识青年，积极投入抗日救亡斗争；争取当地的伪乡保长、伪自卫团团长和地主士绅及地方实力派同情抗日；孤立国民党顽固派扬州县县长张济传，将其势力挤出湖西地区；打击那些死心塌地投靠敌人的汉奸特务，相机歼灭日军。同时，我们也分析了湖西地区的不利形势，主要是不具备马上将这个地区转变成抗日根据地的群众基础，应该首先发展党的组织，建立两面政权，开展统一战线工作，组织秘密武装，为建立抗日民主根据地创造条件，并制定了具体的工作步骤。区党委批准了这个工作计划。

1942 年初，我带着便衣队回到湖西开展工作。头一件事就是恢复湖西办事处，重建湖西工委，李梦甲任办事处主任，负责联系上层人士；陈仁刚任副主任，分工做进步青年工作。我以天长、仪征、高邮、扬州四县督导专员的身份，召开了伪乡保长会议，宣布湖西办事处正式成立。湖西工委由我、程震文和李唯知三位同志组成，我是书记，程震文任组织部部长，李唯知负责敌伪军工作。后来，姚一青、葛鸿同志也先后参加了工委。

湖西办事处和湖西工委成立后，湖西人民的抗日斗争有了领导核心。我们首先深入长江边、扬州城附近，以及高邮湖以南地区，组织青年读书会，宣传抗日救国十大纲领，发展进步知识青年，扩大抗日力量。其次积极开展武装斗争，打击亲日势力，争取可以争取的投靠敌人的分子。这年春，有一天我带便衣队突袭了我们活动中心区内的刘家集伪自卫团，缴了他们的枪，逮捕了伪自卫团团长和派出所所长，随即向他们宣传我党我军的抗日政策和抗战必胜的形势，并对他们说，你们是中国人，又都是本地人，应该掉转枪口打日军，保护湖西人民。他们经过宣传教育，表示愿意为我方工作。这个伪自卫团，虽然是谢家集敌人控制这一地区的工具，但为了争取更多的伪军政人员同情抗日，我们还是释放了伪自卫团团长，并把枪支还给了他们。那个派出所所长是扬州伪警察局派来的，他回去后，为抗战做了不少有益的工作，经常为我们送情报，还为我们争取了扬州日军司令部里的一个翻译。敌人一出发，这个翻译就把情报送给我们，有时敌人突然行动，来不及送情报，他就派情报员走在前面，给我们示意打招呼。有一次，我们侦察到大仪日伪据点里有一个日军翻译正在家里，他的家在乡下。我带领便衣队突然闯进他的家，抓住了他，经过教育，他表示愿意为我方做些工作，我们也释放了他。我们在分化瓦解伪军汉奸的同时，镇压了几个死心塌地投靠敌人的分子，打击了敌人的反动气焰。

我在湖西的活动使敌人感到恐惧和震惊，日军遂挑选了一批特等射手化装成"便衣"来对付我们。我们的一位指导员，因不熟悉情况，在古井寺遭到日军的突然袭击，壮烈牺牲了。为反击日军便衣队的袭击，我们的便衣队经常深入敌人据点附近，伺机打击、捕捉日军。有一次，我们便衣队化装成农民，在离大仪日伪据点二三里路的田间劳动，把衣物和吃的东西放在田边公路旁，引诱敌人，日军果然上了钩，正当他们洋洋得意、毫无戒备之时，我们来了个出其不意，活捉了两个，并随即送到了师部。这次行动给敌人震慑很大。日伪军看到我们已建立了抗日民主政权——湖西办事处，人民抗日情绪不断高涨，伪乡保长及地方实力派日益靠拢我们，他们感到日渐孤立，就采用收缴民间枪支、扩大伪军等手段来削弱抗日力量。7月的一天，日军以检阅伪自卫团和检验枪支为名，企图趁机收缴枪支，改编乡、镇伪自卫团为伪军。我便衣队得知这一情报后，遂埋伏于刘家集以北的张家洼一带，在独四团一个班的配合下，袭击押送枪支的伪军，冲散伪自卫团，破坏了日军的缴枪计划。接着，我们开展了反缴枪斗争，我以四县督导专员的身份，召集伪乡保长、伪自卫团团长和有枪支的地方实力派开会，给他们指出，日军收缴你们的枪支，主要是为了扩大伪军，这对你们自卫保家危害极大。希望你们以抗战大局为重，把枪支交给我军，支援抗日。于是，当天晚上，不少人就自动地把枪送来了，我们一过数，共有长短枪近百支。我们遂挑选了三四十支好枪送给了后方，其余的装备了一个七八十人的湖西办事处警卫连。

湖西地区的斗争是犬牙交错的，特别是当地的亲日势力和叛变投敌分子，对我们开展工作威胁极大。为扫除前进道路上的障碍，我们采取了"挤、拉、打"的三字策略。一是把国民党顽固派在这个地区的势力挤走。当时，顽固派经常派遣特务来湖西活动，收集情报。如一个自称是"菩提善道"道长的湖南人，经常出入扬州敌人的据点，连日军的哨兵都要向他敬礼。这个人以扬州为据点，每月来湖西一次。我们经过多方观察，断定此人是个"双料"特务，决心将他赶走。有一次，他胸前挂着"菩提善道"的徽章，嘴上留着长长的胡须，伪装成一个老道长，窜来湖西，每天晚上，召集当地的男女老少，齐聚一堂，口念所谓的"七字真言"，通宵达旦地愚弄群众，麻醉人民的抗日意志。一天，我们侦察到他在刘家集一个实力派陈玉琦的家里活动，我带了便衣队突然把他抓住，经过审问，他承认是国民党江苏省党部委员。我严厉地斥责他说，我们在这个地区发动群众抗日，你搞这个东西，诱骗群众当顺民，与我们唱对台戏，以后不许你再来干扰我们的工作。他连连点头说："是是是。"我要他立下字据，解散"菩提善道"，不再来湖西扰乱人心。他写了保证书，按上了手印。我们释放了他。自那以后，他再也不来湖西了。为消除其影响，我们随即组织进步青年深入群众中去，揭露顽固派的阴谋，宣传我党的抗日政策。顽固派的势力被我们挤走后，伪乡保长及一些地方实力派进一步向我们靠拢了。二是争取一切愿意抗日的人共同对敌。我们了解到国民党组织的地下湖西办事处主任糜光国，表面上装着不干事，暗地里却与顽扬州县县长张济传联系，为其提供情报。但他竭力否认这些。我们在此情况下，为团结其抗日，对其采取了"拉"的政策，经常教育他，使其暂时不做坏事。三是打击亲日势力和叛变投敌分子。当时，顽固派有一股残留武装在黄珏桥地区活动，头目叫吉庆铭，是我方叛变过去的分子。一天，我便衣队将他活捉后，在杨家庙轰轰烈烈地召开了群众公审大会，处决了他。从而振奋了湖西人民的精神，壮大了湖西办事处的声威。

为进一步发动群众，增强地方实力派和进步人士的抗战信心，1942年春、秋两季，湖西工委先后两次组织爱国的知识分子、进步青年和地方实力派到路东根据地参观。参观团受到张云逸、方毅、汪道涵等领导同志的热情接待。他们在根据地，目睹了官兵平等、军民团结、发展生产等的动人情景，深有感触地说，百闻不如一见，真受鼓舞，真受教育。

为迅速将湖西地区建成抗日根据地，1942年，湖西工委先后建立了古井、二五、黄珏、公道4个区的民主政权。在扬州城、十二圩、施家桥等地发展党员10余人，建立了地下党组织和秘密交通线，用以获取敌人兵力增减和军事动向的情报，护送往返于苏南、苏中的我党负责人和交通员等。施家桥这个联络站，是我们与苏南、苏中新四军经常联系的一个秘密工作点，当时由孙鹏同志负责。我们在扬州的秘密联系点设在侯锦文的家里，这里是我进出扬州的隐蔽点。在对敌伪军工作方面，我们也做了不少工作。有一次，汪伪"和平军"一个团，派人和我联系，要求我们把他们的部队拉过来。我随即派李唯知同志到城里伪团部商谈具体事宜。条件谈好后，我回二师师部报告了情况。师首长指示，把部队拉过来难处理，还是留在那里为宜，给他们任务，要他们为我方工作。我根据师首长的指示，做了妥善处理。为获得南京日军司令部和汪精卫伪政府的战略情报，我们派周铸（陈德钧）同志打入伪江苏省粮食局后大椿（原属汪伪中央政府、国民党特务头子李士群系统的）那里，获取日伪的情报。此外，我们还在长江水陆交通要道的十二圩，建立了地下党支部，配合湖西地区的开辟工作。

一年多来，湖西工委和湖西办事处进行了艰苦不懈的斗争，为把湖西地区迅速变为抗日民主根据地准备了必要的条件。

1943 年 6 月，淮南区党委和二师师部决定将湖西工委和水南工委合并，成立甘泉县委和县政府，并抽调路东军分区警卫营一个连和一个便衣侦察队作为基础，组建甘泉支队，胡炜同志任县委书记兼甘泉支队司令、政委，我任县委副书记，程震文同志任县委委员兼组织部部长，民主人士董筱川同志任县长。县委成立后，即公开提出把伪化区（当时称为同情区）转变为抗日根据地的任务，发动组织群众，扩大抗日武装力量，建立区乡抗日民主政权，积极开展对敌斗争，取缔伪组织，废除伪捐税，收缴伪自卫团的武器。7月底，我便衣侦察员在铁牌店、杨兽坝各抓获一名出来赶集闲逛的日军，我们的工作引起了敌人的重视。

8月上旬，驻大仪集的日、伪军约200人，偷袭我县委驻地，由于军我事先转移，敌人扑空，我军集中一个多连的兵力，在敌人撤回的路上伏击敌人，激战3个多小时，毙伤敌人60余人。接着甘泉山日伪军200余人，出扰古井寺、铁牌店，我军将敌击退，毙伤敌人30余人。战斗的胜利，鼓舞了军民，推动了各项工作的开展，也震撼了敌人。8月下旬，驻扬州的伪二十四师派出一个多团的兵力，进占黄珏桥、公道桥、杨兽坝等地，到处抢掠抓人，群众恐慌，地主士绅动摇，情况一时显得很紧张。在这种情况下，不给敌人以有力的打击，是无法稳定和发展形势的。于是县委发动和组织群众，积极地和敌人进行斗争，同时寻找敌人弱点，争取歼敌一部。黄珏桥在二十四师腹心地区，当时了解到敌人仅有一个连驻守，10月初，我军集中两个多连的兵力，经过80里的急行军，奔袭黄珏桥，将敌歼灭，俘70余人。战斗胜利后，部队又协同刚组建起来的区、乡武装，不断地袭扰公道桥、杨兽坝的敌人，断敌交通运输，阻敌出扰，在我军围困和打击下，该两处敌人，被迫于10月下旬撤回扬州。接着仪征日伪军两三百人，出扰龙河集，又被我击退，毙伤敌 30 余人，夺回被敌抢走的粮食和群众的财物。打退伪第二十四师和仪征敌人的进攻后，群情振奋，我军乃利用有利时机，放手发展自己。

到 1944 年春，除动员 600 名青年参军补充主力外，甘泉支队发展到 1500 余人，建立起 10 个区、40 多个乡的抗日民主政权，发展党员 200 余人，农抗会员 1.4 万多人，组织民兵 3000 余人，实现了把伪化区变根据地的计划。

淮北军民骨肉情深[*]

刘瑞龙

1938 年 10 月，彭雪枫同志率领的部队，与吴芝圃同志领导的豫东抗日游击第二支队，萧望东同志率领的新四军先遣大队，在河南西华的杜岗会师，整编为新四军游击支队。各个连队建立了党支部，加强了政治思想工作。全体指战员进一步树立了人民军队的观念。部队经过短期整训，向豫皖苏敌后挺进。

当时，淮北豫皖苏边，国民党部队已经撤走，地方官吏也已弃城西逃，大片国土，陷入敌手。日军汉奸烧杀淫掠，广大群众苦不堪言。新四军游击支队积极展开，拔除敌伪据点，摧毁"良民区"，把人民救出水火深渊，受尽苦难的群众，莫不感激拥戴。这一年，因为日伪糟蹋，兵灾战乱，农业歉收。1939 年的春天，发生了严重的灾荒。粮食缺乏，

---

* 本文原标题为《军民骨肉情》，收录时做了适当修改。

* 本文原标题为《军民骨肉情》，收录时做了适当修改。

人民生活无着，部队供应也很困难。战士们每天只能吃一些发霉的红薯、谷糠窝头、盐拌辣椒、清水稀汤。几个月不发津贴，同志们缺鞋少袜。人民的军队，发扬了艰苦奋斗的精神，情愿忍受饥饿，也不多征民粮，情愿挨冻受寒，也不向老百姓派款。后来军需处的金库里，只剩下了五块钱，部队连最低的生活保障也难以维持了。司令员彭雪枫在干部会上号召大家，要发扬"先天下之忧而忧，后天下之乐而乐"的精神，以"富贵不能淫，贫贱不能移，威武不能屈"的气概，枵腹从公，坚持敌后抗战。他决定卖掉一些军马，作为战士每天的菜金，绝不再增加群众的负担。一次，二团进抵萧县、永城边境的石弓山。这里的村庄，经日伪抢掠，已家徒四壁，十室九空，老百姓无粮下肚，饿得面黄肌瘦。军需们费了很大力气，才弄到一点杂粮。团长滕海清听说后，命军需立即把粮食退还，并向群众赔不是。团政委谭友林召集各连指导员说："我们是共产党领导的队伍，是为劳苦大众战斗的。我们宁愿吃草，也不能同灾民争粮！"各个连队，党员带头，上树捋榆叶、摘柳絮，一天每人只喝点稀汤。

部队对人民的一片真心，深深感动了人民。我军声誉，名传远近，在广大的豫皖苏边，人们称赞新四军为"天下文明第一军"。许许多多群众，生活再苦，也想方设法，支援自己的军队。在永城、夏邑之间的崔楼、崔庄，群众眼见新四军忍饥挨饿，在前方浴血苦战，心里过意不去，想给部队送些粮食，又拿不出。两村的群众一起商议，把祖坟一棵

200 多年的老槐树刨了献给新四军。古槐送到部队，许多战士感动得流下了眼泪。司令员彭雪枫、政治部主任萧望东亲自写信，答谢了群众对新四军的一片热忱。当时许多群众舍不得吃，舍不得穿，甘心情愿把自己省下的一点点积蓄送给新四军，帮助部队渡过困难。永城县裴桥王大娘，把多年攒下来的 15 块钱，送到部队伙房，嘱咐战士们吃饱打鬼子。支队出版的《拂晓报》刊载了这一事迹，王大娘爱国爱军的行为，受到豫皖苏军民的尊重。

新四军游击支队坚决执行党中央、毛主席关于独立自主地发展敌后游击战争，创建抗日民主根据地的指示，在艰苦的斗争中得到群众的拥护和支持，仅仅一年多的时间，就打开了豫皖苏敌后抗战的局面，部队迅速扩大到 1.9 万多人，并改称新四军第六支队。1940 年八路军一部南下，与六支队合编为八路军第四纵队，皖南事变后改编为新四军第四师。1941 年 2 月，顽军奉蒋介石之命，以七倍于我军的兵力，向豫皖苏根据地发起了猖狂进攻。豫皖苏军民，团结一致，按照党中央、毛主席和新四军军部的指示，与顽军进行了三个月艰苦卓绝的斗争。后为顾全抗日大局，忍痛撤出豫皖苏，转移到淮北津浦路东地区。这时党中央决定，调新四军政治部主任邓子恢同志任四师政治委员兼中共淮北苏皖区区党委书记，四师在彭雪枫、邓子恢和区党委各负责同志领导下，有计划、有步骤地展开了淮北苏皖边区的建设。

新四军第四师在淮北平原上，机动灵活，英勇作战，保卫了根据地人民的生命财产，为根据地进行各方面的建设提供了条件。1940年春日伪军对萧宿永地区的"扫荡"，是年秋对板桥、涡蒙地区的"扫荡"，1942年对淮北路东的大"扫荡"，都被英雄的四师部队所粉碎。1941年由陈毅军长指挥的程道口战役，打破了顽军对淮北的第一次东西夹击。1943年由四师组织的山子头战役，活捉反共的江苏省主席韩德勤，彻底粉碎了顽固派的东西夹击。军事上的胜利，巩固扩大了根据地，保障了人民免受日伪顽的蹂躏。部队这些丰功伟绩，人民是永铭于心的。

淮北部队重视抗日民族统一战线工作。彭雪枫同志经常亲自登门拜访爱国民主人士，或抻纸染毫，写信向他们分析时局，为建立淮北抗日统一战线，做了许多努力。在蒋介石发动的第一次反共高潮期间，国民党安徽省政府迫害爱国进步人士，封闭主张团结抗战的《大别山日报》。该报社社长张百川先生和教育家任崇高先生长途跋涉，通过重重关卡，来到豫皖苏根据地。彭雪枫同志亲自热诚接待，欢迎他们参加敌后抗战。此后，皖北爱国老人田丰先生访问新四军，彭雪枫同志亲自陪同到部队参观，向他介绍共产党的政治主张。田先生深受感动，不顾耄耋之年，参加了根据地的工作。1941年初，反共军向豫皖苏发起进攻的时候，彭雪枫同志向当时在豫皖苏根据地的中国国民党革命行动委员会长江支部负责人钮玉书先生，剀切诚挚地说明了顽固派发起的反共摩擦对抗战造成的严重危险。钮先生主持正义，以长江支部的名义，发表了对时局的紧急宣言，呼吁团结，反对内战。

新四军第四师在根据地建设中，发挥人民军队的优良传统，利用作战空隙，竭尽全力为人民做好事。每年春天，抽出大批骡马帮群众春耕。麦子黄熟，帮助农民收麦打场。冬季协助地方训练民兵，举办冬学。他们处处关心民情，把群众的事当作自己的事，积极想方设法，解除人民的痛苦。1939年秋，部队驻安徽涡阳新兴集，当地地势低洼，十年九涝。群众原想挖沟排水，遇到下游人民的反对，为此引起纠纷，连年械斗。彭雪枫同志派人劝上下游群众和解，军民合作，挖了一条几十里的大渠，水患既除，年年丰收。群众为纪念新四军与人民的新关系，把它定名为"新新沟"。1943年，部队驻洪泽湖边，滨湖各县有许多河道，夏秋之间，河水泛滥，淹没农田，秋禾歉收，群众深以为苦。淮北行政公署发放贷款，淮北八县人民展开了水利建设。各地驻军立即抽调人力，冒着炎炎烈日，开入工地，帮群众挖河修堤。整整三个月，军民一起，共整修河道106条（段），使2.5万顷农田免除了涝灾。这一年，淮水猛涨，8月18日，泗南县大柳巷淮河大堤决口，情况紧急。这时彭雪枫同志正在此主持卫生工作会议，闻讯当即率领会议代表奔向大堤抢险，他跳入水中，组织人墙，指挥民工，紧张工作10余个小时，堵住决口，保护了数万人的生命财产安全。1944年彭雪枫同志殉国以后，人们为纪念他一生爱民的品德，把这段淮河大堤，命名为"雪枫堤"。新四军和老百姓的这种手足深情，表现了人民军队的本色。他们对人民的疾苦，随时随地尽心尽力，给予帮助。1944 年 7 月，滨湖地区发生蝗灾。大批蝗虫，铺天盖地，吞噬庄稼，毁坏农田。泗南、泗阳、洪泽各县，普告蝗警。区党委发出紧急指示，动员群众起来，扑灭蝗灾。当地驻军，急民所急，与群众一起组织打蝗队，迅速消灭了蝗灾，保护了庄稼。

淮北新四军，从 1942 年起，根据党中央制定的方针，一面打仗，一面生产。中共淮北区党委决定，主力部队每人每年要生产半石粮、百斤菜，地方部队做到每年自给粮食 3 个月、食油 1 个月。各个部队热烈响应党的号召，开荒种地，下湖割苇，开辟菜园，养猪养鸭。到 1944 年，师特务团生产的粮食基本自给，抗大四分校的蔬菜吃不完，供给部养猪除自用外还可供应市场，骑兵团在洪泽湖放养了 3000 多只鸭子，时常能吃到鸭蛋。部队生产成绩很大，改善了战士生活，减轻了人民负担。

新四军的这种爱惜民力、体恤群众困难的精神，感动了根据地的人民，他们决心抓紧生产，保证供给，支援新四军，坚持敌后抗战。1943 年根据党中央、毛主席的号召，淮北苏皖边区掀起了轰轰烈烈的大生产运动，各地组织了许多互助组、合作社、合犋组、换工队。1943 年，据泗宿、淮泗、盱凤嘉三县的统计，组织起来的全劳动力已有 40395 人，畜力 3322 头，互助合作耕地 28422 亩。互助合作运动，提高了农业生产力，增加了收成，改善了人民生活。每年夏秋两季，群众欢欣鼓舞，踊跃缴纳公粮，千挑万担，迅速入仓。根据"先部队，后地方，先前线，后后方"的原则，保证了部队粮食供应。在那艰苦的年代，淮北人民为支援自己的军队，尽了最大的力量。无论有多大的困难，他们都不声不响地担当在自己肩上。1943年日军对淮北大"扫荡"被粉碎以后，又与顽军默契配合，加紧了对根据地的封锁。棉布价格猛涨，军需民用都受到影响。6月，中共淮北区党委发出《关于开展纺织运动的决定》，号召边区人民，自力更生，努力生产。淮北地方银号拨出边币40万元，发放纺织贷款。一个群众性的纺织运动，蓬勃展开。泗宿、淮泗等县一些村镇，不分昼夜，户户织布，家家纺纱。至1944年，全边区已有纺车1.5万辆，织布机900架，生产的棉布，基本上保证了军民需要，粉碎了敌伪顽的经济封锁。淮北的大生产运动，从1943年起直到抗战胜利，持续了三年之久。忠厚朴实的淮北人民，坚忍不拔，吃苦耐劳，用自己的汗水养育了人民的军队，尽最大努力支持了抗日战争。

在根据地建设中，中共淮北区党委在邓子恢同志的领导下，紧紧抓住一个中心环节，放手发动群众，实行减租减息。淮北部队抽出大批干部，组织民运工作团、队，协助地方工作。从1941年到1944年，全区减租范围从98个乡，发展到899个乡，减租11.21万石，改善了人民生活，振奋了群众抗日和发展生产的热情。在减租减息运动中，大批先进分子被吸收入党，群众普遍组织起来。1944 年底，全区工、农、青、妇抗日救国会员，已发展到 100 多万人。树立了基本群众的政治优势，巩固了敌后抗日民主根据地，为组织群众大规模的参军运动，扩大抗日武装，打下了坚实基础。

淮北苏皖边区，每年秋冬都组织一次全区规模的参军运动。在参军中，各地严格执行"三不四要"政策，把最好的青年，送到自己的部队去。"三不"是不强迫，不收买，不欺骗。"四要"是成分要好，年纪要轻，身体要强，来历要明。每次参军运动，区党委都要求保证质量，新兵中的党员占 20%。运动开始，村村发动，全民动员，参军热潮遍及淮北。新兵入伍的时候，淮北农村，一片欢腾，召开欢送大会，给参军青年胸前戴上大红花；家属上台讲话，勉励子弟，勇敢杀敌；会后男女老少列队大路两旁齐呼欢送口号，锣鼓喧天，鞭炮齐鸣，新战士骑上高头大马，区长、乡长亲自牵缰，把新兵隆重送进自己的部队。1944 年淮北路东地区一次参军运动，就有 1 万多人参军，组建了 10 个独立团。1945 年路西地区，建立了 8 个县总队（团）。人民的踊跃参军，壮大了自己的队伍，增强了敌后抗战力量。

军队力量的根源，存在于群众之中。当时中共淮北区党委和新四军第四师兼淮北军区，十分重视民兵建设。1943年和1944年曾两次召开边区民兵工作会议，总结工作经验，表彰民兵英雄。截至 1944 年，淮北路东已有 10 万强大民兵，路西地区也组建民兵 3 万余人。每次敌人"扫荡"，淮北的主力部队、地方部队、广大民兵一齐出动，让敌人陷入人民战争的汪洋大海，仗打得有声有色。平时，淮北民兵活跃在徐州、蚌埠外围，津浦铁路两侧，来去无踪，神出鬼没，显示了民兵的强大威力。1944 年 9 月，4 架日军飞机被盟国空军击伤 1 架，在宿东小韩家村外迫降。宿东民兵立即出动，冒着被其余 3 架飞机扫射的危险，强行夺取伤机。机上 7 个机组人员不敢应战，由 3 架飞机掩护向津浦线逃跑。民兵夺得伤机，缴获 4 门机关炮。任桥车站的日伪军闻讯扑来，英雄的宿东民兵，击退敌人，焚毁伤机，胜利归来，受到淮北军区的通令嘉奖。淮北民兵，打击敌伪，保护人民，曾进行过许多英勇壮烈、气吞山河的战斗。1943 年 10 月，徐州东南黄集的伪军 100 多人，到根据地铜山县的王楼抢掠。区长兼区队队长因事不在，其父与村里另一姓王的老人，均已 60 岁高龄，毅然带领子弟兵，抗击来犯之敌。战斗十分激烈，两位老人英勇牺牲，6 名民兵战死，民兵们志如钢铁，坚如磐石，大量杀伤敌人，将敌击溃。淮北军民共同坚持敌后抗战，用鲜血结下了深厚的战斗情谊。

在淮北抗日民主根据地，部队经常教育全体指战员，要拥政爱民，地方上也经常进行拥军优抗（抗日军人家属）活动。1944 年 1 月，在全区拥政爱民、拥军优抗运动月中，新四军第四师制定了八条拥政爱民公约，规定各部队应把拥政爱民作为一项长远的政治任务，努力完成。要经常帮助地方工作，尊重各地抗日民主政府，模范地执行政府的政策、法令，倾听政府和群众的意见，尊重群众风俗习惯，爱惜民力，与群众亲切相处等。彭雪枫师长总结了几年来的拥政爱民工作，提出人民的战士要"对敌人如猛虎，对群众如绵羊"，军队应该是"政府的卫队和老百姓的护兵"。当时他作了一副对联，要求各部队写下来贴在俱乐部的墙上，时刻牢记，切实执行。这副对联是："政府卫队，保卫政府，乃是义务；人民护兵，爱护人民，原为本分"，横批"拥政爱民"。在军队进行拥政爱民的同时，地方上也热烈地展开了拥军优抗运动。为便利部队作战，成千上万的群众动员起来，参加拆桥破路，把平原上的条条大路，挖成交通沟，密如蛛网，绵延数百里，我军到处可以利用战壕打击敌人，敌人的机械化部队则寸步难行。部队作战，农救、青救会会员当向导，运伤员；儿童团站岗放哨，查路条；妇救会会员到医院洗血衣。军队打了胜仗，敲锣打鼓，进行慰问；部队休整，妇救会的同志，给战士缝补军衣，拆洗棉被。人民对自己的军队，情同骨肉，亲如一家。平时，他们给抗日军人家属代耕代种，乃至修房垒圈，扫地挑水，无不尽力照顾。每年端阳、中秋，干部登门慰问。春节，村里的花灯、旱船，先给抗属演出拜年。抗日军人家属，受到优待、尊重，前方战士解除了后顾之忧，个个龙腾虎跃，英勇杀敌。通过拥政爱民、拥军优抗运动，提高了部队的政治素质和人民群众的觉悟，军政、军民关系，更加亲密无间。

八年战争，八年苦斗，淮北军民，骨肉情深。在战火纷飞的年代，他们怀着共同的理想，为打倒日本帝国主义，建立一个独立富强的新中国，相互尊重，相互支持，亲密合作，殚精竭虑，历经千难万苦，取得了抗日战争的胜利。这一时期淮北军民团结战斗的事迹，已载入淮北人民革命斗争的史册。

皖南敌后抗日根据地[*]

孙宗溶　张伟烈　杨　明　.

皖南敌后抗日根据地，包括沿江 13 个县境的广大地区，其战略地位十分重要。它不仅控制着日军的水陆交通要道，直接威胁、袭扰和打击驻南京、芜湖、安庆等日军，而且还牵制着驻苏、浙、赣地区的敌人大量兵力，有力地配合了皖中、苏南根据地和正面战场的对敌斗争，为争取抗日战争的最后胜利做出了重要的贡献。

1938 年春天，新四军军部及所属一、二、三支队先后进驻皖南歙县岩寺一带。6 月，一、二支队在陈毅、张鼎丞同志率领下先后东进苏南敌后，三支队由谭震林同志率领，进驻宣（城）南（陵）一线。8 月初，新四军军部进驻泾县云岭一带。12 月，三支队移驻铜（陵）繁（昌）前线。这样，泾县、南陵、铜陵、繁昌等地便成了新四军三支队的活

---

* 本文原标题为《皖南敌后抗日根据地的建立与发展》，收录时做了适当修改。

238

动区域。新四军在皖南的三年间，于敌前、敌后英勇顽强地抗击侵略者，取得了许多战斗的胜利。如夜袭芜湖市近郊官陡门、数次繁昌保卫战、南陵县马园大捷、叶挺军长亲自指挥的泾县汀潭战斗等，都曾给敌人以重创。新四军在皖南期间，还配合中共中央东南局和中共皖南特委，积极宣传我党抗日民族统一战线政策，同时，在敌后和接近前线的广大地区，建立党的各级基层组织，发展抗日武装，成立各种抗敌协会（如农抗、工抗、青抗、妇抗等），广泛地发动了群众，扩大了共产党和新四军在人民中的影响。

1941年1月，震惊中外的皖南事变发生，我新四军遭受了严重的损失。但是，经受了严峻锻炼和考验的皖南党组织还存在，受过长期革命教育和影响的人民群众还存在，革命之火是扑不灭的。

皖南事变前后，日军的攻击目标已有了明显的改变：由重点对付国民党改变为重点对付共产党。侵华日军将其70%的兵力以及伪军的全部兵力，对付我八路军、新四军。他们连续发动大规模的"清剿"和"扫荡"，企图摧毁我方抗日武装和根据地。当时在皖南沿江一线的侵华日军，有第十五师团、第十七师团的一部和第一一六师团共3万余人。国民党三战区7个师8万余人，继血腥制造皖南事变之后，在茂林地区又封山搜山达半年之久；接着又不断向我皖南地区进行疯狂的"围剿"和搜查，破坏我革命组织，捕杀进步人士，强迫群众自首，鼓动地主恶霸向农民反攻倒算。这一时期，日、伪、顽加紧勾结，联合反共，真是"黑云压城城欲摧"，整个皖南，特别是沿江地区，一片白色恐怖。我地下党在皖南的斗争，进入了极端困难和最为艰险的时期。

1941年，上级派彭嘉珠、杨采衡、袁大鹏、刘全、何志远、梁金华率部队分批来皖南，同皖南游击队共同打击日伪军，扩大了新四军的影响，鼓舞了群众抗日反顽斗志。1942年底，随着铜、繁等地各级政权机构的纷纷建立，一个东起芜湖，西至大通，北靠长江，南抵南陵、青阳一线的以铜繁为中心的皖南敌后抗日根据地已初具规模。

1943年3月，根据中共中央"精兵简政"和实行党的一元化领导的指示，中共皖中区委改为中共皖江区委，区党委书记曾希圣（当时化名曾勉）兼第七师政委，区党委下辖沿江、皖南、含和三个地委。皖南地委机关仍在江北无为白茆洲。地委书记开始为黄火星，副书记黄耀南。6月，黄火星奉命调师部，由黄耀南接任皖南地委书记，孙宗溶任组织部部长，张伟烈任宣传部部长，梁金华任军事部部长，谭伟任秘书长。当时，皖南地委领导下的中部地区（除无东、无南外）的党组织，已有党员近5000人，其中铜陵为1400余人，繁昌为1100余人，南芜宣为800余人。

铜陵地区的地方武装，经过曲折和反复，在艰苦的斗争中得到了发展和壮大。他们在配合主力部队开展对敌、反顽斗争的同时，以武装保卫党的组织、保卫政权、保护群众，并不断向正规军输送兵力，成了巩固和发展敌后抗日根据地的一支十分重要的骨干力量。

铜陵地方武装的发展，不是一帆风顺的。1943年夏，皖江参议员崔光汉公开叛变投敌，他在出卖了临江办事处副主任陈益卿同志之后，又加紧与国民党特务童兆鹏、汉奸陈孝顺、王成斋等人勾结，捕杀我党员干部，袭击我游击队伍，一时使铜陵的形势逆转。铜陵大队在范家湾战斗中严重失利，大队长巫希权、副大队长叶为祜、铜繁行政办事处副主任陈已新、区委书记罗建新、税务局长陈孝楷等28位同志在突围过河时不幸牺牲。但一年多后，铜陵大队又在极其艰苦的斗争环境中顽强地发展到七八百人。到了1944年，铜陵地区的武装斗争非常活跃，并取得了多次战斗的胜利。如这年夏天，我临江团、铜陵大队等部，在九郎乡民兵（100多人，多系土枪、木炮、手榴弹等自制武器）的密切配合下，在六里丁前哨阵地牛山消灭了伪军1个排，占领了六里丁据点。其余敌人溃退到何家湾，我军乘胜追击，在其还未喘过气来的时候，又歼伪军1个整连，打死敌人50多名，俘敌100余人，缴获轻机枪1挺、步枪100余支，子弹几千发。9月间，铜陵县抗日民主政府成立，张世杰任县长。这是皖南中部地区县级抗日民主政权。1944年11月间，铜陵大队吸收了青阳、南陵的部分地方武装，扩编为铜青南总队。总队部驻雷家湖。总队长由张世杰兼任，政委由杨明兼任。

繁昌地区的地方武装，也是在极其艰苦的环境下发展起来的。1943 年 3 月，为适应斗争的需要，撤销繁昌敌后县委和繁昌敌前工委，建立了繁昌县委，陈云飞、张世杰先后担任书记，王敬之、肖陈人先后担任副书记，不久即组建了繁昌大队。

这年夏天，繁昌大队得悉有一股"反共自卫团"要路过矶头山，便立即派 40 名精干武装在矶头山周围设伏。当伪军进入包围圈后，我军一声令下，顿时枪炮四起，打得伪军晕头转向，半个小时的工夫，胜利结束战斗，活捉伪团团长钱才仪，缴获长短枪 20 余支，除个别逃跑外，该团全部被歼，而我军无一伤亡。1944 年 3 月，繁昌大队组织了一支 60 多人的精干武装，由大队长陈木寿和指导员董南才等带领，在南繁芜地区进行了一次长距离的反顽奔袭战。他们从湖阳冲出发，首先打掉桂镇乡公所，全歼该乡土顽武装；次日打进平沟铺，俘敌 10 余人，缴枪 20 余支，该地土顽也均被我军全歼。接着，他们在马仁渡打跑了正在抓壮丁的顽军，释放了 200 多名壮丁。第五天到麻浦圩，又消灭了国民党特务武装 10 余人，缴获长短枪 10 余支，最后过漳河回到了保大坪。他们 5 天行程 350 余里，跨越 5 个县境，打了 7 次仗，缴获长短枪 60 余支，自己却无一伤亡。1944 年 9 月，以繁昌大队和警卫大队为基础，扩建了南繁芜游击总队，赖正刚任总队长，陈云飞任政委。

南（陵）芜（湖）地区在皖南事变前后，成立了南芜宣中心县委。1942 年冬，皖南特委将繁昌保大圩划出与南芜宣地区合并，成立了繁芜工委，金厚初任工委书记。这期间因金厚初被捕，繁芜工委一度撤销。不久金厚初被释放，皖南特委便将繁芜工委改为南芜宣县委，金厚初为县委书记。后来南芜宣县委改为南芜工委（书记王文石，副书记金厚初）。南芜地区的武装斗争开展较晚，而且发展曲折。1943 年在繁昌大队做跳跃式活动的时候，南芜地区曾有过一些小的武装活动。但由于当时没有武器，游击队建立不起来。1944 年初，皖南地委为了实现繁昌、南芜地区的连片，遂派王文石、金厚初分别率领武装小分队东进南芜地区的林都圩、棣南圩、十边圩一带进行活动。在皖南支队的帮助和支持下，依靠原有的工作基础，建立了南芜游击队。太丰圩战斗的胜利，使南芜游击队得到了较快的发展。俞家埠、新屋基战斗大捷，南芜游击队一下发展到近 200 人。同年 6 月，皖南支队把南芜游击队编为繁昌大队第四连，给南芜地区仅留下了两支长枪。后来，南芜工委又凭这两支长枪重建了南芜游击队。他们在极其艰苦的环境中顽强地坚持斗争。

1943 年春，宣城地区还只有一支 10 余人枪的小武装。这年年底，随着队伍的壮大成立了宣城游击大队，段广高、向阳任正、副大队长，宣城县委书记陈洪、副书记彭海涛兼正、副政委下设 3 个区队。到 1944 年底，宣城地方武装已发展到近 400 人，拥有 300 多支长短枪。这支地方武装，多次与皖南支队配合作战，为建立和发展宣城敌后抗日根据地做出了重要的贡献。

1943 年上半年，沿江地委（原在江北的桐城、庐江、潜山等地活动）副书记黄先率一部分部队和干部渡江南下，开辟皖南的西部地区。他们先抵贵东，逐步向贵西、东流、至德地区发展，并建立了沿江中心县委，由黄先兼任书记。在沿江中心县委的领导下，先后建立了贵东工委（不久改称贵东县委，后又更名为桐贵县委，由吴文瑞担任书记）、东（流）彭（泽）工委（后改名彭东至工委，孙纪正担任书记，齐平任副书记）、贵西临时工委（不久即改贵西工委，后又改为贵桐县委，马守一任书记，陈定一任副书记）。皖南西部地区虽然开辟较晚，但党的建设工作发展比较迅速，至1944 年底，贵东、贵西县、区委均已比较健全，多数乡建立了支部，党的组织遍及各个地区和各个领域。

当时，活动于贵池、东至一带的武装力量，有第七师沿江支队的沿江团。团长由副支队长傅绍甫兼任，政委由支队副政委黄先兼任。沿江团下辖 3 个营和 1 个手枪连，共千余人。他们在贵池、东至地区的两年多时间里，为开辟皖南西部敌后根据地，帮助地方党委搞好党、政、军建设，打通七师和五师的联系等，做出了极其重要的贡献。这期间，他们打了不少胜仗，其中一次较有影响的战斗是高髻岭遭遇战。1944 年夏末，我沿江团三营八连约 2 个排的兵力，在高髻岭与日军一个小分队遭遇。我军立即组织战斗，当场击毙该队队长和 10 多名日军，余者鼠窜溃逃，我军缴获轻机枪 1 挺、步枪 6 支、手枪 1 支、望远镜 1 架。战斗打得干净利落，我军无一伤亡，受到七师首长的传令嘉奖。

此外，西部地区的抗日武装还有桐贵青游击大队（大队长张开如，政委由吴文瑞兼任），贵桐游击大队（大队长黄绍成，政委马守一兼），在东至地区还有三支游击队。这几支地方武装，虽然人数不算太多，但却精干、善战。他们配合主力部队，在建立江西彭泽至安徽东至、贵池的沿江走廊上，在开辟东流、至德敌后根据地等方面，起到了很大的作用。

皖南的郎溪、广德和宣（城）当（涂）高（淳）地区，日军占领较早。我军在皖南事变前就已有游击队在这一带开展了武装斗争，随着武装斗争的开展，党的各级领导机构也陆续建立起来。1943年1月，中共京（南京）芜（湖）中心县委成立（同年9月改为路西特委，又称溧高地委），书记丁麟章、副书记李广，领导当涂、横山、溧水、溧阳、高淳5个县的工作。郎广地区除原有的郎广中心县委外，1944年1月，郎溪、广德两县又同时成立县委，周嘉琳（后张思齐）任郎溪县委书记，石坚（后李坚真）任广德县委书记。这个阶段政权建设也相应发展，成立了宣当行政办事处，横山、郎溪、广德等几个县的抗日民主政府也先后成立，区、乡政权机构遍及全县各地。

1944年12月间，皖南地委机关由无为白茆洲渡江南迁至铜陵的钟鸣乡泉水坑一带，直接领导皖南地区的抗日斗争。

1945 年 2 月，驻皖南的日、伪、顽军，互相勾结，密谋策划，调遣了万余兵力，向我皖南敌后根据地之中心——铜繁地区，发动了一场号称"八十里"的大"清剿"，妄图一口吞掉皖南支队和地方武装。日军由铜陵方向出动，伪张昌德部自南陵倾巢而出，顽军"挺一"、"挺二"、一二九师、五十二师和地方"国民兵团"等共计 1 万余人，向我皖南敌后根据地之中心地带，发起了猖狂的进攻。在南面，国民党一二九师等 4 个团，勾结铜陵地区的日伪军，向我皖南支队、临江团的驻地泉水坑、舒家店、水龙山一带进攻。我临江团在水龙山一线与敌激战三个昼夜，直至肉搏拼杀。顽军不支，惶惶溃退。我军当即反击，一直打到丫山何家湾、六里汀一带，歼顽一个连。在东面，伪独立方面军 2 个团的兵力，向我孙村、赤滩、黄浒一带进攻。我警卫大队在赤滩、高桥一线迎敌，毙伤敌 40 余人，缴获机枪 1 挺、步枪 10 余支。我繁昌大队先是配合临江团反击，后又转移到孙村一带，拦击伪独立方面军溃退之敌，缴获机枪 1 挺、步枪数十支。与此同时，我武装小分队和民兵，在板山岭、东岛李、平沟铺等敌之后方，攻击敌之据点，扰乱敌之"清剿"，使其首尾不得相顾。这次日、伪、顽精心策划的大"清剿"，经过一个多星期的较量，终以我军之胜利和敌军之失败而告终。

　　这个阶段皖南敌后各区县进一步健全了党的组织，迅速壮大了党员队伍。整个皖南沿江地区（不包括江北）党的组织已建有 10 个县委、4 个工委、50 多个区委，计有党员 7500 余人。

北撤之前，我皖南沿江地区的武装力量继续壮大，武装斗争也由一开始的防御转为积极反攻。皖南支队不断扩编，原临江团改为皖南支队第一团，团的领导不变；繁昌大队、铜青南大队合编为皖南支队第二团，团长赖正刚，政委敖德胜。至此，皖南支队已发展到 7000 余人。活跃于皖南敌后西部地区的沿江支队沿江团，1945 年 6 月已发展到 2500 余人。

与此同时，皖南沿江地区的地方武装得到了迅速壮大，区、乡民兵队伍发展更快。先就皖南敌后的中部地区来说，铜青南、南繁芜两个游击总队，在源源不断地向正规军输送兵力的同时，也从区、乡民兵中吸收力量，扩充兵源，不断壮大自己的队伍。南芜地区的武装斗争虽然开展较晚，但发展较快，1945 年春只有 20 多人，到是年 7 月，南芜游击总队（谭伟任总队长，孙宗溶兼政委）宣告成立时，已拥有 500 余人枪。宣城游击队，到日本投降前，已发展到 500 多人，拥有长短枪 400 多支、机枪 4 挺、掷弹筒数具。该队从创建到北撤，先后进行了大小战斗 80 多次，消灭敌军数百人。随着武装斗争的发展，武装斗争地区扩大到芜湖全境、南陵东部、宣城等地，与苏南连成了一片。8 月间，南芜总队和苏浙军区第九支队胜利会师。

在皖南敌后西部地区，1945 年上半年，地处贵东的铜青贵游击大队，已发展到 500 余人，400 多条枪，还拥有 1 门小钢炮和 3 挺轻机枪，弹药配备也比较充足。与此同时，地处贵西的贵桐游击大队，也已组建了 3 个中队、21 个班，将近 300 人、200 多支枪。

在皖南敌后东部地区，三次反顽战役的重大胜利，有力地促进了郎广地区地方武装的发展。1945 年 8 月，广德县成立了独立团，团长王彪，政委由赵荫华兼任，全团设有 10 个连，近千名战士。此时，郎溪县自卫独立团也宣告成立，团长由王治平兼任，政委由张思奇兼任；全团设有 8 个连，有战士 800 余人。在当涂方面，北撤前横山县中队扩编为警卫团，团长李钊，政委吕振球，全团已有 1800 多名战士，拥有 1000 多支枪。大官圩地区的宣当自卫总队，这时也扩编为警卫团，团长朱昌鲁。此时，当南、当北已连成一片，互相配合，协同作战，控制了铁路沿线，包围了当涂、马鞍山的几个较大的敌人据点。九十月间，这两个团均随大军北撤。

至此，我军皖南沿江地区的地方武装已发展到 8000 余人，区、乡武装和民兵队伍已发展到近 10 万人。北撤时，地方武装基本上都被编入正规部队，继而随军北上。

皖南敌后抗日根据地的建立和发展，经历了艰苦卓绝的斗争，胜利来之不易。

深情怀念罗炳辉同志

方　毅

我与炳辉同志相识较早，1937 年他在武汉八路军办事处工作时就知道他了。他在武汉的时间虽然不长，却做了许多团结抗日的工作。特别在滇军中，他的影响极深，播下了抗日的火种。

1938 年冬，炳辉同志由武汉来到安徽南部的新四军军部，被任命为一支队副司令员（陈毅同志任一支队司令员）。1939 年 7 月五支队成立，炳辉同志被任命为五支队司令员。这时我也调到五支队任政治部主任。从此，抗战八年，我们并肩战斗，患难与共，建立了深厚的革命情谊，直到 1945 年 10 月他奉命北上山东，我们才分开。记得在他临上山东之前，我们促膝交谈一直到深夜。我见他为革命日夜操劳，积劳成疾，劝他注意爱惜自己的身体，但他对未来充满了胜利的信心和乐观精神，却一再叮嘱我要多加保重。不幸，这一夜长谈竟成了永诀。他到山东不久便传来了不幸逝世的噩耗，使我闻不忍闻，二师的战士和淮南的老百姓无不为此痛哭流涕。

全国抗战八年，中国人民付出了巨大的牺牲，经受了严峻的考验和锻炼，终于在中国共产党和毛主席的领导下取得了抗日战争的胜利。我们的党不愧为伟大的党，我们的民族不愧为伟大的民族，罗炳辉同志正是我们伟大民族的一位佼佼者。他生前曾奋笔写道："人生最快慰的是真正勇敢地牺牲个人一切利益，最热诚努力地为民族独立自由解放而奋斗。"他用他毕生的努力，直至生命的最后一息，仍为中国革命和中华民族的解放效命疆场，马革裹尸，实践了他生前的誓言，因此炳辉同志光辉的一生是与中国人民的解放事业紧紧连在一起的。

七七事变以后，为驱逐日本侵略者，迅速打开抗日战争局面，我八路军、新四军、华南抗日游击纵队与人民一起，经过浴血奋斗建立起华北、华中、华南三大敌后战场。华中战场包括10个解放区，其中淮南就是炳辉同志领导下的五支队与四支队所开辟。

为执行党中央发展华中的东进方针，肃清王明错误对部队的影响，1939年5月，叶挺军长由炳辉等同志陪同亲临江北，组织了江北指挥部。为了尽快实行东进方针，部队进行了整编，以四支队八团为基础扩编为五支队（于7月1日在路西的定远县成立），下辖八、十、十五团，当时炳辉同志被任命为五支队司令员。五支队的成立是在排除了王明的

"一切通过统一战线，一切服从统一战线"的右倾机会主义错误的干扰由我党自己建制的（当时国民党只承认我一、二、三、四支队）。

五支队成立后，兵员充实，组织健全，内部团结。在炳辉同志的率领下立即执行了中央东进的方针，经支队党委决定，由我带一个加强营先到东路侦察。在执行任务前，炳辉同志特地将我找去，反复强调执行这次任务的重要性，并将他亲身实践的经验告诉我们，到敌后去如何开展工作。为了让我们及时同支队取得联系，炳辉同志决定让我们带一部电台。

我率二营先行路东，活动在盱眙、来安、六合等地区。炳辉同志在听取我的侦察工作汇报后，也于8月率八、十五团和支队部相继越过敌人封锁线。到10月，十团也过来了。至此，五支队全部人马胜利地挺进路东。此后，我五支队以半塔为中心，八团三营在来安一带，一、二营在天长、扬州附近，十团在盱（眙）嘉（山）地区，十五团在竹镇一带，发动群众，开展了广泛的游击战争，初步打开了路东抗战局面。

1939年冬，国民党顽固派掀起了第一次反共高潮。在蒋介石的策划下，驻大别山区的国民党桂顽和苏北的韩顽调集兵力对我皖东地区进行东西夹击，严重威胁着我军的生存和发展。为粉碎顽军的进攻，坚持皖东敌后斗争，党中央及时做出了明确指示：应以淮南路为界，在此以西避免武装斗争，此线以东我应坚决控制，彻底肃清地方反动武装，广泛发动群众，建立政权。中原局根据中央的指示精神，立即向桂顽呼吁团结抗战。但桂顽对谈判提议竟置之不理，继续挟其优势兵力向我军进逼。中原局和江北指挥部决定，集中主力于津浦路西先反击对我军威胁最大的桂顽，以巩固路西阵地，再挥师东进，击破韩顽进攻。遵照决定，1940 年 3 月上旬，炳辉同志率五支队主力赴津浦路西，增援四支队反击桂顽进攻，只留下少数部队坚守路东，其中驻守半塔的支队机关、教导大队的兵力，还不到 500 人。当时军政治部副主任邓子恢同志已到了半塔，我与郭述申政委、周骏鸣副司令、张劲夫副主任等一起留守半塔。

此时，韩顽趁我路东空虚发起了对我五支队指挥机关所在地——半塔集为重点的全面进攻，我军奋起反击。这就是有名的半塔集保卫战，是五支队挺进路东后与国民党顽固派第一次规模较大的战斗。

战役分两个阶段，第一个阶段为防御阶段，第二个阶段为反攻阶段。第一阶段战役是 3 月 21 日拂晓打响，到 29 日我军开始反击，我军以不到 500 人的兵力固守半塔 7 个昼夜，在外围部队积极的支援配合下，击退了韩顽一一七师 3 个团多次的猛烈攻击，创造了以少胜多、以弱胜强的范例，为固守待援赢得了时间。虽然炳辉同志第一阶段战役中因增援路西，未亲临指挥战斗，但由于我五支队自挺进路东后，在他亲自领导和深入群众的工作中，取得了广大群众的信任、支持和拥护，争取了中间人士的同情，所以在战斗中得到人民群众广泛积极的支持。运送粮食，传递情报，抢修工事，送饭送水，护理伤员，特别是半塔地区的农民自卫队积极参战，起了重要作用。这是与炳辉同志平时卓有成效的群众工作分不开的。

路西反桂顽战斗胜利后，炳辉同志率主力兼程东返，于3月29日开始全面反攻，半塔保卫战进入了第二阶段。进攻我路东的10个团、万余人的韩德勤顽军发现叶飞率挺进纵队、陶勇、卢胜和梅嘉生率领的苏皖支队，配合罗司令所率五支队主力进行全面的反击，知其大事不妙，于是全线动摇，仓皇遁逃。在莲塘与岗村一线，我军与前来掩护韩顽逃跑的常备十旅激战，将其击溃。炳辉同志乘胜率军追击，沿途土顽全被消灭，顽政权一扫而光，一直把韩顽主力驱至三河以北。

半塔保卫战以后，淮南根据地完全按照抗日要求建立起自己的政权，为华中各根据地的建立起着先导作用。

皖东敌后抗日民主根据地的建立，引起日伪顽的震惊和恐惧，他们互相利用，狼狈勾结，对我根据地"扫荡"袭扰，企图扼杀新生的敌后根据地。1940年5月，日伪千余人侵占来安城，强拉民夫，修筑碉堡，妄图切断我路东、路西根据地的联系，继续"扫荡""蚕食"我根据地。为了保卫路东根据地，我军决定收复来安城。攻打来安城一共是三次，第三次兼用火攻消灭了日军百余人，伪军200余人，粉碎了日伪军的"扫荡"计划，至今淮南的群众中还流传着"罗司令三打来安城"的故事。

此后，五支队八团、十团，四支队七团在炳辉同志的率领下北渡三河，开辟了淮宝地区，扩大了敌后抗日根据地，为实行对西防御，向东发展创造了有利条件。

1940年10月蒋介石掀起了第二次反共高潮，1941年1月发生了震惊中外的皖南事变。为对付时局的突然变化，中共中央任命陈毅同志为代理军长，刘少奇同志为政治委员，重新组织军部，整编部队。全军扩编为7个正规师、1个独立旅，继续坚持抗战。

我二师部队由江北指挥部所属部队组成，炳辉同志被任命为副师长（师长由副军长张云逸同志兼任）。1942年，张云逸同志到军部工作，炳辉同志升任师长。二师下辖四旅（原第四支队）、五旅（原第五支队）和六旅（原江北游击纵队）。根据中原局和军部召开的高级干部会议决议，二师的任务是巩固津浦路东，坚持津浦路西，加强对西防御，随时准备迎击反共军的进攻。为对付日军的"扫荡"，部队实行主力、地方武装和民兵三结合，成立了淮南军区，下属两个分区（路东分区和路西分区），县以上政权实行了三三制，从地方到军队均实行军、政、民三结合一元化组织。这时炳辉同志是二师师长，我是地方行政公署主任。虽然工作分开了，但与他经常见面，每周一开会我们又相聚在一起。

从1943年到日本帝国主义投降的1945年秋，我路东根据地比较稳定，新四军军部已从盐阜区转移到路东盱眙县的黄花塘，主要打仗都在路西。其间，经历了赫郎庙战斗、五尖山战斗、占鸡岗战斗、黄疃庙战斗等，每次战斗都给来犯的桂系顽军予以重创，保卫了路西根据地，实现对西防御的任务。在路东，我军扩大了淮宝，发展了淮泗根据地；进剿了白马湖、宝应湖、洪泽湖地区的湖匪，肃清了残余地方反动势力；西渡洪泽湖，拔除了泗北伪据点，实现了向东发展的任务。同时，我军粉碎了日伪多次"扫荡"和"清剿"，胜利保卫了淮南根据地。在粉碎日伪"扫荡"战斗中，尤以1941年的金牛山战斗著称。这是炳辉同志初试他的"梅花点式"纠缠战术，打得日军晕头转向，战斗中我军毙伤日伪军500多人。此仗大振了我新四军抗日杀敌的威风，大灭了日军蛮横疯狂的嚣张气焰，罗司令的威名从此传开了。

炳辉同志不愧是我军中一位优秀指挥员，他作战勇敢，身先士卒，是一个在战场上从不弯腰的人，因此博得了广大战士的衷心拥护和爱戴。在战斗中，战士们只要见他那魁梧的身影出现在硝烟弥漫的阵地，力量就倍增，哪怕是再难打的仗，也能取得胜利。见过炳辉同志的人都知道，他穿着战士一样的服装，过着战士一样的生活。战士们拿1元的津贴，他也不例外。他一生没有什么积蓄，留给自己儿女的"财产"就只是战场上缴获敌人的刀和枪。而他对待战士，则完全称得上爱如子女。天气尚未转寒，他就早早关照供给部的同志及早为战士准备冬衣。对伤病员更是关心备至，他常嘱咐炊事班的同志："伤病员为革命负伤，你们应该好好照顾他们的生活，应该比我们支队负责同志吃得好才行。"有一次，他与战士们一起在河里洗澡，见战士穿的衬衣已很破烂，立即将供给部的同志找来，要给战士换上新的衬衣。而他自己穿的却是补了又补，从不曾提起要换一件。记得我们刚到路东，我见炳辉同志在寒冷的冬天仍穿着一件旧棉衣，下面的战士为此十分担心他的健康，于是，我特地给他做了一件大衣，他不肯要。我解释说，你是司令员，如果把身体冻坏了，如何指挥部队。听了我的劝告，他才勉强收下。

炳辉同志出身贫苦，对工农大众有特殊的感情。在淮南根据地，他对老百姓敬如父母，睦如兄妹，对此淮南的老百姓是深有感受的。有一年根据地发生了灾荒，他主动提出减他的粮食菜金标准，捐献出来救济群众。我劝他不要减了，部队这么多人嘛，何况你的身体又不好。他恳切地说："不行！我是司令员，应该带头。"大师傅过意不去，有时悄悄在他碗里多盛了一点，他便将大师傅找来说："同志，谢谢你对我的关心。"接着又开导说："我们没有权力搞特殊，要与人民共患难，你这样做，不行啊！"他很关心群众的疾苦。行军打仗，每到一个村庄，他总要到老百姓家坐坐，与当地老农一起聊天，问收成好不好，公粮重不重，对部队有什么意见。从油、盐、柴、米问到对民主政府有什么要求。凡是老百姓提出的问题和要求，他总是十分认真地听取，然后一一转达给地方党委，帮助老百姓解决问题和困难。他常常带领战士参加当地群众的生产，经常教育自己的部下要懂得关心爱护群众，绝不允许出现破坏群众纪律的现象。当时我军与群众的关系，真如鱼得水、水乳交融。

炳辉同志治军很严，在全军也是闻名的。当时，我军的武器差、弹药少，面对武装到牙齿的日军、装备精良的顽军，要在敌伪频繁"扫荡"和顽固派的进犯夹击中巩固发展根据地，没有良好的作战素质是不行的。炳辉同志自到五支队任司令后，十分重视部队的军事训练，首先在部队中开展了射击、劈刀、跨越障碍物三大军事训练。炳辉同志在全师是有名的神枪手，在他的言传身教的严格训练之下，部队战斗力很快得到提高。

炳辉同志治军很严，主要体现他在军训中认真严肃，一丝不苟，奖惩分明。他常对战士们说："训练就是要平时多流汗，战时少流血。如果我们平时不认真加强训练，适应各种战斗的需要，我们就会在日伪频繁的'扫荡'和顽军的夹击中被消灭掉。"因此在平时的训练中，炳辉向来是认真严肃的。记得有一次部队正在军训的行军途中，炳辉同志命令号兵立即发出发现敌情的信号，他和其他指挥员都立即跳下马来，只有一个营长认为这是演习，仍大模大样骑在马上。这下炳辉同志可火了，他将这个营长叫到战士们面前，狠狠地批评道："你这个营长怎么当的？已经发出了准备战斗的号令，你还若无其事地骑在马上，一点敌情观念都没有。营长都这样，战士们会如何呢?"另一次在跨越障碍的训练中，一个年轻战士过独木桥，走了一半掉在河里。这个小战士并不就此游过对岸去，而是重新爬上岸第二次通过了独木桥，炳辉同志见了十分高兴，当即给予表扬。

平时的严格训练，战时就取得了成效。在日军的"五一大扫荡"中，日军在前面"扫荡"，顽军也趁此出兵在背后夹击。我军开始时化整为零，分散成十几股，以对付日军，随即又集结兵力打击顽军，这全靠指挥有方，行动神速。反"五一大扫荡"取得的胜利，也说明炳辉同志治军是有方的。

在处于日伪顽三角斗争的复杂环境中，炳辉同志还根据实战需要，总结出这样一套行之有效的战术:对日军作战，采用麻雀、梅花点式纠缠战，这是炳辉同志对毛主席游击战术的具体应用，在粉碎日伪军的"扫荡"中是大有成效的。对待顽固派的进犯，则以近战、夜战、大刀见红来取胜。当时装备精良的桂系顽军在国民党各系军阀中是颇有点战斗力的，他们气焰嚣张，认为我军不敢与其对垒。但几经交战都败在我英勇战士的手下，不仅没有夺得我路西根据地一寸土地，反被打得丢盔弃甲，狼狈而逃。

炳辉同志对敌人狠，正如他说的:"对待敌人就应该狠，狠到连他的骨关节都给敲碎，叫他永远爬不起来。"而他对自己的同志却是十分真挚热情的。他与陈毅同志共事多年，十分尊重信任陈毅同志，他曾多次提到陈老总，说老陈这个人自我批评的精神特别好。有一次，因一件事情陈毅同志搞错了，发生了误会，事后陈毅同志主动找炳辉同志赔礼，说："这次把问题搞错了，使你受了委屈，希望你不要计较。"炳辉同志说，陈毅同志这种襟怀坦白、宽宏大量、勇于自我批评的精神使我深受感动。有一段时间陈老总被排挤走，炳辉同志非常生气，对我说："陈毅同志公正无私，光明正大，为什么受排挤，使人气愤。陈毅同志是我们的代军长，我是很尊重他的。"陈毅同志对炳辉同志十分信任和友好，每到军部开会，两人常在一起谈得十分投机。炳辉同志逝世后，陈毅同志心情十分沉痛，写了一首长诗悼念炳辉将军，并亲自主持了追悼会，致了悼词，字里行间倾注了对老战友无限深厚的革命情谊。

炳辉是一个开朗、爽直、乐观的人，他为人真诚，胸怀坦白，光明正大。他一心想的是革命，想的是全中国人民和全人类的解放，不计较个人的得失，不考虑个人的安危。从讨袁到北伐，从长征到抗战八年，他的整个一生是革命的一生、战斗的一生；他在革命处于低潮、十分艰难困苦的时期，毅然决然参加了革命，加入了中国共产党。从他参加革命那天起，就把他的一生交给了党，交给了人民，并为中国革命和中华民族的解放立下了卓越的功勋。

怀念彭雪枫同志[*]

张爱萍　张　震

　　彭雪枫同志是我党一位德才兼备、智勇双全的优秀军事家和政治家，也是我们战争年代休戚与共的老战友。他自从1925年献身革命，二十载如一日，"对党忠贞，为民赴汤"，"功垂祖国，泽被长淮"，在中国革命历史上谱写了可歌可泣的壮丽篇章。他被毛主席、朱总司令誉为"共产党人好榜样"。

　　1907年，彭雪枫同志出生在河南省镇平县七里庄一个贫苦农民的家庭里。大革命时期，他在党的教育影响下，接受马列主义，投身五卅运动，参加北京南苑暴动，于1925年加入中国共产主义青年团，1926年9月转入中国共产党，开始了为共产主义事业奋斗的峥嵘岁月。

　　1927年大革命失败后，在蒋介石反革命大屠杀的白色

---

* 本文原标题为《共产党人的好榜样》，收录时做了适当修改。

恐怖下，雪枫同志抱定"革命是顾千家万家，不能只顾一家"的坚强信念，积极从事党的秘密工作。1930 年 5 月，雪枫同志被调到中国工农红军工作。此后，历任红军大队政委、支队长、师政委、江西军区政委、中央军委第一局局长、师长、纵队司令员等职。战斗中，他身先士卒，披坚执锐，首登长沙城，喋血八角亭，歼敌娄山关，直下遵义城，横渡金沙江，飞越大渡河，进军天全城，通过大草原。雪枫同志所指挥的部队屡为前锋，功绩卓著，是我军著名的青年将领之一。

1936 年，红军抗日先锋军东征山西，然后回师陕北。阎锡山因遭我军严重打击，在我"停战议和，一致抗日"号召下，派人到陕北，要求我党派代表到太原与其联系。于是雪枫同志奉党中央、毛主席之命，于当年 10 月秘密前往太原，以我党中央代表身份进行统一战线工作，争取阎锡山与红军联合抗日。红军改编为八路军后，雪枫同志任八路军总部参谋处处长兼驻晋办事处处长。他在周恩来副主席与北方局直接领导下，扩大抗日民族统一战线，团结抗日爱国力量，对推动华北特别是山西和鲁西北的抗战做出了贡献。

1938 年春，雪枫同志由山西临汾来到河南省确山县竹沟镇，兼任河南省委军事部部长，他积极扩大武装，组织抗日力量。同年 9 月 29 日，雪枫同志受命担任新四军游击支队司令员兼政治委员，率领指战员 300 余人，高举抗日大旗，向豫东抗日前线挺进。行至西华地区，与吴芝圃同志领导的豫东农民抗日游击队第三支队合编，迅即东渡黄河。接着在窦楼伏击日军骑兵，初战获胜，点燃了豫东的抗日烽火。后又挥戈向东，转战豫皖苏三省边界，从浍河、涡河直到淮河之滨，纵横驰骋，积极打击日伪军。在两年多时间里，雪枫同志贯彻执行了党中央关于积极开辟敌后抗日根据地的方针，在日、伪、匪犬牙交错的夹击中，以卓越的革命才能和坚韧不拔的斗争精神，广泛发动群众，机动灵活袭击敌人，粉碎日军一次又一次"扫荡"，打退日伪匪的进攻，伸张了抗日正气，扩大了人民武装，开创了豫皖苏边区抗日根据地。

1941年1月，蒋介石发动了罪恶的皖南事变，同时密令汤恩伯等9个师的兵力，向我豫皖苏边大举进攻。2月18日，雪枫同志就任新四军第四师师长兼政委，他面对这股反共逆流，满腔义愤，为打败国民党顽固派的进攻，率领四师健儿进行了长达三个月之久的艰苦斗争。后为顾全抗日大局，忍痛将主力撤出津浦路西，转移到津浦路东，与在此地区活动的部队会合。雪枫同志兼任淮北军区司令员、淮北区党委委员等职，和邓子恢、吴芝圃等同志一起，继续坚持淮北地区敌后抗日斗争。他指挥军民反"扫荡"、反"蚕食"，阻止顽军东进，先后取得了33天反"扫荡"等大小数百次战斗的胜利，使整个淮北抗日民主根据地不断巩固发展，四师部队很快成长为华中新四军的劲旅之一。

1944年4月，日本侵略者为了打通大陆交通线，发动河南战役，大举向河南腹地进攻，国民党 40 万大军节节败退，日失一城，使中原人民沦于日军铁蹄之下。为早日解民于倒悬，雪枫同志执行中央军委和新四军军部关于向河南敌后发展的战略任务，于 8 月间率四师一部冒暑西征，同敌、伪、顽、匪搏斗于萧（县）宿（县）永（城）夏（邑）之间，使豫皖苏边区重见光明。在我军胜利西进的途中，1944 年 9 月 11 日，雪枫同志指挥了收复河南夏邑八里庄的战斗。他亲临前线，正当战斗胜利结束之时，不幸为流弹所击中，英勇殉国，年仅 37 岁。雪枫同志为重建豫皖苏边区根据地，解救豫皖苏边区人民于水深火热之中，献出了他的生命和鲜血，豫皖苏人民对他无限怀念和崇敬。

"中原丧栋梁"。雪枫同志的牺牲，是我党我军的一个巨大损失。他为祖国、为人民、为共产主义事业战斗一生，他的革命实践使他成为真正的人民英雄、民族英雄！在炽热的革命熔炉里也锻炼出雪枫同志的高尚品质与不朽精神，在他的言行之间凝聚着我们党的许多优良传统和作风。他是我们学习的光辉榜样。

雪枫同志具有无限忠于党、忠于人民，毕生为党的事业奋斗不息的高贵品质。他表现了高度自觉的党性，对敌人如猛虎，对人民如绵羊"。在他的心目中，从来是把党和人民的利益放在第一位，而不顾个人的安危、荣辱和私利。"一切都是党的，人民的，连自己的生命也是属于人民的。"这就是雪枫同志一生身体力行的准则。在非原则的问题上，雪枫同志常以无产阶级革命家的胸怀，维护革命团结，宽以待人，绝不苛求于人。在有关党的原则问题上，他总是那么严肃认真，不调和，不妥协，关键时刻挺身而出，旗帜鲜明，为维护党的利益而斗争。他崇高的革命气节和品德，昭昭如日月，坚贞感人心。

雪枫同志为革命需要而孜孜不倦，刻苦好学，他是我们党的一位著名的军政双全、文武兼备的"俊才"。从少年时期起，他就对黑暗的旧社会怀有强烈的不满，为推翻旧社会，建立新社会，"苦心练武，骑马耍枪"。他参加革命以后，刻苦钻研马列主义和毛主席的军事著作，并到战争的实践中去反复琢磨。古今中外的兵书，搜寻所至，莫不攻读，这样就使他成长为我们党的一位杰出的军事指挥员。然而，雪枫同志并不是一个军事万能论者，相反地，他反对单纯的军事观点，他认为要夺取革命的胜利，光靠打仗是不行的，还必须有经济工作、政治工作、文化思想工作等各个方面的密切配合。因此，他的兴趣是多方面的，实际上，他也是一个优秀的政治工作、文化工作和统一战线工作的能手。拿宣传、文化工作来说，他常亲自做报告、写文章，很受群众欢迎；他亲手创办和领导的《拂晓报》，是曾被毛主席评为"办得好"的地区报纸之一。他还把拂晓剧团看作有力的宣传群众的工具，时常给予关心指导。

雪枫同志之所以能够肩负起党所赋予他的种种重托，是和他勤奋好学的精神分不开的。雪枫同志十分强调掌握知识的重要性。他常说："要工作必须学习，学习也是为了工作。""如果不抓紧时间学习，我会输给工作的。"他把学习与革命需要联系起来，所以具有强烈的求知欲望。他常说："知识之在我，向来是如饥似渴的。"读书成为他每日生活之必需，认为"此中大有乐趣"，养成了学而不厌、持之以恒的习惯。他对马列主义、毛泽东著作，特别认真精读，做眉批，写笔记，记心得，力求弄懂弄通。他还广读博览，即使在戎马倥偬之中，也常常手不释卷。

雪枫同志热爱人民，关心人民，密切联系群众，始终保持着与群众同甘共苦的优良作风。他是一个富于阶级感情、酷爱人民群众的人，一贯视百姓如父母，爱人民同手足。因此，他善于倾听群众的意见，体念人民的疾苦。当年开挖新兴集的"新新沟"，修建大柳巷的淮河堤防，为民防灾除害，雪枫同志都是"前引前导""耐苦耐劳"，用模范的带头行动实现他"坚定地依靠人民，为人民谋幸福"的誓言。雪枫同志极其重视军民关系、军政关系，他经常教育部队坚决执行"三大纪律八项注意"，坚决当好"政府的卫队，人民的护兵"。他常以鱼和水比喻军民关系，他曾说过："革命队伍如果不爱护老百姓，不知人民疾苦，我们将不会得到人民的拥护。离开老百姓的军队，就像鱼儿离了水一样，非涸死不行。"由于雪枫同志的言传身教，四师曾被豫皖苏边区群众称赞为"天下文明第一军"。淮北人民中流传着这样一副春联："过境我军情不厌，到家同志话偏长。"

雪枫同志的群众观点和群众路线，还突出地表现在他以身作则，以艰苦朴素为荣，贪图享受为耻，这是他高贵的美德之一。他在驻晋办事处工作时，虽然手过千金，却一尘不染，结账时款款分明，清清白白，受到党中央的表扬。特别在开创豫皖苏边区时，战争环境艰苦，人民生活穷困，尽管那时他因衣食失调，患了胃病，但在生活上从不搞特殊，依然吃大锅饭，穿战士衣，过着与干部战士同甘苦、共患难的生活。雪枫同志鄙视搞特权，反对搞特殊化。机关同志为了照顾他的工作和身体，有几次给他送去蚊帐、棉大衣等物，他都一一退回。他这种廉洁奉公的精神，有力地感动和教育了广大干部战士。雪枫同志是一个革命的乐观主义者，他常把每天吃的高粱、红薯比作"猪肝"和"香肠"，鼓舞着干部战士的革命意志。

　　雪枫同志对人对事一贯采取实事求是的态度，坚持一切从实际出发。他在工作中大刀阔斧、雷厉风行，又周密细致、谨慎求实。雪枫同志坚决贯彻党的方针、政策，很重视研究理论，但他总是紧紧地同实际情况结合起来。他注意向客观实际做调查，并善于透过现象把握事物的本质，并不为假象所迷惑。因此，他对待各种问题，便具有敏锐的洞察能力和独到的见地，对人对事的处理也就比较符合实际。这种马克思主义的科学态度与求实精神，在他亲自纠正"淮北中学第二次反特案件"假案的过程中，体现得最突出、最明显。1943 年至 1944 年淮北地区发生的所谓"淮中案件"，纯粹是由于主观主义和严重的"逼、供、信"造成的，但一时却迷惑了许多人。由于案情的复杂性和严重性，淮北区党委分工由雪枫同志主持理清此案。他立即以高度的革命责任心，从调查研究着手，彻底审查案情。他亲自调阅了大批有关材料，找有关干部分别汇报情况，听取各种不同的看法和意见，然后用了四天时间对主要"人犯"一一进行审问，终于揭露了案情中的主要矛盾，发现了严重的逼供、指供、串供现象，大胆地而又确有根据地提出了对于该案真实性的怀疑。由于他打开了假案的缺口，最后使全案真相大白。他以彻底的辩证唯物论精神，为我们树立了一个纠正冤假错案的典范。雪枫同志这种实事求是的好作风，还体现在各个方面。例如，他要求《拂晓报》在表扬成绩、批评缺点时，必须"绝对慎重而勿陷于夸大"；要求拂晓剧团的演出和宣传，必须"入情入理"。特别是对于四师的整风运动，他一再叮嘱，要坚持实事求是，反对主观主义，因而有力地保证了运动的健康发展。经过整风，既弄清了问题，又团结了同志，大家心情舒畅，朝气蓬勃。

　　雪枫同志具有高尚的革命情操，襟怀坦荡，大公无私，坚持真理，修正错误，勇于批评和自我批评。他和其他同志一样，并不是没有缺点和错误的。但他的一生最可贵的便是追求真理，唯真理是从。他既敢于正视真理，告人以真理，以真理服人，又严格要求自己自觉地服从真理，始终不渝地为真理而斗争。所以早在红军时代，"讲道理的雪枫同志"

便闻名全军。1942 年以后全党进行整风期间，他常以中外历史经验和自己走过的道路为镜子，深刻反省，针对自己的缺点错误，不邀功诿过，不遮遮掩掩，痛加针砭，毫不留情。同时，他也常向其他老一辈无产阶级革命家如陈毅、邓子恢等同志虚心求教，向军内外群众学习，听取和尊重他们的意见和批评。雪枫同志常对同志们说："我绝不是一个刚愎自用的人。"正因为这样，他真正做到了心中"没有个人，而又能明白地认识个人"。由于雪枫同志虚怀若谷，从善如流，勇于批评和自我批评，善于总结成功的经验和失败的教训，因此在革命的征途上，便能够很快地进步成长。